中华古典诗词名句【赏析】

人文篇

夏国柱 编著

中国社会出版社
国家一级出版社·全国百佳图书出版单位

图书在版编目（CIP）数据

中华古典诗词名句赏析·人文篇／夏国柱编著．—北京：中国社会出版社，2015.9

ISBN 978－7－5087－5105－4

Ⅰ．①中…　Ⅱ．①夏…　Ⅲ．①古典诗歌—名句—鉴赏—中国　Ⅳ．①I207.2

中国版本图书馆 CIP 数据核字（2015）第 171931 号

书　　名：中华古典诗词名句赏析·人文篇

编 著 者：夏国柱

出 版 人：浦善新

终 审 人：李　浩

责任编辑：魏光洁　　　　**责任校对：**丁　一　刘怡爽

出版发行：中国社会出版社　邮政编码：100032

通联方法：北京市西城区二龙路甲 33 号

电　　话：编辑室：（010）58124851

邮购部：（010）58124848

销售部：（010）58124845

传　真：（010）58124856

网　　址：www.shcbs.com.cn

经　　销：各地新华书店

中国社会出版社天猫旗舰店

印刷装订：中国电影出版社印刷厂

开　　本：170mm×240mm　1/16

印　　张：11.5

字　　数：170 千字

版　　次：2015 年 9 月第 1 版

印　　次：2015 年 9 月第 1 次印刷

定　　价：23.00 元

中国社会出版社微信公众号

序　言

中国是世界文明发达最早的国家之一，有着数千年的悠久历史。其间，中国人民为人类创建了一座璀璨的文化宝库。在这座宝库里，中国古典诗歌闪耀着异彩光芒。

中国古典诗歌源远流长，品种繁多。早在公元前841年，西周奴隶社会有确切的年数起，华夏儿女便开始了诗歌创作。中国最早一部诗歌总集《诗经》就收集、整理了自西周初年至春秋中期这500多年的诗歌300多篇。《诗经》又称《诗三百》，其内容分“风、雅、颂”三部分，表现手法有“赋、比、兴”三种。因此，前人把“风、雅、颂”和“赋、比、兴”称作《诗经》“六义”。《诗经》以四言为主，兼有杂言，在结构上多采用重章叠句的形式加強抒情效果。

春秋战国末期，楚国出现了一种新诗体，叫“楚辞”，主要代表人物是屈原、宋玉。后来，汉代人把屈原、宋玉等人的作品汇编成《楚辞》。《楚辞》突破了《诗经》的四言句，发展为五言句、七言句，这不但能更好地表达思想感情，而且更富于节奏和韵律。

汉代出现了为配合音乐而歌唱的“乐府诗”。“乐府诗”是汉代乐府官署所收集、保存而流传下来的诗歌。宋代人郭茂倩编《汉府诗集》一百卷，其中录存汉代乐府民歌四十余篇，多为叙事性民歌。

魏晋南北朝时期，诗人辈出，云蒸霞蔚，中国诗歌史上诞生了第一个文人集团，即“建安七子”，他们是孔融、陈琳、王粲、徐干、阮瑀、应玚、刘桢。建安诗人不仅继承了汉乐府民歌的现实主义传统，风骨遒劲、慷慨悲凉，形成了中国诗歌史上的“建安风骨”，被后人尊为典范。其间，还有“三曹”，即曹操、曹丕、曹植等人的诗篇，不仅深化了“诗言志”的内涵，而且开启了“诗缘性”的通道。晋朝的陶渊明是前后800年间最杰出的诗人，他的诗篇无论是饮酒诗，还是咏怀诗和田园诗，都给人以耳目一新的感觉，他是中国田园诗派的鼻祖。齐梁人沈约则是中国诗歌发展为格律诗的开创者。他总结了汉字发音的规律，提出了“四声”“八病”之论，从而促使诗歌创作发展到讲究追求平仄和韵律，形成了以格律诗为主要内容的新阶段。他们的理论和创新，对唐、宋等几代文豪的思想和创作产生了深远的影响。

唐代是中国古典诗歌发展的鼎盛时期，名家比肩接踵，诗歌如日中天。据明代人统计，唐代有个人专集传世的诗人就有691人。仅《全唐诗》就收入诗人2873人，诗歌49403首。诗歌的形式已嬗变为六种：五言、七言古体诗，五言、七言绝句诗，五言、七言排律诗。诗歌的内容极其丰富，使得内容和形式达到成熟和完美的境界。李白和杜甫代表着唐诗发展的两座高峰，李白是浪漫主义诗歌的最高峰，杜甫是现实主义诗歌的最高峰。他们的诗作不仅是盛唐时代诗歌发展到繁荣的标志，也是中国古典诗歌发展的峰巅。唐诗，已成为后人追慕不已的盛唐景象，在中国文化宝库中树起了第一座丰碑。到了中唐时期，由诗歌派生出新的体裁，这就是词。词兼有诗歌和音乐两个方面的特点，每首词都有一个调名，叫作“词牌”。

宋代，中国的词发展到了一个全新的阶段，形成一个前所未有的繁荣局面。仅《全宋词》就收录流传到今的词作者1330多位，词作品近2万首。宋词从风格上可分为婉约派和豪放派。婉约派的特点是：内容多侧重儿女情长，闺情绮怨，离愁别恨的描写，风格上体现了委婉缠绵、含蓄隽永，结构深细缜密，重视音律谐婉，语言圆润，清新绮丽。豪放派的特点是：取材范围更加广泛，内容更加丰富多彩，风格气势恢宏壮阔，用典较多，文词境界宏大浩瀚，不拘泥音律。宋词以姹紫嫣红、千姿百态的丰神与唐诗争艳斗妍，成为中国文化宝库中另一座与唐诗媲美的丰碑。

元代又出现了诗歌的另一种体裁，叫曲，又称散曲。元曲将传统的诗词、民歌和方言俗语糅为一体，形成了诙谐、洒脱、率真的艺术风格，对诗词的创新和发展带来了极为重要的影响。元曲有严格的句式、字数、平仄等固有的格式要求。其题材丰富多样，创作视野阔大宽广，反映生活鲜明生动，人物形象丰满感人，语言通俗易懂。元曲在思想内容和艺术成就上都体现了独有的特色，与唐诗、宋词一起鼎足并举，成为中国文化宝库中第三座里程碑。

到了明清时代，中国古典诗歌较之以前稍有逊色，但发展成就还是令人咂舌的。在清代200多年间，就出现了6000多位诗人，27000多首诗。清代诗人、诗作是中国古典诗歌史上继唐诗、宋诗之后的第三个顶峰。

纵观中国两千多年来的古典诗歌的发展，犹如一条奔腾不息的大江，波涛起伏，代有高峰。其间，诞生了无数的杰出诗人，如日月经天光照人间；产生出无数的诗歌佳作，似江河行地、惠泽千古。

在这些诗歌佳作中，内容极其广泛丰富，有政治论述、爱国忧民、历史写真、铭志情感、离愁别恨、砥砺品学、修身养性、日月风光、旅游山水以及历代繁荣与衰落，太平盛事与黑暗统治、贪官污吏的腐败与芸芸众生的痛苦。在这些包罗万象、应有尽有的诗歌佳作中，更有众多代代相传、久传不衰的警言名句，与生生不息的中华民族共命运、同生存。它们是中国文化宝库中一颗颗光芒四射的瑰宝，也是我们在世界文化激荡中站稳脚跟的一方根基。

所谓警言名句，即警句，正如晋代人陆机在《文赋》中所说："立片言以居要，乃一篇之警策。"也正如杜甫所说的"佳句""秀句"，或"清词丽句"。这些警句，是先人们如何正确认识、处理人与社会，人与人，人与自然之间关系的论述；向我们提供了中华民族优秀传统文化的精髓，有着永久的魅力。其中，有向我们阐述了讲仁爱、重民本、守诚信、崇正义、尚和合、求大同的时代价值见解，更是十分宝贵的。这些警句，是我们当今进行社会主义核心价值观体系建设所需要利用和借鉴的一份重要源泉。

出于学习、引用古诗词曲中警句，弘扬中华民族优秀传统文化的需要，本书编者不揣学知浅陋，从1983年开始，就着手收集整理中国古诗词曲中的警句。三十年来，编者笔耕不辍，其间，编者曾先后出版了十多本管理和技术方面的拙作。但对古诗词曲警句的收集、整理从来没有间断过，仅书名就曾易改多次，最终以《中华古典诗词名句赏析》一书奉献给广大读者。

本书选录了从《诗经》以来直至清末辛亥革命开始这期间编者所能见到的古诗词曲佳作中自认为好的警句。对于收录于本套书的警句，编者坚持"两精"原则，即精明的思想内容和精湛的艺术技巧。具体要求句意深刻、耐人寻味，抒情真挚、感人肺腑，写景自然、怡人耳目，想象新颖、出语隽奇。当然，所收录的警句毕竟是作者当时所处的时代、环境等不同，某些方面或有一定的局限性，甚至阶级性。比如，古代先人讲爱国常常与忠君相联系，为祖国和民族的强大统一而奋斗，常常与个人建功立业相联系等。但作为中华民族优秀传统文化，总有它的可借鉴性和承继性，既有精华，又有糟粕，瑕瑜互见，这是时代所限，不可多求。我们可有鉴别地加以对待，有扬弃地予以继承，努力用中华民族创造的一切精神财富来以文化人、以文育人。为此，编者按照社会、人文、自然这三大类，再各自细分若干小类别，将那些精辟、生动而百口交颂、流传千古的警句加以吸纳、扬弃、诠释、赋予新意，以达到博古通今、鉴古知今、古为今用、继往开来。

中国诗词曲佳作浩瀚如海，警句汗牛充栋，不可胜数。本书所收录的警句也只是沧海一粟，九牛一毛。读者如能从中开拓思路、增长知识、加强文学修养、提高写作技巧等，编者就感到莫大的欣慰了。

由于编者才疏学浅、涉猎不广，书中不当之处一定不少，敬祈广大读者批评斧正。

二〇一三年十二月　于深圳

目　录

凡 例

一、本书收集整理名句共两千多条，所涉范围自先秦下至清末辛亥革命开始之际。这些名句均出自古代诗词曲（部分赋）的专集中。

二、收录到本书中的名句，坚持“两精”原则，即精明的思想内容，或精湛的艺术技巧。力求脍炙人口，耐人深思。主要内容是古代先哲们对社会、文化、自然的价值取向。

三、每个条目格式为：名句、出处、注释、句意、赏析。

1. 名句，以双句为主，有少量的单句，或多句（在曲文中较多）。

2. 出处，标出名句的年代、作者、作品。词目另注明词牌，曲目另注明宫调、曲牌。

3. 注释，对某些难懂的词语、引典等，参考各家之说，给予取舍，力求确切、简略。

4. 句意，尽量忠于作者的原文意思译出。

5. 赏析，本着有话则长，无话则短，或交代写作背景、写作特点，或说明作者的意境，或现今可用的提示。有的也引用了前人的评价文字。

四、按名句的意象加以分类是本书的尝试。在句中出现多种客观意象时，以第一句中所表现的意象来确定归类，也有少量按作品的意思来划分。正如古人所云：“诗无达诂”，作者在古诗歌中有些题旨深远，解读不一；有些言在此而意在彼；有的意象和情意交融在一起。这些都为归类带来一定的难度。所以，本书的分类肯定有不妥之处，好在读者也可从中进行比较，发现相互承继的脉络，在欣赏之余留下驰骋神思的空间。

人生类

生死

★虽九死[①]其犹未悔。

【出处】战国楚·屈原《离骚》

【注释】①九死：泛指死亡多次。

【句意】即使多次面临死亡也绝不后悔。

【赏析】原诗中，诗人用这句誓言表示自己追求光明理想和坚持高尚品德的决心永不动摇。可供引用表明自己坚持某种信仰、至死不悔的决心，也可用于形容有些人意志坚决，生死不移。

★譬如朝露[①]，去日[②]苦多[③]。

【出处】三国魏·曹操《短歌行》

【注释】①朝露：清晨的露水。喻人生之短。②去日：过去的日子。③苦多：恨多。苦：感到痛苦、烦恼。

【句意】人生岁月就好像那清晨的露水一般，瞬间就消失无踪。唉！那逝去的日子，实在是太痛苦了。

【赏析】这种感叹人生短暂，在古人诗词中屡见不鲜，而曹操在“去日苦多”的感喟中，寄托着功业未就、壮志未酬的情怀，有力地抒发了郁积在胸中的那股慷慨豪壮之气，十分感人。诗句劝诫人们应该珍惜光阴，把握短暂的人生，奋发努力，去成就一番事业。

★天地无终极，人命若朝霞[①]。

【出处】三国魏·曹植《送应氏》

【注释】①霞：一本作“霜”。

【句意】天地是没有终结的一天的，人的生命就像早晨的彩霞，太阳一出来就消散了。

【赏析】诗句告诉我们，天地是永恒的，而人生是短暂的，将人生放入天地、宇宙万物来看，就会觉得很渺小。正因为生命如此短暂，在短暂的瞬间，应尽量活出人生的意义。

★人生处[①]一世，去若朝露晞[②]。

【出处】三国魏·曹植《赠白马王彪》

【注释】①处：在，存。②晞（xī）：干。汉乐府《薤露歌》：“薤上露，何易晞。”言人生短暂。

【句意】人生一世时间飞快，就像早晨的露水一样很快消失。

【赏析】诗句形容人生短促，恰如早晨的露水，瞬间就会干燥消失。

★先民[①]谁不死，知命[②]复何忧？

【出处】三国魏·曹植《箜篌引》[③]

【注释】①先民：过去的人。②知命：懂得事物生灭变化都由天命决定的道理。③《箜篌引》：一作《野田黄雀行》。

【句意】从古到今，谁能没有一死？既然知道了命运本该如此，我们还有什么好忧愁的呢？

【赏析】这是一首独具特色的游宴诗。它通过歌舞酒宴上乐极悲来的感情变化，深刻地表现了作者的豁达胸怀：人生苦短，却一直未能建功立业，人终有一死，如果在有生之年尽力而为，那么就没有什么遗憾的了。

★生存华屋[①]处，零落[②]归山丘。

【出处】三国魏·曹植《箜篌引》

【注释】①华屋：指优越的生活环境。②零落：这里是死亡的意思。

【句意】生前身处于荣华富贵的环境，死后仍不免归葬于山丘。

【赏析】作者用这两句诗来表明自己知命达观的人生态度。它的意思是：无论贵贱，人都难免一死，这是不可抗拒的自然规律。“华屋山丘”（或作“华屋丘墟”）后来成为一句成语，被人经常使用。晋代谢安死后，其外甥羊昙每过西州门想起这两句，便怆然泪下。

★生命无期度，朝夕有不虞[①]。

【出处】三国魏·阮籍《咏怀》（八十二首其四十一）

【注释】①虞：猜测，预料。

【句意】生命没有期限，难料早晚不出意外。

【赏析】诗句表达作者的感叹，即使做一个随波逐流的小人，也难以把握生命的期限，性命不保在朝夕之间随时可能降临。

★人生若尘露，天道[①]邈[②]悠悠。

【出处】三国魏·阮籍《咏怀》（八十二首之三十二）

【注释】①天道：指日月星辰等天体及其运行。②邈（miǎo）：遥远。

【句意】人生就像尘土朝露短暂易逝，天道却是悠远无期。

【赏析】以“人生—天道”的强烈对比，说明人生短暂，宇宙永恒。

★丘墓[①]蔽[②]山冈，万代[③]同一时[④]。

【出处】三国魏·阮籍《咏怀》（八十二首其十七）

【注释】①丘墓：坟墓。丘：土堆。②蔽：遮盖。③万代：指时间久远。④同一时：指坟墓都在眼前。

【句意】一座座的坟墓漫山遍野，千秋万代的人物都成为今天同样的一堆土丘。

【赏析】诗句表达人死后已不分贵贱了，都成为同样的一堆土丘。把过去的千秋万代统一于同一瞬间，并一概归之于虚无，这很有一点玄学的意味。这种人生无常的消极思想的产生，是因为作者在现实生活中受到黑暗势力的压迫而又无力反抗，所以他只能从彻底否定现实人生中来寻找精神上的解脱。

★天道信[1]崇替[2]，人生安得长。

【出处】西晋·陆机《门有车马客行》

【注释】①信：确实。②崇替：衰亡，灭亡。

【句意】宇宙间万灵万物终归要走向衰亡，人又岂能豁免！

【赏析】《门有车马客行》，从主旨上看，应是西晋时期杀伐频仍的严酷政治环境下，知识分子以隐晦的人生观解释痛苦命运的幻灭之歌。作者最后四句把亲友零落、生命短促的现实痛苦升华为对整个人生意义和价值的悲叹感伤。着一“信”字，更见沉痛。既然人的衰亡是宇宙之必然，那每个人都在劫难逃了，零落者的今天，便是“我”的明天，于是作者便接下来以“慷慨惟平生，俯仰独悲伤”收束全诗。

★人寿几何？逝如朝霜。时无重至，华[1]不再阳[2]。

【出处】西晋·陆机《短歌行》

【注释】①华：花。②阳：一年之内再重开放。

【句意】人的生命能有多久？不过像早晨的霜露一样。逝去的时光不会再来，花儿开败了，一年内就不再重新开放。

【赏析】前两句感叹人生易逝，用“朝霜”作喻；后两句感叹时不重至，用春“花”作比。两者均以比喻的方法、具象的方法说明抽象的时光流逝，一去不返，因而诗文具有较强的形象性，并因此显得生动，具体可感。这种表现手法具有很明显的优越性，所以成为古人常用的表现手段。

★人生无根[1]蒂[2]，飘如陌[3]上尘。分散逐风转，此已非常身。

【出处】东晋·陶渊明《杂诗八首》(其一)

【注释】①根：根基。②蒂：瓜、果等与茎、枝相连的部分。③陌（mò）：田间东西方向的道路，泛指道路。

【句意】人生在世，不像花草树木那样具有根蒂，可以长久地扎根一处，而是像道路上的灰尘一样，随风飘忽不定；多年以后，已经完全改变了模样，不再是最初的那个他了。

【赏析】诗句把那种浪迹天涯的凄凉心境描绘得细致入微。作者感叹人生多故，转瞬间就会变老，面目全非了。表现出人在有限的一生中，贵在及时努力、奋发进取的深刻哲理。

★去去百年外，身名同翳[1]如。

【出处】东晋·陶渊明《和刘柴桑》

【注释】①翳（yì）：通“殪”，消失。

【句意】过了一百年后，身和名就一起消失了。

【赏析】四时的运行有其自己的规律，人类生存于世上，终究难免一死；

当其告别尘世之后，曾经拥有的所有一切都会化为乌有，随之而去。

★人生若寄[①]，憔悴[②]有时。

【出处】东晋·陶渊明《荣木》

【注释】①寄：寄宿、寄居。②憔悴（qiáo cuì）：枯槁黄瘦的样子。

【句意】人生一世，就像临时寄居的客人一样，十分短暂，总要有衰老离开的时候。

【赏析】诗句表现了作者对人生光阴的感叹，告诫人们应当倍加珍惜人生。

★人生似幻化[①]，终当归空无。

【出处】东晋·陶渊明《归园田居五首》（其四）

【注释】①幻化：虚幻变化。

【句意】人生就像虚幻变化的世界，最终还要归于空无。

【赏析】此诗是写作者带着子侄们寻找故里、凭吊先人的情况。这两句诗是这首诗的结尾两句。作者发出对人的感慨：人生本来就像一场梦，终究会归于空无。

★一生复能几，倏[①]如流电惊。

【出处】东晋·陶渊明《饮酒二十首》（其三）

【注释】①倏（shū）：极快地。

【句意】人生短促，就像闪电倏忽而过，能有多长时间呢？

【赏析】诗句是对人生短促的哀叹，常常生发于对乱世敏感的文人心中：或是有感于身逢乱世，自家性命朝不保夕；或是因为时局动荡，难以实现胸中理想，眼见生命消逝故而产生人生短促之感。作者这里所表达的隐含意思当属后者。

★幽室[①]一已闭，千年不复朝[②]。

【出处】东晋·陶渊明《挽歌》（其三）

【注释】①幽室：指墓穴。②朝（zhāo）：早晨，天亮。

【句意】墓穴已闭成幽暗，永远不能见曙光。

【赏析】挽歌即葬歌，是人死后亲戚朋友送葬时所唱，以示哀悼。陶渊明自作挽歌三首，分别表现初死入殓、祭奠入殡和送殡入葬，以表达自己对于人生及死亡的豁达态度。这里所引用的是第三首诗的中间部分，表现当一旦进入墓穴，就如同进入漫漫长夜，永远不会回到光明的人间。作为一种自然规律，无人可以逆转，即使是生前身居高位之人，也只能这样无可奈何。“千年不复朝”的重复使用，反复咏叹之中，强化了诗人对于死亡的认识。

★亲戚或余悲，他人亦已歌。死去何所道[①]，托体[②]同[③]山阿[④]。

【出处】东晋·陶渊明《挽歌》（其三）

【注释】①何所道：有什么可说的。②托体：把躯体寄托于。③同：和。④山阿：山陵。

【句意】家人亲眷，因为跟自己有血缘关系，可能想到死者还有些难过；而那些同自己关系不深的人则唱完挽歌就把自己忘记了。人死之后还有什么可说的呢？把尸体托付给大自然，使它即将化为尘埃，同山脚下的泥土一样。

【赏析】此为第三首诗的最后几句。写作者对生死的达观。诗人一生崇尚自然，放浪其中，不畏不惧。在他看来，生是主观能动地与大自然交合，无论生死都在自然之中，所以死也就不值得大惊小怪了。这种轻松愉快地去迎接死亡的旷达人生观，与汉诗所表现的畏惧死亡形成了鲜明对比。同时，我们也可看出诗句在旷达之中带有朴素的唯物论思想和正确认识人生的因素。

★朝[①]与仁义生，夕死复何求。

【出处】东晋·陶渊明《咏贫士七首》（其四）

【注释】①朝：早晨。

【句意】早晨能与仁义共生，即使晚上死掉也不感到遗憾。

【赏析】诗句由《论语·里仁第四》“子曰：朝闻道，夕死可矣”化用而来。这句话大概意思是说，早上听了圣贤之道（大道理），即使晚上死了也无所谓。陶渊明在这里想要表达的意思与此相同：要能及时获取仁义的道理，就算只能活上一天也再没有其他的什么要求了。表现了作者为了崇高的理想甘愿舍生取义的高风亮节。

★有生必有死，早终[①]非命促[②]。

【出处】东晋·陶渊明《拟挽歌辞三首》

【注释】①终：死。②促：时间短。

【句意】有生就必定有死，所以早死并不是命中注定命短，而是自然现象。

【赏析】诗句表达了作者对生死的旷达看法，人总是要死的，这是一个谁也逃脱不掉的规律。既然如此，晚死也是一死，早死也是一死，那就不必为“早终”而过于悲伤。当然这里有宽慰的意思，但也表现了作者能够正视人生，能够以淡泊的心态对待人生，对死亡无所畏惧的精神状态。这两句多用于表现达观恬淡的人生态度。

★寓形宇内[①]复几时，曷不[②]委心[③]任去留[④]。

【出处】东晋·陶渊明《归去来兮辞》

【注释】①寓形宇内：寄身于天地之间。②曷（hé）不：何不。③委心：随自己的心意。④去留：指生死。

【句意】身体寄托在天地间还能有多少时候（活在世上还能有多久）？为什么不随心所欲，听凭自然地生死？为什么心神不定啊，想要到哪里去？

【赏析】这是作者抒发感慨，也是以另一种形式对丑恶现实的谴责和抗议。

★既来[①]孰不去，人理[②]固有终。

【出处】东晋·陶渊明《五月但作和戴主簿》

【注释】①来，去：指生，死。②人理：人生的道理。

【句意】既然来到世上，怎么可能不离去呢？有生必有死，这是人生本来的道理。

【赏析】此诗写于东晋义熙九年(413)，陶渊明四十九岁。作者从时光的流逝、季节的回环往复和景物的荣衰更替而体悟到人生有始亦必有终的道理。认为人们只要认识到了这种自然的规律，便可以逍遥任性，顺其自然，无喜无忧，以终天年。陶渊明也正是坚持本真、顺应天道大化，从而达到了高妙的境界，从容生活在诗意与现实融合的世界中。

★吁嗟[①]身后名，于我若浮烟。

【出处】东晋·陶渊明《怨诗楚调示庞主簿邓治中》

【注释】①吁嗟：感叹词。

【句意】可叹死后留名这类事，在我看来就像飘浮不定的烟云。

【赏析】这是陶渊明晚年在“夏日抱长饥，寒夜无被眠”的情况下所作的人生抉择，表现出诗人的傲骨和不同流俗的节操。写作上采用“比”的手法，通过“浮烟”这种具体可感的物质，表现“身后名”一类物欲的淡而不足道，有助于诗歌内容的表达。

★人生亦有命，安[①]能行叹复坐愁？

【出处】南朝宋·鲍照《拟行路难十八首》(之四)

【注释】①安：怎么。

【句意】人生也是各有命定，怎能总是走也叹惜坐也忧愁呢？

【赏析】作者以往平地上倒水、水向不同方向流散，来比喻人生贵贱穷达不齐，人的命运殊异不同，并且作为蕴藏在生活中的基本规律，人们都应该平静地看待，不必终日叹息哀愁。表面上看，作者是在劝慰世人“人生有命，富贵在天”，其实仍然暗含着对当时社会上不平等现象的愤慨。

★人生代代无穷已[①]，江月年年只相似。

【出处】唐代·张若虚《春江花月夜》

【注释】①穷已：穷尽。

【句意】在漫长的历史长河中，人类代代相传，经久不断，没有穷尽的时候；一轮明月，悬挂在青天上，倒映江水中，年复一年，都是这般皎洁明亮。

【赏析】作者面对人生代代相传，无穷无尽；江月年年相似，没有变化的情景；对人生现实进行了深入的思考和探索。诗句表达了个人的生命是短暂的，但人类的存在是绵延长久的，所以“代代无穷已”的人生就和“年年只相似”的明月得以共存。从这样积极的思考中，我们可以看到作者对人生的追求和热爱。由此可见：生命的意义真是严肃而可敬的。

★运命[1]惟所遇，循环[2]不可寻[3]。

【出处】唐代·张九龄《感遇二首》（其二）

【注释】①运命：运气、命运。②循环：周而复始，变幻莫测。③寻：追究。

【句意】看来运命的好坏，是由于遭遇的不同，而其中的道理，如周而复始的自然之理一样，是无法追究的。

【赏析】诗句表达丹橘虽然品德坚贞却不能为世所用。喻贤人君子命运难测只能听其自然，如同寒暑变更四季交替让人无法追寻。

★一生几许[1]伤心事，不向空门[2]何处销[3]。

【出处】唐代·王维《叹白发》

【注释】①几许：多少。②空门：指佛门，佛教谓色相世界皆是虚妄，能破除偏执，由空而得涅槃，以空为入道之门，故称空门。③销：消失。

【句意】一生有多少伤心事情，不皈依佛门，又到哪儿寻求解脱呢？这两句是王维晚年消极思想的流露。

【赏析】王维一生经历坎坷，怀才不遇，自从政治理想破灭后，思想日益消沉。他出生于奉佛家庭，受佛门思想影响很深，晚年尤甚。王维认为人生的种种苦恼、诸多伤心之事，只有到佛门空无寂灭的哲理中寻找安慰，才能得到解脱。这首诗全文是："宿昔朱颜成暮齿，须臾白发变垂髫。一生几许伤心事，不向空门何处销。"晚年的王维已经成为万事不关心专以禅诵为事的佛教徒了。

★纵[1]死犹闻侠骨香。

【出处】唐代·王维《少年行》

【注释】①纵：即使。

【句意】从军报国，奋勇杀敌，即使战死沙场，也会流芳千古。

【赏析】诗句歌颂长安游侠少年从军报国的壮怀，充满英雄气概。可用来表现自己为国效命的壮志，或者歌颂为国捐躯的英烈，或者歌颂坚持正义，同邪恶势力拼死抗争的人。

★生者为过客[1]，死者为归人。

【出处】唐代·李白《拟古十二首》（其九）

【注释】①过客：过往行人。

【句意】活着的人像匆匆来去的过路行人，死去的人仿佛是投向归宿之地的一去不返的归客。

【赏析】诗句表达人生在世如同过往客人，死了以后才是最终归宿。诗人叹息人生短暂、功名虚幻。

★浮生[1]聚散云相似，往事冥微[2]梦一般。

【出处】唐代·张继《重经巴丘》

【注释】①浮生：古人以为世事无定，生命短暂，所以把人生叫作浮生。②冥微：深远细微。

【句意】人生啊就像空中聚散离合、

飘浮不定的白云，往事杳远如同梦中一般。

【赏析】作者重经巴丘，回想昔日在此曾与友人开怀畅饮，吟诗作赋，而今日则独自一人，遂生无穷感慨，抒发人生如梦之感。

★死是等闲[①]生也得[②]，拟[③]将[④]何事奈吾何[⑤]

【出处】唐代·元稹《放言五首》

【注释】①等闲：平常，一般。②得：可以。③拟：准备。④将：用。⑤奈吾何：奈何我。

【句意】生和死对我来说，都无足轻重，还有什么事能奈何我呢？

【赏析】作者慷慨陈词，诉说着自己洁身自好、与世无争的高贵气节。不但功名富贵是身外之物，就连生死也视为等闲小事。你们那些奸佞之徒还能用什么威胁得了我呢？诗中蕴含着对世风不正的痛心，也表现了作者的凛然正气。

★直气苟[①]有存，死亦何所妨。

【出处】唐代·孟郊《答卢仝》

【注释】①苟：如果

【句意】正直之气如果能够存留下来，就是死了，又有什么关系呢？

【赏析】诗句是说为正义而死，虽死犹生，浩气长存。

★烈士[①]不妄[②]死，所死在忠贞[③]。

【出处】唐代·柳宗元《韦道安》

【注释】①烈士：指有志于建功立业的人。②妄：胡乱，一作“忘”。③忠贞：忠诚而坚定不移。

【句意】有志建立功业的人是不会轻易去死的；要死，也要死得忠贞不屈。

【赏析】诗句赞扬了韦道安以身殉国的崇高精神。

★千生万死何时已，生死来去转迷情[①]。不识心中无价宝，恰以盲驴信脚行。

【出处】唐代·寒山《题竹木上》

【注释】①转迷情：心绪变得迷乱。

【句意】人世生死不已，而一些人却坐怀辄乱，被情欲、物欲、权欲等搅得心神不安而神魂颠倒，忘记了那些最值得珍视的东西，例如健康、道德、廉洁等。犹如骑着盲驴赶路，其前途可想而知。

【赏析】作者讽刺那些不识心中无价宝的人的愚蠢行为。

★浮生[①]恰似冰底水，日夜东流人不知。

【出处】唐代·杜牧《汴河阻冻》

【注释】①浮生：古人认为人生一切无定准，故称浮生。

【句意】人生在世，虚无缥缈，就像冰底下的河水，日夜不停地向东流去，人们却一点儿也不知道。

【赏析】河面上的水结冰了，冰底下的水却依旧在流动；生命的消逝又何尝不是如此呢？表面看来，好像没有一丝变化，但是人们的青春却已在不知不觉中悄悄地流逝了。“浮生恰似冰底水，日夜东流人不知”这两句诗含有很浓的警世意味，主要是在劝人把握时光，莫让青春虚度。

★假如三万六千日[①]，半是悲哀半是愁。

【出处】唐代·杜牧《寓题》

【注释】①三万六千日：百年，喻一生。

【句意】假如我能活到一百岁，那么有一半时间是在悲哀中度过，一半光阴是在愁苦中生活。

【赏析】杜牧一生大多在感伤和愁苦的心绪中生活，此诗句是他心灵的写照。

★百年身后一丘土，贫富高低争几多？[①]

【出处】唐代·杜荀鹤《自遣》

【注释】①争几多：相差多少。

【句意】任何人死后都是葬在坟墓里，又何必生前去争什么贫富相差多少！

【赏析】此诗表达了一种“死亡是最伟大的平等”的思想。

★天地一逆旅[①]，同悲万古尘。

【出处】唐代·李白《拟古十二首》（其九）

【注释】①逆旅：客舍。逆：古语中为“迎接”。旅，旅人、行者。逆旅引申为旅店的意思。

【句意】天地就如同一所迎送过客的旅舍，人生苦短，古往今来有多少人都为万物化为尘土而悲叹啊！

【赏析】诗句表达了对人生的感悟。

★人生[①]在世不称意[②]，明朝散发[③]弄扁舟。

【出处】唐代·李白《宣州[④]谢朓楼饯别校书[⑤]叔云》

【注释】①人生：一作“男儿”。②称意：称心如意。③散发：披散头发，以示狂放不羁。④宣州，州治在今安徽宣城县。⑤校书：校书郎，李云所做的官名。校书郎，职务是在中央政府做整理图书的工作。

【句意】人活在世上，既然不能称心如意，明天就披散了头发，弄一叶扁舟去漫游江河湖海。

【赏析】诗句所表现的是理想与现实的矛盾。在现实生活中，李白总是感到难以实现自己的理想，总是感到“不称意”而心中苦闷。但这种苦闷在现实社会中无法解脱，于是他就选择了这条“散发弄扁舟”的逃避之路，以此为摆脱苦闷的出路。后代怀才不遇的人常用“人生在世不称意，明朝散发弄扁舟”这两句诗来表示自己渴望摆脱烦恼与痛苦，自我放逐到一个自在逍遥的新境地。

★处世若大梦，胡[①]为劳其生？

【出处】唐代·李白《春日醉起言志》

【注释】①胡：何故，何必。

【句意】人生在世就像是一场大梦，何必一生操心劳苦，得不到一丝安宁呢？

【赏析】道家和佛家，都将人生看作是一场梦，认为人生不过是一场虚幻，唯有育化万物又为万物归宿的“道”及普度众生的“佛法”，才是真实的、永恒的。故李白常常喝得酩酊大醉，他要在醉中来忘却这如梦的人生，同时在醉意蒙眬中，抒发自己对人生的达观见解。此诗句即是说，月下饮酒高歌，花鸟为伴，可以忘忧，可以解愁，人生何必太过操劳忧苦呢？

★人生若波澜，世路有屈曲①。

【出处】唐代·李白《古风》

【注释】①屈曲：弯曲。

【句意】人生就像海上的波涛，不可能总是那么平静，一定会出现起伏；人世的道路很少有平坦的时候，总是有弯弯曲曲。

【赏析】诗句形容人生一世好像处在波涛中，所走的道路也是曲曲弯弯的。

★人间①如梦，一尊②还酹③江月。

【出处】北宋·苏轼《念奴娇·大江东去》

【注释】①人间：一作“人生”。②尊：樽，指酒杯。③酹：是把酒洒在地上表示祭奠。

【句意】既然人生不过像是一场梦，还是对着天上的明月和东去的长江，洒酒祭奠，拿起浊酒，尽情地举杯痛饮吧！

【赏析】词句抒发了作者年岁渐老，功名事业还没有成就的感慨，被称为“古今绝唱”。苏轼以儒家思想为主导，也受佛道老庄思想的影响。“乌台诗案”后贬官黄州，深感世事多变，佛家思想有所滋长，庄子的“浮生若梦”思想也时有流露。词句正是这种思想的表现。意思是说：人生不过一梦，历史上失败的人物、成功的英雄莫不如此。因此，何必自作多情地为人生的穷通成败动心呢？还是不要辜负眼前这美好的江月，举起酒杯，酹酒痛饮吧。在封建社会里，作者不能主宰自己的命运，只好用达观来解脱理想与现实的矛盾，因而发出了如此喟叹。

★人有悲欢离合，月有阴晴圆缺，此事古难全①。

【出处】北宋·苏轼《水调歌头·明月几时有》

【注释】①古难全：自古以来就难以十全十美。全，指完美无缺。

【句意】人生在世，会遭遇到各种悲欢离合，就好像天上的月亮也有阴晴圆缺一样，这些事是自古以来就难以圆满周全的。

【赏析】此词写作者中秋望月引起对远在他乡的弟弟的怀念，但却从一般离情别绪的抒发升华为人生哲理的探求。作者将人与月、古与今、世间与天上、物理与人事等量齐观，提炼、概括了无数生活经验，认为人生在世，既有悲痛也有欢乐；既有离别也有团聚；这正如天上的月亮，有时阴有时晴，有时圆有时缺，这种事自古以来就是人之常情，是宇宙之常理，不可能十全十美。因此，不必为离别而生无谓的悲哀，为圆月而生莫名的惆怅。这里强调的是一种达观的人生态度。

★谁道人生无再少①？门前流水尚能西②。休将白发唱黄鸡③。

【出处】北宋·苏轼《浣溪沙·游蕲水④清泉寺》

【注释】①人生无再少：古人所云："花有重开日，人无再少时"之说法，此处反用其意。少，少年，年轻。②西：向西流。古人因囿于所见，认为世上水只能东流，不能向西流，因有此叹。此词指黄州（今湖北黄冈市）蕲水（今湖北浠水县）清泉寺前的兰溪，水向西流（见《东坡志林》卷一）。③休将白发唱黄鸡：唐人白居易《醉歌》诗："谁道使君不解歌，听唱黄鸡与白日。黄鸡催晓丑时鸣，白日催年酉时没。腰间红绶系未稳，镜里朱颜看已失。"黄鸡催晓，即指时光催人，朱颜暗换。苏词说"休将"即反用其诗意，借以安慰为他治好耳病的医生庞安常，不要徒然地悲叹岁月流逝，自伤衰老。"唱黄鸡"，指发出衰老之叹。"白发""黄鸡"：比喻世事匆促，人生易老。④蕲水：今湖北浠水县。

【句意】谁说人生不能返老还童？既然这清泉寺门前的溪水都能向西流，那我们老年朋友就能寻回自己的青春，再不要为逝去年华、白发苍苍而悲叹。

【赏析】这是一首写景抒情词，作于宋神宗元丰五年（1082），当时作者正过着谪居的生活。有一次，他在患病初愈后游览蕲水清泉寺，看到兰溪溪水不向东流而向西流，受到了启示和鼓舞。他觉得人生可以返老还童，老年人也可以和年轻人一样发挥充沛的生命力，于是写了这首词。"谁道人生无再少?"苏轼以这句词来反问大家，谁说青春一去不再来？接着便以门前兰溪的流水西流为例，鼓励人们奋发向上，要欢乐，要进取，不能服老，不能认输。人即使在失意中，也不能灰心丧气，一定要振作精神，坚定斗志。他的意思是以自强不息的精神来对待人生，从而老当益壮，使人生的任何阶段都焕发出生命的耀眼光芒。词句借景抒情，以决绝的口气，运用设问的形式，意思层层递进，感情执着，历来为人们所传诵，成为鼓励人们在任何时候都应振作精神、坚定斗志、奋发向上的名句。

★人似秋鸿①来有信②，事如春梦③了无痕。

【出处】北宋·苏轼《正月二十日，与潘、郭二生出郊寻春，忽记去年是日同至女王城作诗，乃和前韵》

【注释】①秋鸿：鸿雁，春天从南方飞到北方，秋天又从北方飞回南方，故称秋鸿。②来有信：前一年（元丰四年）的正月二十日苏轼去岐亭，朋友潘大临、郭遘、古道耕等曾送他至女王城东庄院，苏轼作诗一首。今年正月二十日苏轼与潘、郭二人又郊游至此，并相约每年正月这一天都来此聚会，来有信即指此事。信：信用。③春梦：春夜的梦境。

【句意】人就好像秋天的大雁一样，来去都会有音信痕迹可寻。可是往事就好像春天的一场大梦一样，连一点痕迹都没有留下。

【赏析】诗句是苏轼有名的比喻。表现了作者身处逆境而能超然其外的乐观主义精神和旷达洒脱的情怀。辛弃疾的“事如芳草春长在，人似浮云影不留”（《鹧鸪天·和人韵有所赠》），可以看作“人似”两句的翻案文章和补笔。苏轼写这两句诗时已45岁，人间事差不多看遍了，作者将之归为两类：一是人可掌控的，前有信约，是必须要坚守的，就像秋鸿，季候到了应该应约而来；二是牵连人际的种种事端，犹似春梦，梦醒了也跟着忘了，留下朦胧美意，了无痕迹。苏轼之所以有“人似秋鸿，事如春梦”之感，究其根源，是由于他遭受过“乌台诗案”的沉重打击，又正在贬谪之中，只有把一切往事，一切留恋和烦恼，都强自推向“春梦无痕”的虚无境地，以解脱失意时难以消除的痛苦。清代纪昀评曰这两句：“深警”：人似秋鸿，事如春梦。

★古人谁不死，何必较考①折。

【出处】北宋·苏轼《屈原塔》

【注释】①考：可作“长寿”讲，古文中“老”“考”相通，意义一致。《诗经·大雅·棫朴》云：“周王寿考。”

【句意】古人又有谁能不死呢？所以我们何必计较长寿或短命呢？

【赏析】北宋嘉祐四年（1059），苏轼当年刚23岁，随父入京，途经忠州南宾县（今重庆丰都），看到这个与屈原毫无关系的地方竟建有一座屈原塔，惊异之余便写下这首五言排律诗。诗句极赞屈原坚持理想、以身相殉的精神，抒发自己无限景仰之情。从某种意义上来说，也宣示了作者未来的志向和对人生道路的选择。

★此生泰山重，勿作鸿毛遗①。

【出处】北宋·苏轼《和陶咏三良》

【注释】①遗：弃。

【句意】这一生的价值要像泰山一样重大，不要像鸿毛那样轻贱而被人遗弃。生命像泰山一样重，别把自己像鸿毛那样轻易遗弃。

【赏析】作者告诫世人要自重、自强，认识生命的价值，不要轻易放弃自己立志的事业。

★人生如朝露，白发①日夜催②。

【出处】北宋·苏轼《登常山绝顶广丽亭》

【注释】①白发：指暮年。②催：使发展变化加快。

【句意】人生就像晨露一样短暂，日夜催促白发增多。人生就像早晨的露珠，转瞬即逝，暮年日夜相接地催逼而来。

【赏析】诗句慨叹人生短暂易逝。

★人生如逆旅①，我亦是行人。

【出处】北宋·苏轼《临江仙》

【注释】①逆旅：客舍；旅店。《庄子·山木》："宿于逆旅。"

【句意】人生就像住在旅馆，我也只是个匆匆的过客。

【赏析】元祐五年（1090）十月，钱穆父由越州徙知瀛州，途经杭州，苏轼作此词送之。这两句从李白《春夜宴从弟桃花园序》化来，原句为："夫天地者，万物之逆旅也；光阴者，百代之过客也。"它表现了人生无常的思想，但对即将远行的朋友来说，却又是以精神解脱的方法给予一种劝慰：使他忘怀得失，不计升沉，当然也无须对眼前的聚散过分伤感。

★是处青山可埋骨，他①时夜雨独伤神。

【出处】北宋·苏轼《予以事系御史台狱》

【注释】①他：指其弟苏辙（字子由）

【句意】青山到处都可埋葬我，只恐日后夜雨时你会黯然神伤。

【赏析】据诗题，元丰二年（1079），苏轼"乌台诗案"发，系于狱中，被狱吏拷打，"自度不能堪，死狱中不得一别子由，故作二诗授帝吏梁成，以遗子由"。因此诗中反映了绝望的悲哀，这两句尤甚。"是处青山可埋骨"，自料必死无疑，语虽旷达，实极酸楚。"他时夜雨独神伤"，是对其弟苏辙（字子由）而言。早年兄弟两人在旅邸读韦应物"那知风雨夜，复此对床眠"时，曾相约他年共享"风雨对床"之趣。如今感到自己将死，他年雨夜弟弟将独自一人黯然神伤，言之凄婉。

★九死之余①，忧畏②百端③。

【出处】北宋·苏轼《与范元长十三首》（其六）

【注释】①九死之余：指经历许多危险而幸存。②忧畏：忧虑害怕。③百端：指极多；事物的一个方面为"端"。

【句意】在九死一生之余，样样事情都感到忧虑畏惧。

【赏析】这是作者晚年远贬儋州（今海南岛）时给范元长写的短信。范元长是作者挚友范祖禹之子。范祖禹与苏轼志同道合，当时也被贬广东化州，五十八岁时死于贬所。苏轼闻讯后极为悲痛，这十三封给范元长的信，都表示了痛悼之意。这封信是为答复范元长请为其父作《传》而写的。苏轼在信中说自己早有为亡友作《传》之心，"然今则不可，九死之余，忧畏百端，想蒙矜察。"这就是说，苏轼怕这篇《传》给自己和朋友带来灾难，所以谢绝了。苏轼一生饱受政治打击，从锒铛入狱到流放海南，确是九死一生，许多厄运都是写诗作文引起的，所以他“忧畏百端”，谨言慎行。现在仍可引用以表现心有余悸。

★寄[①]蜉蝣[②]于天地，渺[③]沧海[④]之一粟[⑤]。哀吾生之须臾[⑥]，羡长江之无穷。

【出处】北宋·苏轼《前赤壁赋》

【注释】①寄：寓托。②蜉蝣：一种朝生暮死的昆虫。③渺：小。④沧海：大海。⑤粟：一年生草本的粮食、又称谷子、小米。⑥须臾：片刻，时间极短。

【句意】人生短暂如同朝生暮死的小虫，相比于天地之长久，生命渺小得如同茫茫大海中的一颗谷粒。悲叹我们生命的短暂，羡慕长江的长久无尽。

【赏析】此句感叹自己生命的短暂、渺小，赞叹世间万物的永恒、伟岸。

★贤愚千载知谁是？满眼蓬蒿[①]共一丘。

【出处】北宋·黄庭坚《清明》

【注释】①蓬蒿：蓬草和蒿草，泛指草丛、草莽。

【句意】像那位齐人与介之推，究竟是谁贤谁愚，千百年后又有谁知道呢。如今一眼看过去，满地都是蓬蒿，最终归宿同样不过是一堆土丘而已！

【赏析】原诗上承：“人乞祭余骄妾妇，士甘焚死不公侯。”“骄妾妇”指的是《孟子齐人章》里所说的齐人，他每天到坟场里乞食，回家后却骄傲地对妻妾说：他是与富贵者共餐；“士甘焚”是指春秋时代晋国隐居在绵山的介之推，他情愿被火烧死也不肯出来做官。人生无常，无论是贤是愚，到最后都将化为一堆黄土，令人感慨万千。是非成败全是一场空，人生又何必太过计较呢？

★春梦秋云[①]，聚散真容易。

【出处】北宋·晏几道《蝶恋花》

【注释】①春梦秋云：比喻美好而又虚幻短暂、聚散无常的事物。白居易《花非花》诗：“来如春梦不多时，云似秋云无觅处。”

【句意】人生就像春梦秋云般飘忽不定，一晃而过，聚散离别竟是这般容易。

【赏析】感叹人生离别之易，欢聚之难。

★为爱寻光纸上钻，不能透处几多般。忽然撞着来时路，始觉平生被眼瞒。

【出处】北宋·守端《蝇子透窗偈[①]》

【注释】①偈：佛经中的唱词。

【句意】从外面钻进屋内的一只苍蝇，为了寻找光线，扑在窗纸上，往复探索，想钻出去，突然间，遇到原来钻进来的纸洞，这才恍然大悟，只要顺着来路返回就可以了，怎么能忽略了这一点呢！这都是一向只习惯于用眼睛而不长于动脑子所造成的。

【赏析】此诗是一首哲理诗。清代袁枚《随园诗话》评此偈虽为禅语，“却合诗旨”。全偈着眼于一个“透”字。所谓“透”，就是对人生的看破，对迷惘的识穿。而这透彻之悟，却无门可入，无法可循。可一旦悟出“不能透”，便是真“透”了。这里的玄机若能参透，在僧徒眼中，便是进入禅境了。“寻光纸上钻”“来时路”，“被眼瞒”，有很多令人回味悠长的人生哲理。诗句告诫世人：人生的未来之路，是依靠内在的功夫、智慧，即所谓“透”才能找到的。

★死[1]后是非谁管得，满村听说蔡中郎[2]。

【出处】南宋·陆游《小舟游近村，舍舟步归》（之四）

【注释】①死：一作“身”。②蔡中郎：蔡邕，是东汉一个多才多艺的文学家，曾奏请正定六经文字，亲自书写刻石置太学门外，作为范本。他曾被董卓强拉去做官，王允诛杀董卓后，蔡邕下狱死。因他做过左中郎将，所以后世称蔡中郎。据史书记载，蔡邕天性至孝，并无负心之事。但后人所编的说唱，如流行的南戏《琵琶记》，却编了一个他和赵五娘的离合故事，把他说成负心之人。

【句意】人死之后的是非好坏只能让别人去评说了，谁还能自己做得了主呢？现在赵家庄全村的人就都在听那个负鼓盲翁说着蔡中郎所谓抛弃父母和妻子的负心故事。

【赏析】南宋时流行的南戏《琵琶记》，写蔡中郎和他的妻子赵五娘的离合故事，说蔡中郎抛弃父母妻子，终于被天雷打死，其实蔡邕本没有此事。作者在近村看到演说《琵琶记》，于是借题发挥，是为蔡中郎感慨，还是为自己感慨？显然这是陆游对当权者的投降误国、埋没人才进行讽刺。

★人生贵适意，富贵安可苟[1]。

【出处】南宋·陆游《酒熟醉中作短歌》

【注释】①苟：随便。

【句意】人生在世，最要紧的是做事顺乎本心，富贵哪能用不正当的手段获取！

【赏析】诗句表达做人要有主见，不能为外物所左右。

★生拟入山随李广[1]，死当穿冢近要离[2]。

【出处】南宋·陆游《月下醉题》

【注释】①李广：汉初名将，历文、景、武三帝，匈奴称他为“汉之飞将军”。②要离：春秋时吴国勇士，为吴王阖闾刺杀公子庆忌不成而自杀。

【句意】还活着的时候，就要像李广一样，死了就要学要离。

【赏析】诗句表达了作者誓死报国的心志。

★人生须[1]广大，勿作井中蛙。

【出处】南宋·陆游《自诒（yí）》

【注释】①须：应当，应该。

【句意】人的一生应该到广阔的生活中去开阔视野，千万不能做见识短浅的井中之蛙。

【赏析】陆游认为诗人要开阔生活领域，取得广泛的生活阅历和丰富的人生体验，这样才能有益于创作。诗句既是诗人自己甘苦的凝聚，也是对前人创作经验的总结。

★事如芳草春长在，人似浮云[1]影不留。

【出处】南宋·辛弃疾《鹧鸪天·和人韵有所赠》

【注释】①浮云，指飘浮的云彩。

【句意】万事犹如芳草春光常在，人却像浮云四处飘移，连踪影也难找到。

【赏析】词句说明人生捉摸不定，只有留下事业才会如芳草常在，而其他一切都是浮云。

★自古皆有死，义不污腥膻[1]。

【出处】南宋·文天祥《高沙道中》

【注释】①腥膻：恶臭的气味，喻污秽之事物。膻：羊的气味，代指靠吃羊肉为生的元人。

【句意】自古以来，谁都免不了一死，但死就要为正义而死，不要让污秽之物玷污了民族气节。

【赏析】作者表达要为正义而死，绝不被强敌所屈辱以玷污民族气节。

★人生如寄[1]，何事辛苦怨斜晖。无尽今来古往，多少春花秋月，那更有危机？

【出处】南宋·朱熹《水调歌头·隐括[2]杜牧之齐山诗》

【注释】①人生如寄：《古诗十九首》：“人生忽如寄，寿无金石固。”②隐括：也就是对原作的内容、句子适当剪裁、增删，修改成新的作品，用今天的话说，也就是改写。朱熹“隐括”杜牧的《九日齐山登高》诗是这样的：“江涵秋影雁初飞，与客携壶上翠微。尘世难逢开口笑，菊花须插满头归。但将酩酊酬佳节，不用登临恨落晖。古往今来只如此，牛山何必独沾衣！”

【句意】人生啊如同暂时寄居在世界上，生命有限，更应惜取，何必辛苦奔波埋怨夕阳余晖。古往今来，经历多少春花秋月，朝代更替，万物兴衰生灭，哪有什么危机呢！

【赏析】“人生如寄，何事辛苦怨斜晖。”虽由原诗“不用登临恨落晖”变化而来，但意境却有不同。朱词加入“人生如寄”，意为人生有限，更应惜取，何苦对斜阳而怨迟暮呢？“无尽今来古往，多少春花秋月，那更有危机。”此三句，移植原诗“古往今来只如此”，但全反其意，更发出新意。作者认为无限宇宙之中，永远充满生机，哪有什么危机呢！这生机流行体现于天地万物人生，“亘古亘今，未尝有一息之间断”。

（朱熹《中庸或问》）人生尽其意义，就是生得其所，将有限的人生与无限的宇宙融为一体。心知此意，则人生充满乐趣，就不会“牛山何必独沾衣”。杜诗以人生无常而聊以自慰，语似旷达而实伤感抑郁。朱词却运用对人生的乐观精神来否定人生无常的伤感情绪。而这种伤感情绪不知曾折磨过多少古代诗人。回头玩味此词上片中“风景今朝是，身世昔人非”，意味更显，也更深长。既然“人生如寄”，那也就无须多虑。

★生当作人杰[①]，死亦[②]为鬼雄[③]。

【出处】宋代·李清照《乌江》

【注释】①人杰：杰出的人物，人中的俊杰。《史记·高祖本纪》载，刘邦论及张良、萧何、韩信时说：“此三者，皆人杰也，吾能用之，此吾所以取天下也。”②亦：也。③鬼雄：鬼中英雄。《楚辞·九歌·国殇》：“魂魄毅兮为鬼雄。”

【句意】活着，就应当做人中的豪杰；死了，也应成为鬼中的英雄。

【赏析】《乌江》是一首怀古诗。北宋靖康二年（1127），金兵攻陷汴京（今河南开封），徽、钦二帝被掳，康王赵构逃到江南建立南宋政权。不久李清照也到了建康（今江苏南京），诗当作于此时，表面是咏史，实则借古讽今。历史上的西楚霸王项羽，兵败之后，逃至乌江，因无颜见江东父老，自刎而死。他本是个失败的英雄，但李清照却给予热情的赞颂。这两句诗表达了作者的人生价值取向：人活着的时候，应该像项羽一样，立大志，树大业，努力拼搏，活得有意义，有追求，做人中的豪杰；即使为此而牺牲了，也要死得悲歌慷慨，壮怀激烈，成了鬼，也要做鬼中的英雄。李清照赞扬项羽生做人杰、死为鬼雄的英雄气概，实际上就是讽刺南宋偏安小朝廷的腐朽无能。诗句言简意赅，激昂慷慨，表现了对光复中原的南宋爱国将士的崇敬之情，也抒发了作者的一片爱国之心。

★古今几度，生存华屋，零落山丘。[①]

【出处】金代·元好问［黄钟］《人月圆·卜居外家东园》

【注释】①生存华屋，零落山丘：言人寿有限，虽富贵者也不免归于死亡。东晋政治家谢安受到会稽王司马道子的排挤，出镇广陵，不久重病缠身，入西门州。他想到自己壮志难酬，不禁慨然长叹说：“吾病殆不起乎？”果病卒。谢安死后，他的外甥羊昙因大醉误入西门，想起谢安的遭遇，就吟诵曹植诗：“生存华屋处，零落归山丘！”（《箜篌引》）恸哭而去。

【句意】要知道古往今来有多少同样的感慨：活着时身居高厦大宅，到头来免不了要在荒凉的山丘中把尸骨掩埋。

【赏析】元好问在金亡之后，饱尝乱世之苦。当他回到阔别二十多年的故乡时，看到的只是田园寥落、亲友凋零、屋宇犹存、居人已逝的惨景。他不禁愁思满怀，因而借古喻今，抒发了一种家破人亡、今昔盛衰的喟叹，在酸楚沉痛的字句中包容了社会离乱的广阔内涵。

★人生有几[①]，念良辰美景，一梦初过。穷通[②]前定，何用苦张罗[③]。

【出处】金代·元好问《骤雨打新荷》

【注释】①几：几许，此处指多长时间。②穷通：指困窘和通达。穷：困厄，不如意。通：通达顺利，得志如意。③张罗：筹划、料理等。

【句意】人生能有几多日月，想起那良辰美景，好像一场梦幻一般，俯仰即逝，无法挽回。人的命运如何，都是注定了的，不会因个人的作为而变化。

【赏析】曲文抒写情怀，慨叹人生短暂，如红炉焰上片雪飞，忽然而已；而人的命运又是早已注定的，虽苦心孤诣地去张罗，亦不能改变其根本。因此在良辰美景之中，不可将年华浪费在不值得追求的事上，体现了元好问旷达的胸怀与明智的抉择。

★世事云千变，浮生梦一场[①]。

【出处】金代·王庭筠《书西斋》

【注释】①梦一场：元代诗人邓玉宾的《雁儿带得胜令·闲适》“浮生梦一场，世事云千变”颠倒了一下前后句。

【句意】世间的俗事如同云彩的变化无穷，人生在世好像一场幻梦。

【赏析】诗句谓世事如云变幻无常，人生如梦虚幻短暂。苏轼《西江月》词中有云：“世事一场大梦，人生几度秋凉。”与此诗意相同，但这里有像看破尘世的喟叹更多些。

★人生万事须自为[①]，跬[②]步江山即寥廓[③]。

【出处】元代·范梈《王氏能远楼》

【注释】①自为：自己善于处世。②跬（kuǐ）步：极言窄小。跬，半步。《大戴礼记·劝学》：“不积跬步，无以至千里。”③寥廓：旷远辽阔。

【句意】人生在世，凡事都应当自己拿定主意，要靠自己去努力创造广阔自由的天地。只要每往前迈出哪怕只有半步，就能体会到江山寥廓、风光无限。

【赏析】《王氏能远楼》是一首登楼饮酒诗，是作者与友人开怀畅饮酒醉后所写的。诗句表达作者的人生观念：人生必须奋发努力，只要这样做了，就一定会有巨大收获。

★乾坤一转丸[①]，日月双飞箭[②]。浮生梦一场[③]，世事云千变[④]。

【出处】元代·邓玉宾［双调］《雁儿带得胜令·闲适》

【注释】①乾坤一转丸：乾坤，此指天地。转丸，飞转的球丸。全句是说天地宇宙之间的变化，就像飞快流转的球丸一般，令人目不暇接，无法把握。②日月双飞箭：太阳和月亮的升降交替，就像两支飞射出去的箭一样，极言光阴流逝之快，与常说的“光阴似箭，日月如梭”意义同。③浮生梦一场：浮生，《庄子·刻意》：“其生若浮，其死若休。”老庄以人生在世，虚浮无定而言。后人相沿袭，遂称人生为“浮生”。④世事云千变：世事如同风云一般，千变万化。杜甫《可叹》诗：“天上浮云如白衣，斯须改变如苍狗。”

【句意】乾坤宇宙像转丸般瞬息万变，日去月回像疾飞的双箭。短短的一生像一场春梦，世事如浮云般千变万化。

【赏析】这是作者感叹人生的几句曲子，连用了四个比喻句从空间、时间、人生、社会四个角度表达作者对世界的认知。无垠的宇宙空间只如小小的转丸；永恒的时间也如箭一般稍纵即逝；浮生若梦，虚妄无定；世事如云，变幻无常。这种观念，乃是中国历代文人人生和政治体验长期积淀所获得的同感。正是基于这样的思考和判断，作者在曲中肯定了虚无恬淡、闲适隐居的处世态度。此曲对人生进行了深入的思考，否定了功名仕进，肯定了隐逸绝世。

★寄语悠悠行路人，乾坤险设君勿嗔。胸中芥蒂[①]未尽去，须信坦道多荆榛[②]。

【出处】元代·许谦《冯公岭》

【注释】①芥蒂：本作“蒂芥”，指细小的梗塞物。后来宋人诗中把这个词颠倒为“芥蒂”，比喻积在心里的怨恨和不快。②荆榛：这里比喻坎坷、险阻。

【句意】告诫在悠悠人生道路上行走的人们，对于天地间设有的险境且不用嗔怪抱怨，要是胸中还存有芥蒂，那么即便是坦途也会有风波之险；要是胸怀坦荡，虽走在险途，也可以安然度过。

【赏析】这四句诗是作者对于一种人生哲理的阐述，对于人们有极好的鼓励与鞭策的作用。

★人无千日好，花无百日红[①]。

【出处】明代·施耐庵《水浒传》第四十三回

【注释】①百日红：紫薇的别名。此指百日内盛开的花朵。

【句意】人生在世，不可能事事顺心，要想有一千个好日子是很难的；就像花朵一样，不可能盛开一百天——不但不枯萎，而且还是和当初一样的红艳。

【赏析】原诗劝人一时的得意不可太过张狂，应该及早为日后作打算才对。人们对自身的认识，常常不免有一厢情愿的错误判断，这尤其表现在当人处于一生事业的高峰或风云际会的偶然巧合时，明明高峰的一边就是万丈深渊，明明一时凑合的幸运风云埋伏着凶险杀机，他偏要从好处设想自己的前景，沉湎在这靠不住的胜利中骄狂放任，而终至失去帮助和挽救自己的最后时机，导致一败涂地、不可收拾的下场。这便是人惑于己见，不能以变化、发展的明智正确对待自己的害处。古书告诫人要“居安思危”，说的就是这个道理。这两句诗，举花譬喻人事，所要警策世人的，也是这个道理。

★人生由来不满百，安得[①]朝夕事隐忧。

【出处】明代·于谦《静夜思》

【注释】①安得：怎么能。

【句意】人一辈子从来都活不到一百岁，怎么能一天到晚总是沉溺于烦恼之中？

【赏析】诗句表达人生短暂，不应当忧思不已，而应当胸怀远大，立志高远。

★丈夫[①]不作寻常死，纵死常山[②]舌不磨。

【出处】明代·张家玉《自举师不克与二三同志怏怏不平赋此》

【注释】①丈夫：大丈夫，指有才能有抱负的人。②常山：指唐玄宗时的常山太守颜杲（gǎo）卿。天宝十四年，颜杲卿出兵讨伐安禄山，后被俘，他痛骂敌人，结果被肢解断舌而死。

【句意】大丈夫生临人世，就不能平平庸庸地死去，即使是死，也应当像常山太守颜杲卿那样壮烈而死。

【赏析】这是一首充满英雄气概的诗，张家玉是明末抗清英雄。诗句表达了作者坚强不屈的斗争精神和高尚的生死观。张家玉不仅在诗中表达了这样的生死观，而且在行动上贯彻实行。明亡后，他在江西、广东等地率兵抗清，后战败自杀。

★人生富贵驹隙过[①]，唯有荣名[②]寿[③]金石[④]。

【出处】清代·顾炎武《秋风行》

【注释】①驹隙过：骏马从孔隙中穿过，比喻极为短暂。②荣名：美名。③寿：命，长寿。④金石：金银玉石。

【句意】人世间，富贵就像白驹过隙，转瞬即逝，只有美名可以与金银玉石一样历久长存。

【赏析】诗句说明人生在世不能贪求富贵，而应当建功立业以求得美名。

★一死留芳名[①]，一死骨已枯。寄语后世人，观此两丈夫。

【出处】清代·顾炎武《淮东》

【注释】①芳名：指美名。

【句意】有的人死了给后世留下英名，有的人死了只留下一堆枯骨，把这话寄托给后人，看看这两种人的人生观。

【赏析】诗句表达了作者人生价值观，要死得其所，名垂千古，流芳百世。

★死生一事付鸿毛[①]，人生到此方英杰。

【出处】清代·秋瑾《宝剑歌》

【注释】①鸿毛：鸿雁的羽毛。

【句意】把生死看得如同鸿毛一样轻微，人有这种精神，才算得上英雄豪杰。

【赏析】诗句说明人不能贪生怕死，而要勇于为理想献身，做一个人中豪杰。

容 貌

★颜色[①]憔悴[②]，形容[③]枯槁[④]。

【出处】战国楚·屈原《渔父》

【注释】①颜色：主要指面容。②憔悴：瘦弱萎靡的样子。③形容：兼指面容及形体。④枯槁（gǎo）：枯瘦羸弱。

【句意】面容灰暗萎靡，形体干枯瘦弱。

【赏析】这两句诗中，“颜色”与“形容”义近，“憔悴”与“枯槁”义近，两句连用，极言人面黄肌瘦、形销骨立，从面目到神情都疲惫不堪，萎靡不振。可用于描写某些人经过艰难困苦的生活折磨或经过长途跋涉之后的外貌。

★翩若惊鸿，婉若游龙[①]。荣曜秋菊，华茂春松[②]。仿佛[③]兮若轻云之蔽月[④]，飘飖兮若流风之回雪[⑤]。

【出处】三国魏·曹植《洛神赋》

【注释】①翩若惊鸿，婉若游龙：形容体态轻盈柔美。翩：轻快飘忽。惊鸿：受惊的大雁。婉：美好。②荣曜（yào）秋菊，华茂春松：以草木芳鲜茂盛，形容洛神容光焕发，肌体丰盈。荣曜：形容光彩夺目。华茂：华美茂盛。③仿佛：看不真切的样子。④轻云之蔽月：喻行迹忽隐忽现。⑤流风之回雪：比喻行走婀娜多姿。流风：轻风。回：回旋。

【句意】她的身姿像受惊后振翅高飞的鸿雁，又像在空中戏耍的游龙。她容光焕发如秋菊，年轻美丽若春天繁茂的青松。她的行为举止若隐若现像薄云遮掩住了月亮，她的形象飘忽不定如旋风卷起的漫天雪花。

【赏析】该赋想象丰富而奇特。以“惊鸿”“游龙”来描写洛河女神的体态之华美；以“秋菊”“春松”来比喻其容貌之明艳；以“轻云”“流风”等来形容其姿态之轻盈，将洛河女神的沉鱼之貌、落雁之容极为夸张地展现了出来，给人酷而不烦、艳而不俗之美。

★少壮能几时，鬓发各已苍[①]。

【出处】唐代·杜甫《赠卫八处士》

【注释】①苍：斑白，花白。陶潜《饮酒》：“岁月相催逼，鬓边早已白。”为这句用语所本。

【句意】年轻的时光能有多少？现在鬓发都已经斑白了。

【赏析】两句诗感叹年华流逝，人生易老。对于世事、人生的迅速变化，表现出无限惋惜和惊悸。

★去年今日此门中，人面桃花相映红。

【出处】唐代·崔护《题都城南庄[①]》

【注释】①《题都城南庄》：这首诗有一段颇具传奇色彩的故事：崔护举进士不第，清明日独游都城南，因口渴到一户人家求饮，遇到一位风姿绰约的女子，令崔护念念不忘，但没有再去找她。第二年清明日，崔护忽然想起这个女子，情不可抑，径往寻之，门户紧闭，无人应声。于是崔护在门上题了这首诗。

【句意】去年的今天，在这户人家有位姑娘，面容和桃花相互映照，红艳动人。

【赏析】此诗明白如话，首句交代时间地点，次句写出当时的情景，以桃花为映衬，刻画了少女面容的娇艳，浅近而准确。独孤及《和赠远》也有相似的诗句云："美人挟瑟对芳树，玉颜亭亭与花双。"然相比之下，一个简练鲜明，一个辞费意晦。无怪明人孟称舜要将此诗的意境衍为杂剧《桃花人面》。

★发少嫌梳利，颜[①]衰[②]恨镜明。

【出处】唐代·刘禹锡《冬日晨兴寄乐天》

【注释】①颜：容貌。②衰：衰残，衰老。

【句意】头发稀少了，责怪梳子过于尖利；年老颜色变衰，恨镜子太亮，照得太清楚了。

【赏析】此两句诗抒发了衰老之叹。可以看出，作者已经衰老，但又不愿正视这一现实。因为他思想上并未衰老，还希望在事业上、学术上有所作为。此两句诗形容年已老大，但又不希望自己年老的人的心理，写得很幽默。

★春风十里[①]扬州路，卷上珠帘总不如。

【出处】唐代·杜牧《赠别二首》之一

【注释】①春风十里：指扬州歌楼妓馆林立的繁华街区。扬州在唐代最为繁华，旧城南北十五里一十步，东西七里三十步，茶楼酒肆，人山人海，珠帘卷处，美女如云。

【句意】春风轻柔地吹着约有十里长的扬州路；即使把沿路一家家的珠帘卷起来看看，总觉得所有帘内的女人都比不上她。

【赏析】这是作者在扬州赠别一位歌妓的名句，用对比夸张的手法极写所爱女子的美丽动人。美到扬州十里长街的珠帘中，竟没有一个美女美得过她。描写对情人的痴迷眷恋，与元稹"曾经沧海难为水，除却巫山不是云"两句诗的意境颇为相似。现在可以用来描写一个人的美貌。"春风十里扬州路"常用来比喻扬州的繁华。

★醉貌[①]如霜叶，虽红不是春[②]。

【出处】唐代·白居易《醉中对红叶》

【注释】①醉貌：言酒醉时的面貌。②春：这里指青春。

【句意】喝醉了酒，脸红得好像秋天的枫叶，然而虽红光满面，但终究失去了少年的心志。

【赏析】此诗写于被贬江州期间。为白居易在深秋饮酒之时，观赏红叶而写下的感想。诗句把政治上失意后借酒浇愁、情绪消沉的心态，形象地反映出来。作者常年嗜酒，自己的面容在喝醉后犹如晚秋临风的霜叶，脸上总是红扑扑的。霜叶虽然艳红，但毕竟不是春色；人的醉貌尽管也是红颜，但终究失去了少年心态。白居易写醉酒后的容颜的诗句还有：“夜镜隐白发，朝酒发红颜”“霜侵残鬓无多黑，酒伴衰颜只暂红”。苏轼也有诗：“儿童误喜朱颜在，一笑那知是酒红。”（《纵笔》）宋代郑谷诗：“衰鬓霜借白，愁颜酒借红。”

★玉容寂寞泪阑干[1]，梨花一枝春带雨。

【出处】唐代·白居易《长恨歌》

【注释】①泪阑干：泪痕纵横。

【句意】美丽的容貌，孤独的神情，涕泪涟涟，就像春天里一枝带雨开放的梨花。

【赏析】这两句描写死后成仙的杨玉环在蓬莱宫中见到唐明皇使者时的神态，她面容惨淡，泪痕纵横，但仍然很美，像一枝带雨的梨花。作者写杨玉环悲伤啼哭时的美丽形象，出人意料地以带雨的梨花来比喻她，显得既悲且美。

★侍儿[1]扶起娇无力[2]，始是新承恩泽时。

【出处】唐代·白居易《长恨歌》

【注释】①侍儿：婢女。②娇无力：出浴美人那种慵弱无力、娇艳动人的样子。

【句意】婢女搀扶起出浴后慵弱无力、娇艳动人的杨贵妃，这是她新承唐明皇恩宠厚爱的开始。

【赏析】杨贵妃是中国古代美人的典型，堪称东方的维纳斯。作者描写常态下的杨贵妃“回眸一笑百媚生，六宫粉黛无颜色”。此句诗描写贵妃出浴时的芳姿，更显得娇媚无限。“娇无力”三字本已高度概括了贵妃出浴时娇艳困弱的样子，而需“侍儿扶”才得“起”来，其慵怯柔媚之态更宛然如见，难怪风流多情的唐明皇恩泽倍加，专宠一人了。

★懒起画蛾眉[1]，弄妆梳洗迟。

【出处】唐代·温庭筠《菩萨蛮·小山重叠》

【注释】①蛾眉：形容女子长而美的眉毛。也写作“娥眉”。

【句意】睡醒了，却懒得起来画眼眉，梳洗打扮时动作也是慢腾腾的。

【赏析】这里描写一位女子早晨睡醒时娇慵懒散的神态，表现她空虚孤寂的心境。

★暗想玉容[1]何所似[2]，一枝春雪冻梅花，满身香雾簇朝霞。

【出处】唐代·韦庄《浣溪沙·惆怅梦余山月斜》

【注释】①玉容：美称女子的容貌。②何所似：像什么样子，是什么样子。

【句意】暗中想象她的容貌是什么样子：就像那春雪中俏丽、红艳、雅洁、坚贞的梅花，浑身香雾缭绕，簇拥着光彩耀眼的朝霞。

【赏析】此词以比兴手法写想象中的美人。把美人比作花，并不稀罕，李白《清平调》就写过“云想衣裳花想容”“一枝浓艳露凝香”。可是作者这里所写的美人，却是春雪中的梅花，着一“冻”字，则突出了她冰清玉洁、傲雪凌霜的高贵品质。在她的身上又笼罩着香雾朝霞，确如曹植《洛神赋》所说：“远而望之，皎若太阳升朝霞。”实际上，作者盖以美人自喻，以表现其不同流俗的高标远致。

★山与歌眉敛，波同醉眼流[1]。

【出处】北宋·苏轼《南歌子·游赏》

【注释】①“山与”两句：是从隋末唐初谢偃《听歌赋》：“低翠蛾而敛色，睇横波而流光”，句化出。

【句意】歌女黛色的眉头一蹙，就像西湖远处苍翠的山峦，傲然不可侵犯；醉后惑人的眼波流转，恰如湖中的滟滟水波，令人心神荡漾。

【赏析】作者将山峦与歌眉、醉眼与流波加以并置，通过两者外表的相似来表现两者气质上的相同之处，既形象地描写出歌女的形态容貌，又描写出其喜怒哀乐的精神特征。

★水是眼波[1]横，山是眉峰[2]聚。

【出处】北宋·王观《卜算子·送鲍浩然之浙东[3]》

【注释】①眼波：目光流盼，如同水波一般清澄，所以诗人们向来都把美人的眼睛比作水波，叫眼波。②眉峰：指眉毛。诗人常把美人的眉毛比成山峰，多叫眉峰。如《西京杂记》载“卓文君眉色姣好，如望远山。”③浙东：今浙江东南部，宋属浙江东路。

【句意】澄澈明净的江水啊，好像美人的眼波一样横流；延绵起伏的山峦啊，恰似美人的眉峰一样攒聚。

【赏析】此词调下题作“送鲍浩然之浙东”。把友人所要去的江南春色写得非常优美。这一联设想奇特，又带些俏皮味。古人常用“眼如秋水”的比喻形容美人的眼睛；“眉如春山”来比喻美人的秀眉。李白的《长相思》：“昔日横波目，今作流泪泉。”晏几道的《菩萨蛮》：“堪恨一横波，恼人情绪多。”都是形容眼睛的美丽，状如一湾秋水。这里词人却反过来以女子的眉眼来比秀色迷人的山水，以“眼波横”喻水，水像饱含热泪的眼睛；以“眉峰聚”喻山，山像紧锁的眉峰。虽是写景，而别愁离恨已在其中。

★朱颜渐老，白发添多少？桃李春风浑[1]过了，留得桑榆[2]残照。

【出处】元代·白朴《清平乐·题阕》

【注释】①浑：全部。②桑榆：晚年的代称。《后汉书·冯异传》云：“失之东隅，收之桑榆。”

【句意】红颜渐渐衰老，白发又增添多少，桃李春风都已过去，只剩桑榆其时的残照。

【赏析】《清平乐·题阕》是一首叹惋迟暮之作，这类题材在古诗中早已司空见惯，但由于作者出语质朴，为文自然，比喻新颖，感情真挚，因而颇具一定艺术魅力。

★日日风尘色，劳劳簿[1]终身；不知清镜里，已作二毛人。

【出处】明代·王守仁《初见白发》

【注释】①簿：官吏名册，这里指官位。

【句意】每天都是风尘满面，为官劳累了一辈子；不知道自己在镜子里，已是一个头发花白的人了。

【赏析】诗句显露出作者对在官场上终日奔波忙碌的厌烦情绪。

★故人[1]憔悴折腰[2]苦，世路[3]风波[4]强项[5]难。

【出处】清代·蒲松龄《闻孙树百以河工忤大僚》

【注释】①故人：老朋友，这里指作者的同乡好友孙惠（字树百）。孙惠为人耿直，“以河工忤大僚”即为治河违抗了上司的意旨。②折腰：《晋书·陶潜传》：“不能为五斗米折腰。”本意为弯腰行礼，这里意为官场中受到的屈辱。③世路：人世间的生活道路。这里指官场的道路。④风波：指险恶的人事变化。⑤强项：不肯低头，倔强。《后汉书·董宣传》：东汉董宣为洛阳令，杀湖阳公主恶奴，光武帝命向公主谢罪，宣不肯低头，光武帝称之为“强项令”。

【句意】朋友饱受折磨容貌憔悴极其痛苦，宦海中风波险恶而刚直不屈实在难得。

【赏析】诗句抒发了作者目睹仕途险恶而产生的深沉感慨和对老友高尚节操的由衷赞叹。上句“苦”字，写出友人无可奈何地周旋于官场之中所受到的精神折磨。下句“难”字，表明友人以卑小的官职而敢于触怒大僚，确属难能可贵。诗人把人们熟悉的“折腰”“强项”两个典故顺手拈来，用事入化，组成对仗，可谓精当之至。

★一朝[1]春尽红颜[2]老，花落人亡两不知。

【出处】清代·曹雪芹《红楼梦·黛玉葬花词》

【注释】① 朝（zhāo）：日；天。②红颜：指貌美的女子。

【句意】春天会在某一天过去，少女的容貌也会衰老；鲜花凋落了，葬花人死去了，可是没人知晓。

【赏析】这首《黛玉葬花词》以丰富而奇特的想象、浓烈而忧伤的情调展示了林黛玉的精神世界，诗中有执着的爱怜、热烈的追求和强烈的愤慨、抗议与控诉，更多的是悲观的感伤、无可奈何的哀怨。“一朝春尽红颜老，花落人亡两不知”两句诗，正是“无可奈何花落去”的演绎。黛玉痛惜落花，也就是伤悼自己。她是典型的弱者，虽有反抗精神，但无能为力，只好哀叹花落人亡两不知了。

★花经雨后香微淡，松到秋深色尚苍[①]。

【出处】清代·袁枚《樹霞裳寄药方兼讯病中光景》

【注释】①苍：深绿色。

【句意】经过雨淋后的花只能散发淡淡清香，松树到了深秋依然枝叶碧绿。

【赏析】诗句可用于对长辈老人的祝寿词。称赞老人老而弥坚，老而弥健的进取精神。

青少年

★婉兮娈兮[①]，总角[②]丱[③]兮。未几[④]见兮，突而[⑤]弁[⑥]兮。

【出处】先秦·《诗经·齐风·甫田》

【注释】①婉兮娈兮：年少而貌美的样子。兮，文言助词，相当于现代的“啊”或“呀”。②总角：把两鬓的头发扎成两髻，状如两角。③丱（guàn）：古代儿童束的上翘的两个角辫。④未几：过不多时。⑤突而：副词，忽然。⑥弁（biàn）：成人的帽子。

【句意】幼童年少又俊俏，头上扎辫两边翘。过不多时再相见，忽然戴上成人帽。

【赏析】比喻只要循序渐进就可达到预期的目的。

朝为媚[①]少年，夕暮成丑[②]老。

【出处】三国魏·阮籍《咏怀》（八十二首其四）

【注释】①媚：美好，可爱。②丑：样子难看。

【句意】早晨还是美好的少年，晚上就成了丑陋的老人。

【赏析】诗句流露出的是阮籍感叹黄昏已近，实则是感叹自己人生蹉跎的怨恨之情。

漠漠秦云[①]淡淡天，新年景象入中年。

【出处】唐代·郑谷《中年》

【注释】①秦云：长安旧属秦地，此地天上的云朵故称秦云。

【句意】漠漠秦云，淡淡天色，又一个春天的景象到来，自己也渐渐进入了中年。

【赏析】这句诗是感叹人生之短暂。前一句以写景起兴，西北地区的天空飘浮着一抹云彩，淡淡的、懒懒的，写出了春天暖和慵懒的情态。后一句则是概叹时光之瞬息变化，又一个春天到来，作者自己也渐渐进入了中年，青春不再，来日无多，思绪万千，百感交集。诗句用语简单明白，却在平淡之中蕴藏了无限感念，其中“漠漠”“淡淡”更是烘托出了作者的情感基调，耐人寻味。

人生不得长少年。

【出处】唐代·岑参《蜀葵花[1]歌》

【注释】①蜀葵花：锦葵科植物的一种，产于中国四川。

【句意】人生不可能会有长久的年少时光。

【赏析】岑参这首诗的全文是：“昨日一花开，今日一花开。今日花正好，昨日花已老。始知人老不如花，可惜落花君莫扫。人生不得长少年，莫惜床头沽酒钱。请君有钱向酒家，君不见，蜀葵花。”诗句中虽然体现出及时行乐的消极情绪，但从另一面看确是在告诫世人应该珍惜短促少年青春，珍惜今日的美好，莫要像蜀葵花今日不如昨日，一天不如一天。

昨是儿童今是翁，人间日月急[1]如风。

【出处】唐代·姚合《酬令狐郎见寄》

【注释】①急：一本作“疾”。

【句意】昨天还是小孩子，今天一下就成了老头儿，人间岁月急促得就像疾风一样一吹而过。

【赏析】写岁月如流、韶光易逝、人生易老的情形。

少壮能几时，鬓发各已苍[1]。

【出处】唐代·杜甫《赠卫八处士》

【注释】①苍：斑白，花白。陶潜《饮酒》诗曰：“岁月相催逼，鬓边早已白”为这句用语所本。

【句意】年轻的时间能有多少？现在鬓发都已经斑白了。

【赏析】两句诗感叹年华流逝，人生易老。对于世事、人生的迅速变化，表现出一片惋惜、惊悸。

巴女骑牛唱竹枝，藕丝[1]菱[2]叶傍江时。

【出处】唐代·于鹄《巴女谣》

【注释】①藕丝：藕，借指荷花。②菱：一种水生植物，叶略呈三角形，夏天开花，白色。果实有硬壳，有角，俗称菱角。

【句意】一个巴地的女孩骑着一头牛，唱着民歌，沿着盛开着荷花、铺展着菱叶的江岸，慢悠悠地回家。

【赏析】作者以平易清新的笔触，描绘了一幅恬静闲雅的巴女放牛图。诗句写的是夏天的傍晚，夕阳西下，烟霭四起，荷花盛开，菱叶铺展，一个天真伶俐的巴江女孩儿骑在牛背上面，高声唱着山歌，沿着江边的小路慢慢悠悠地回转家去。如此山乡风味，何其清新动人！

蓬头[①]稚子学垂纶[②]，侧坐[③]莓苔[④]草映身。路人借问遥招手，怕得鱼惊不应人。

【出处】唐代·胡令能《小儿垂钓》

【注释】①蓬头：形容头发不加梳理很乱的样子。②垂纶：钓鱼。纶，钓鱼用的丝线。③侧坐：表现一点也不庄重的样子。④苔：指乱草青苔丛生的水边湿地。

【句意】头发蓬乱的小儿学钓鱼，侧身坐在有苔藓的阴湿地方，那里野草长得很高，掩映了小儿的身体。一位行人向他问路，他连忙招手，怕鱼受惊不肯上钩。

【赏析】诗句用白描手法勾画出一个可爱的孩子专注钓鱼的情景和神态。

儿童相见不相识，笑[①]问客从何处来。

【出处】唐代·贺知章《回乡偶书》

【注释】①笑：一作“借”，一作“却”。

【句意】儿童们见了都不认识我，以为我是外地客人，笑着问我从哪里来！

【赏析】作者年轻时离开家乡，到八十六岁时还乡，中间相隔近五十年。从故乡纷繁变化的人事中，只就初见儿童的景况着笔。“笑问客从何处来”，从儿童娇憨的询问情态中，概括了自己的一生波澜，将衰老之感加以深化，也流露出一层莫名的惆怅。

老去风光[①]不属身，黄金莫惜买青春[②]。白头纵作花园主，醉折花枝是别人。

【出处】唐代·雍陶《劝行乐》

【注释】①风光：指名利。②青春：指时光和年华。

【句意】当你老去的时候，名利已不属于自己，即使用黄金也难买回逝去的时光和年华。一味地苦拼，忘了休闲娱乐，熬到头发都白了，纵然真有一天富贵，做了花园主人，到那时，在花园里畅饮醉酒、折花为戏的人恐怕已是别人了。

【赏析】这首诗是劝告世人珍惜时光和青春，热爱生活，美妙时代不可能久留，已过之时光却不再回来，应当好好把握青春年华才对。“白头纵作花园主，醉折花枝是别人”这两句诗，与“有花堪折直须折，莫待无花空折枝”的意境十分相似。

无情最恨东流水，暗逐芳年[①]去不还。

【出处】唐代·唐彦谦《秋日感怀》

【注释】①芳年：是指美好的青春年华。

【句意】最恨的事情就是，美好的青春年华像那无情的东流水一样，一旦失去，就不可挽回了。

【赏析】诗句告诫世人要珍惜时间、珍惜青春年华，否则正如古诗所云“百川东到海，何时复西归？少壮不努力，老大徒伤悲。”

青春[①]如不耕，何以[②]自结束。

【出处】唐代·孟郊《赠农人》

【注释】①青春：年轻的时候。②何以：用什么。

【句意】年轻的时候如果不辛勤耕耘，那么用什么来安排自己晚年的生活呢？

【赏析】诗句表达青年人应当奋发上进，有所作为，而不要庸碌一生。

青春[①]须早为[②]，岂[③]能长[④]少年！

【出处】唐代·孟郊《劝学》

【注释】①青春：指人的青年时期。下文“少年”义同。②为：做。此指学习和实践。③岂：难道。④长：长期。

【句意】青春易逝，人生易老，所以青年人应该趁自己年轻，及时努力，早有作为，早有所成；人的一生哪能永远都是少年，永远都年轻呢？

【赏析】青春不会永驻，逝去的时光不能再来，正如清人施闰章《古意》诗所言：“丝染无复白，鬓白无重黑；努力爱青春，一失不再得。”况且青年时期精力旺盛，朝气蓬勃，正可大有作为，所以作者劝勉人们要抓紧生命中最宝贵的青少年时期，发愤学习，努力向上，有所作为。诗句动人以情，晓之以理，言辞恳切，发自肺腑，具有一定的教育和启示作用。人们应该牢记孟郊这两句话，青年人尤应把它书之为座右铭。

白日[①]莫[②]空过，青春不再来。

【出处】唐代·林宽《少年行》

【注释】①白日：白天，泛指时间。②莫：不要。

【句意】不要让时光匆匆流逝，要多做有意义的事，青春过去了就不会再回来。

【赏析】诗句表明对青春不再重来的惋惜。劝诫世人要珍惜时间，年青一代要像蜡烛为人照明那样，有一分热，发一分光，忠诚而踏实地为人类伟大的事业贡献自己的力量。

花开[①]堪[②]折直须[③]折，莫待[④]无花空折枝。

【出处】唐代·杜秋娘《金缕衣》

【注释】①花开：一作“有花”。②堪：可以，能够。③直须：不必犹豫。直，就；须，应。④待：等到。

【句意】花儿既已盛开，那么就要能够折的时候毫不犹豫地折下来，别等到花谢了才去攀折那空无一物的树枝。

【赏析】这两句诗里的“花”是青春年少的比喻。青春年少的确像花一样美好，但也像花一样很快就会萎谢、消失。所以，应该趁它还在的时候充分地把握它、利用它，不要等它消失以后再想到它。这和“少壮不努力，老大徒伤悲”意思相近。作者用最为常见的鲜花盛开来比喻青春年少，以无花空枝比喻青春年少一去不复返，具有强烈的启迪意义。勉励人们应该珍惜青春，珍惜大好年华。

男儿不再壮[1]，百岁如风狂。

【出处】唐代·韩愈《此日足可惜赠张籍》

【注释】①壮：指青壮年。

【句意】男子汉的青春只有一次，百岁之寿也不过像狂风一吹而过。

【赏析】此名句揭示青春不再来、时光如风逝的道理，以告诫人们珍惜光阴。前句直言相告，开诚布公，后句借用比喻，手法委婉，两句一直一曲，相映成趣。

唯当鬓发[1]时，行住[2]须努力。

【出处】唐代·寒山《洗洗黄河水》

【注释】①鬓发：黑发，比喻年轻。②行住：行走或停留，谓一举一动。

【句意】趁头发还黑，人还年轻，应当及时努力，奋发有为。

【赏析】诗句劝告世人要珍惜青春时的大好时光，奋发努力，成就事业。

风云变幻饶[1]年少，光景蹉跎[2]属老夫。

【出处】唐代·刘禹锡《乐天重寄和晚达冬青一篇，因成再答》

【注释】①饶：多，富足。②蹉跎：时间白白浪费，虚度光阴。有失足、失意、失时的意思。

【句意】叱咤风云的多是年轻人，虚度光阴的属于我老夫。

【赏析】诗句是对年轻人的期盼，对年老者的叹息。

寄言全盛红颜子[1]，应怜半死白头翁。

【出处】唐代·刘希夷《代悲白头翁》

【注释】①子：少年。

【句意】转告那些正值青春年华的红颜少年，应该怜悯这位已是半死之人的白头老翁。

【赏析】这是一首拟古乐府的诗，题又作《代白头吟》。刘希夷此诗从红颜女子写到白头老翁，咏叹青春易逝，富贵无常，有很深的哲理意蕴。诗句“寄言”红颜少年，切不可仗恃年轻而不顾及生命的短暂——“红颜子”的明天，就是“白头翁”的今日。

青春留不住，白发自然[1]生。

【出处】唐代·杜牧《送友人》

【注释】①自然：天然，非人为的。

【句意】青春是挽留不住的，白发到时候就长出来了。

【赏析】此两句诗主要抒写自然规律不可抗拒，时间对于每一个人都是公平的。青春对于每个人也是如此，谁想把青春留住，永不衰老，都是不可能的。这一切都不以人的意志为转移。诗句充满了唯物主义的实事求是精神，可用以劝人慰己，不要因青春已过，双鬓花白而伤心。

人生非寒松，年貌[1]岂长在。

【出处】唐代·李白《古风》

【注释】①年貌：年轻，美貌。

【句意】人生并不像青松那样，年年常绿，青春难以挽留，怎么会不老呢？

【赏析】此诗感叹时光流逝，人世苦短，年貌易改，言外有劝人惜时之意。

青春虚度无所成，白首衔[①]悲亦何及。

【出处】唐代·权德舆《放歌行》

【注释】：①衔：存在心里。

【句意】一个虚度年华、无所成就的人，到老的时候心怀悲楚，又怎么来得及呢？

【赏析】诗句劝诫之意溢于言表。青春当有成，勿衔白头悲。只要抓紧眼前，奋发有为，到你迟暮之时就不会为虚度年华而悔恨了。

五陵[①]年少浑[②]薄幸[③]，轻如曲水飘香。

【出处】北宋·晏几道《河满子》

【注释】①五陵：本指汉代的长陵、安陵、平陵、茂陵、阳陵，是富豪聚居之地，这里是借指豪门。②浑：简直。③薄幸：薄情，负心。

【句意】出身豪门的贵族子弟简直都是负心汉，他们轻薄浮浪，玩弄女性，犹如弯曲水面上的浮花，转瞬即逝。

【赏析】作者通过描写“五陵年少”的“薄幸”，间接地表现作者对歌女悲惨命运的深深关切和同情。

惜恐镜中春[①]，不如花草新。

【出处】北宋·张先《菩萨蛮·忆郎还上层楼曲》

【注释】①镜中春：指镜中女子的容颜如春光般姣好。

【句意】感叹镜中的春容只会年年减色，它不像芳草那样年年更新。

【赏析】这几句词表现了作者对青春易逝的感慨。花草落了、枯了，明年还会开、还会绿，但人的青春一旦消逝，就再也不复返了。

送春春去几时回？临晚镜，伤流景[①]，往事后期[②]空记省[③]。

【出处】北宋·张先《天仙子·水调教声》

【注释】①流景：指时光的流逝，如言“流年”。②后期：日后的约会。③记省：记得清楚。

【句意】送春归去，春已归去，不知什么时候还会回来？傍晚时分临镜自照，感伤流年如水，朱颜早凋。往事成空，后期无定，想也无益，记也徒劳，更觉得悲愁难消。

【赏析】这是伤春嗟老之作。春天归去明年还会再来，这是自然规律，无须寻问。而作者偏问“几时回”，其中包含许多低徊留恋在内，只有临老的人才会有这样的心境。问“春去几时回”者，表面是问自然界的春天，实际是问自己生命中一去不返的青春时代还能回来吗？

韶华[1]不为少年留，恨悠悠，几时休？

【出处】北宋·秦观《江城子》

【注释】：①韶华：青春年华。

【句意】大好时光不会为少年停留片刻，满怀的悠悠怨恨，要到何时才会停止呢？

【赏析】作者感叹美好时光一去就不再回头，而满怀的惆怅怨恨更是永无休止。“韶华不为少年留”常用来劝勉年轻人要珍惜光阴，切莫辜负大好青春。

与君各记[1]少年时，须信人生如寄[2]。

【出处】北宋·苏轼《西江月·送钱待制》

【注释】①记：回忆。②寄：寄住人间。

【句意】与您回忆起少年时的往事，这才相信人生就好像寄住在人间一样。

【赏析】词句劝诫世人要珍惜青少年时代的宝贵时光，干一番事业，留下美好的记忆。应该懂得人的一生就如同来到世上暂时居住一样，很快就会结束生命的历程。这里把人生喻为寄宿未免有些伤感，但形象地告诉人们光阴如流，时不我待，要珍惜青春年华，奋发努力，有所成就。

但屈指西风几时来，又不道[1]流年[2]暗中偷换。

【出处】北宋·苏轼《洞仙歌》

【注释】①不道：不觉。②流年：流逝之岁月；年华。

【句意】正要屈指计算西风何时到来，哪想到流水年华早已在暗中不知不觉地偷偷消逝了。

【赏析】西风有信，年华不再，这两句诗含有一种岁月无情、青春虚度的意味。骤然醒觉，往事已如烟尘，青春已消逝无踪。

少年不管，流光如箭[1]，因循不觉韶光[2]换。

【出处】北宋·宋祁《浪淘沙近》

【注释】①流光如箭：光阴流逝，如箭穿梭。形容时间过得极快。②韶光：美好的时光。

【句意】少年时候单纯无虑，流光像箭一样飞过，光阴荏苒不觉星移斗转。

【赏析】抒发人生易老、时光易逝。

正尔[1]春心无处托，一双蝴蝶忽飞来。

【出处】南宋·何应龙《春词》

【注释】①正尔：正当，恰值。

【句意】置身在这大好春光中，眼见百花争艳，春心恍惚无处寄，瞥见成对成双的花蝴蝶飞过墙来。

【赏析】诗句描写青春少女（少妇）目睹春色无边，姹紫嫣红，转念自身，荡荡春怀，如醉如梦。无端伤感蓦然而至，一时方寸已乱，春心无托，好不忧伤。末句“一双蝴蝶”，直将少女情怀形象托出。其所伤者，正是青春之空逝，未能值此韶华之年而如蝴蝶之双飞。

日长睡起无情思[1]，闲看儿童捉柳花[2]。

【出处】南宋·杨万里《闲居初夏午睡起二绝句》（其一）

【注释】①无情思：无情无绪的样子。②柳花：即柳。

【句意】夏日的白天很漫长，午睡起来后感到懒懒的毫无情绪，于是就悠闲地看着儿童们在追逐那飘飞的柳花。

【赏析】这首诗写初夏景物及作者的闲适情绪。漫漫夏日，午睡初醒，闲看小孩们追逐柳花，这是一幅多么逍遥、闲适的景象，也是一幅富有诗意的图画。全诗流露出作者的闲情逸致，引人无限遐思。两句诗从唐白居易《前日别柳枝绝句》中"谁能更学儿童戏，寻逐春风捉柳花"化来。遣词炼字十分精致，极为简练又恰到好处地表达出三两句话难于说清的意思。

山童抛石[1]落溪水，唤作鱼儿波面跳。

【出处】南宋·杨万里《晚归再度西桥》

【注释】①石：即指石片。

【句意】生活在山间的儿童，喜欢把石片抛向水面，大家称这种游戏为鱼儿在波面跳。

【赏析】诗句写山中儿童游玩活动。即是儿童在河岸边用薄的石片向河中水面抛去，石片会在水面频频向远处飞跃，似像鱼儿在水面跳跃。

童子隔溪呼伴侣[1]，并驱水牯[2]过溪来。

【出处】南宋·杨万里《归路过南溪桥》

【注释】①伴侣：指同伴，伙伴。②水牯：即水牛。

【句意】小孩子隔着溪流呼唤友伴，他们并排赶着水牛，涉过溪流而来。

【赏析】诗句写农村牧童的生活。

儿童急走[1]追黄蝶[2]，飞入菜花无处寻。

【出处】南宋·杨万里《宿新市徐公店》

【注释】①急走：奔跑。②黄蝶：即蝴蝶。作者有意把蝴蝶写成黄色的，让它与菜花同色。

【句意】儿童奔跑着追捕蝴蝶，那黄蝶飞入一片金黄色的菜花里，再也寻找不到了。

【赏析】这是一首描绘农村自然景物的小诗。作者抓住了农村儿童嬉戏的一个片段，动静结合，色调相谐，把人、物与环境巧妙地联系在一起，生动、传神，富有浓厚的生活情趣。

童子[1]柳阴[2]眠正着，一牛吃过柳阴西。

【出处】南宋·杨万里《桑茶坑道中》（其七）

【注释】①童子：牧童。②阴：即“荫”。

【句意】一个牧童躺在柳荫下，睡梦正酣。而那头牛只管沿堤吃草，竟吃过柳荫西边去了。

【赏析】此诗描绘出一幅恬静的村野牧牛图。前两句写一个雨后晴天，河堤上野花盛开、青草肥美、清水满溪，溪水缓缓而流。后两句写牧童放牛。全诗以丽日、清风、野花、青草、溪流、柳荫、牧童、水牛，看来是写恬静的风光，然而静中微微有动，活画出牧童与水牛的神态，清新活泼，令人向往。张舜民云：“夕阳牛背无人卧，带得寒鸦两两归”，孔平仲云：“老牛初了耕耘债，啮草坡头卧夕阳”，皆写农村放牧，虽同样带有牧歌式情调，然而此诗似更引人入胜，富于生活气息。

西风梨枣山园，儿童偷把[1]长竿。莫遣旁人惊去，老夫静处闲看[2]。

【出处】南宋·辛弃疾《清平乐》

【注释】①把：拿着，握着。②“莫遣旁人惊去”二句：意谓切莫惊动偷梨枣的顽童，我在暗中好好静观一番。莫遣，不要让的意思。惊去，吓跑了（偷梨枣儿童）；老夫，作者自称。静处，僻静的地方。

【句意】在秋风中，山园的梨枣都成熟了，附近的孩子们拿着竹竿想来偷着打摘。不要叫家人把他们吓跑，我要在僻静的地方悠闲地看着他们偷枣的可爱样。

【赏析】词句表示老人对幼稚儿童的喜欢，认为那是一种浑然天成的可爱，是久经世俗的大人所无法享有的。

最喜[1]小儿无赖[2]，溪头[3]卧剥莲蓬[4]。

【出处】南宋·辛弃疾《清平乐》

【注释】①最喜：最可爱。②无赖：引申为顽皮。③溪头：河边。④莲蓬：荷花开过后的花托，倒圆锥形，里面有莲子。

【句意】最逗人的还是那个顽皮的小儿子，正躺在溪头的沙土上剥着莲蓬。

【赏析】词句用白描的手法，描绘农家小儿天真可爱的形象，栩栩如生，表现出农村淳朴的风貌。

童孙[1]未解[2]供耕织[3]，也傍[4]桑阴[5]学种瓜。

【出处】南宋·范成大《四时田园杂兴》（其七）

【注释】①童孙，就是孙儿们。②未解，不懂得。③供耕织：担任耕田织布。④傍：靠着。⑤桑阴：指桑树底下。

【句意】小孙子们还不懂得怎么耕田怎么织麻，却也学着大人的样子，靠在桑树的树荫下种起了瓜。

【赏析】此诗写夏日农忙的景象。这两句诗把农村儿童从小就热爱劳动的天真童趣写了出来，天真活泼，逗人喜爱，构成一幅别具一格的农村风俗画，明丽欢快。

牛背牧儿[1]酣[2]午梦，不知风雨过前山。

【出处】宋代·刘宰《云边阻雨》

【注释】①牧儿：牧童。②酣：熟睡。

【句意】牛背上的牧童在午间沉沉睡去，他却不知在前山，已有一阵风雨过去。

【赏析】诗句描写了牧童可爱、无知的憨态。

牧童归去横牛背，短笛无腔[1]信[2]口吹。

【出处】宋代·雷震《村晚》

【注释】①无腔：无腔调，无曲谱。②信口：随口。

【句意】夕阳西下，牧童横坐在牛背上，踏上归途；手中拿着短笛，一路信口吹着不成调的曲子。

【赏析】这是一首描写仲夏傍晚农村景象的小诗。诗句写牧童吹笛，用“无腔”二字最为传神。牧童如果吹得有腔有调，就失去了天然的情趣，而“无腔”信口吹来，就把牧童活泼烂漫、自得其乐的神态刻画得栩栩如生。唐代张祜《邠王小管》诗中“金舆远幸无人见，偷把邠王小管吹。”与这两句相比，除了描写对象之身份有别外，其意味上的不同，恰成鲜明对照。作者生平于史无闻，其姓名赖此一诗之传，幸存于世。

白发无凭吾老矣，青春不再汝知乎？年将弱冠[1]非童子，学不成名岂丈夫！

【出处】宋代·余良弼《教子诗》

【注释】①弱冠：旧指二十岁，也泛指青年。

【句意】白发虽然不能代表什么，但我已经老了。青春过去不再回来，你知道吗？当你年龄过了二十就不再是小孩子了。到那时如果还是无所作为，仍旧学不成、名不就的话，这不是枉为一个大丈夫吗？

【赏析】全诗立意是教子，具体来说是劝人珍惜青春、珍惜时光，好好学习。

少年情事[1]老来悲。

【出处】宋代·姜夔《鹧鸪天·正月十一日观灯》

【注释】①情事：即事情。

【句意】少年时的情景到老时想起就会感到悲伤。

【赏析】词句是说作者见到满市花灯、当空皓月，回忆少年时赏灯兴致盎然，而今年老时赏灯心境悲凉。“悲”从何来？应有所寄寓。作者三天之后又有同调题作《元夕有所梦》中云：“春未绿，鬓先丝，人间别久不成悲。”此云“少年情事老来悲”，彼云

"人间别久不成悲"，所悲者何？合肥旧侣不可得见也。作者已双鬓如霜，而情人远隔天涯，其间悲痛，固人诉难堪矣。不过，今人已将此句作了翻新，用以劝世人，年少的时候应该抓紧时间努力奋斗，不要等到老了才悲伤叹息。

人间只道黄金贵，不向天公①买少年。

【出处】金朝·元好问《无题》

【注释】①天公：老天爷。

【句意】世人只知道黄金的珍贵，可是纵有千金也买不到一寸光阴。又有谁能用黄金，向老天爷买回少年时代的青春岁月呢？

【赏析】人一生中最好的时光便是青少年时期，有志之士都认为青春年华比黄金要贵重。作者感叹世上大多数人只知道贪恋黄金，而不珍惜青春，不懂得青春年华的价值远远超过黄金。诗中用"黄金"与"少年"作对比，以突出青春的可贵；以"不问天公买少年"来讽刺贪恋财富而虚掷年华。诗句告诫世人不要眼光短浅，只知珍惜黄金，却不知光阴的可贵。春花可以再开，燕子可以飞回，青春一去，即使再有钱也买不回来。

恰不道①"人到中年万事休"，我怎肯虚度了春秋②。

【出处】元代·关汉卿［南吕］《一枝花·不伏老》

【注释】①恰不道：即却不说，不管，难道不听人说。②春秋：岁月，年华。

【句意】且不说人到中年万事休，我怎么肯虚度了这宝贵的年华！

【赏析】关汉卿是元代的书会才人，他不顾社会的反对和攻击，与勾栏瓦舍里的下层艺人生活在一起，表现出坚强的性格。《一枝花·不伏老》这套散曲就集中地反映了他的生活道路和坚强性格，表现了他对社会的反抗。今天我们可以用此两句表现珍惜人生、珍惜光阴、努力奋斗，争取在有生之年有所作为的思想。

归来半醉黄昏后，暮雨收，牧童儿归去倒骑牛。

【出处】元代·无名氏［仙吕］《村里迓鼓①·四季乐情》

【注释】①迓鼓：宋元时民间乐曲名。

【句意】在村里的酒馆中喝得微醺后，才满意地在黄昏时向家中走去。这时候，刚下过阵雨，空气格外清新，暮色中，一群牧童天真快活、自由自在地倒骑在牛背上归来了。

【赏析】这支散曲通过一个对生活十分满足的渔人眼光看乡村生活，仿佛一幅桃源乐图。

花到三春①颜色消，月过十五光明少。

【出处】元代·王和卿《自叹》

【注释】①三春：旧称阴历正月为孟春，二月为仲春，三月为季春，合称“三春”；此指春季的第三个月，即阴历三月。

【句意】花儿到了晚春的时候就不再那么鲜艳了，月亮过了十五以后，就不再那么明亮了。

【赏析】比喻人过了壮年后，精力就不再那么旺盛了，因此要珍惜青春时光，努力奋斗。

枯木逢春①犹再发，人无两度在少年。

【出处】明代·《增广贤文》

【注释】①枯木逢春：出自宋代释道原《景德传灯录·卷二十三·唐州大乘山和尚》：“问：‘枯树逢春时如何?’师曰：‘世间希有。’”比喻经历挫折又获得生机。

【句意】干枯的树木到了春天还会再发出新芽，但人却不可能有两次青春年少。

【赏析】两种情况作为对比，强调了青春一去不再回来的残酷性，告诫年轻人要珍惜时光、好好学习。

夕阳欲下山，一半恋流水。短笛牛羊归，余光①照童子。

【出处】明代·蔡复一《夕阳》

【注释】①余光：太阳落山时的余晖。

【句意】夕阳就要落下山去，还有一半霞光洒落在流水中。在落日余晖的映照下，牧童吹起悠扬的笛声，赶着牛羊缓缓归来。

【赏析】夕阳、流水、短笛、牛羊、牧童，从天空到地面，由远及近，组成一幅优美的牧牛晚归图。

题诗寄汝①非无意，莫负青春取②自惭③。

【出处】明代·于谦《示冕》

【注释】①汝：你。②取：换来。③惭：惭愧，愧疚。

【句意】我写诗给你主要是希望你千万不要辜负青春年少的美好时光，等到年老的时候才感到愧疚，就追悔莫及了。

【赏析】诗句告诫青年人如果年轻时不奋进，不珍惜青春，老了后悔也来不及了。

葛岭①花开二月天，游人往来说神仙②。老夫心与游人异③，不羡④神仙羡少年。

【出处】清代·袁枚《湖上⑤杂诗》

【注释】①葛岭：在西湖北岸，登岭上初阳台，可俯瞰全湖。②说神仙：传说晋代医学家葛洪（约284—约363），宣传道教理论，宣扬神仙。他在此岭修道炼丹，故名葛岭。③异：不同。④羡：羡慕，喜欢，向往。⑤湖上：指杭州西湖。

【句意】葛岭的花都在二月开放，一路上游人络绎不绝，都在议论炼丹、修道等学做神仙的事，而我的心境与他们的不一样，我一点也不羡慕神仙，只羡慕那些少年。

【赏析】这是一首借景抒情的诗。作者在踏青途中，听到游人在纷纷议论学做神仙的事，由此引发感慨：自己虽然出生在杭州，但跟一般游人的想法不同，不羡慕永远不死的神仙，倒是很羡慕英俊的少年。像他们那样精力充沛，来日方长，可多写些诗文，多做些好事，多做些奉献留于后世。“不羡神仙羡少年”这句诗，明显流露出作者对青春的渴盼，希冀中又隐藏着一丝难言的惆怅和无奈的心情。

春花不红不如草，少年不美不如老[①]。

【出处】清代·袁枚《少年行》

【注释】①老：老人家。

【句意】春天的花如果开得不艳丽，还比不上草；青春少年若不壮美，还不如老人家。

【赏析】诗句是说要珍惜青春，趁着青春时光有所作为。

牧童[①]骑黄牛，歌声振[②]林樾[③]。意欲[④]捕[⑤]鸣[⑥]蝉，忽然闭口立。

【出处】清代·袁枚《所见》

【注释】①牧童：指放牛的孩子。②振：振荡。说明牧童的歌声嘹亮。③林樾：指道旁成荫的树。④欲：想要。⑤捕：捉。⑥鸣：叫。

【句意】牧童骑在黄牛背上，嘹亮的歌声在林中回荡。忽然想要捕捉树上鸣叫的知了，就马上停止唱歌，一声不响地站立在树下。

【赏析】这是一首速写式风物小诗，突出的是天真牧童“欲捕鸣蝉”而“忽然闭口立”这一时刻，意象生动传神，富于情趣，启人想象，亦体现出作者所标举的“诗人”之“赤子之心”。

儿童不知[①]春，问草何故[②]绿。

【出处】清代·袁枚《偶作五绝句》

【注释】①知：知道，了解。②何故：为什么。

【句意】小孩子不知道春天已经来了，一个劲儿地问青草为什么会长出绿芽。

【赏析】描写了懵懂幼童的天真可爱。

珠一颗，驹千里[①]，石麟[②]天上送，蜡凤[③]阶前戏。

【出处】清代·吴伟业《千秋岁》

【注释】①驹千里：即千里驹，常用来比喻人才。②石麟：这里指麒麟，麟儿是古代对儿童的美称。③蜡凤：也是对儿童的美称。

【句意】这儿童长得很可爱，就像一颗明珠、一匹千里驹，又如上天送来的麒麟，在台阶前游戏。

【赏析】作者连用四个比喻，来描写这个可爱的儿童。谁家的儿童这么优秀？家长看了这几句词，岂不乐哉？

结束铅华[1]归少作，屏除[2]丝竹[3]入中年。

【出处】清代·黄景仁《绮怀》（十六首之十六）

【注释】①铅华，指浮艳的文字。②屏除：抛掉，除去。屏，通“摒”。③丝竹：对弦乐器与竹制管乐器的总称，这里泛指音乐。《世说新语·言语》：“谢太傅语王右军曰：‘中年伤于哀乐，与亲友别，辄作数日恶。’王曰：‘年在桑榆，自然至此，正赖丝竹陶写。’”这里反用了谢安、王羲之的话。

【句意】结束掉年轻时写的有关风情的篇章，今后不再继续，抛弃那丝竹管弦的生活，进入中年。

【赏析】诗句表示了人到中年，日趋成熟，不再为闲情枉费心力。

百金[1]买骏马，千金买美人。万金买高爵[2]，何处买青春？

【出处】清代·屈复《偶然作》

【注释】①金：古代计算货币的单位，秦时二十两铜为一金，引申为货币。②爵：官位，封建君主国家贵族封号的等级，有公、侯、伯、子、男等。

【句意】百两黄金可买到骏马，千两黄金能买到美女，万两黄金还可以买到很高的爵位，可是在哪里能买到青春呢？

【赏析】诗句前三句连用骏马、美人、高官三个能用金钱买到的东西，加重说明青春是百金、千金、万金也买不来的。作者用这种层层递进的手法，突出“青春”的无价，再以“何处”反诘，更加强化了青春无价的概念。这首诗是在勉励人们要珍惜美好的青春，大好年华一旦逝去，是再也不会回头的。

丝染无复白，鬓白无重[1]黑；努力爱青春，一失不再得。

【出处】清代·施闰章《古意》

【注释】①重：重新，再。

【句意】丝织品染黑了之后就无法再变白了，头发白了也不会再黑了。所以还是努力珍惜青春时光吧，它们一旦失去就永远回不来了。

【赏析】诗句通过两个不能逆转的事例，劝告年轻人要珍惜美好青春年华，一旦失去便不复再来。

珍惜时光

★吾令羲和[1]弭[2]节[3]兮，望崦嵫[4]而勿迫。

【出处】战国楚·屈原《离骚》

【注释】①羲和：神话中给太阳驾车的人。②弭：缓行，停止。③节：马鞭。④崦嵫（yān zī）：山名，神话中太阳落山之处，在今甘肃省天水县西。

【句意】我要让羲和停下他的鞭子，不要把太阳赶入崦嵫山。

【赏析】诗句表现了作者对时光飞逝的感慨，他有种时不我待的紧迫感。

★少壮[1]不努力，老大[2]徒[3]伤悲。

【出处】汉乐府《长歌行》

【注释】①少壮：年轻力壮。②老大：年岁大了。③徒：空无益。

【句意】青春年少的时候不努力向上，到老了才努力，已追悔莫及，于事无补，只会徒然伤悲了。

【赏析】诗句用“少壮”与“老大”相对，“努力”与“伤悲”并列；一“不”一“徒”，语言朴实浅显，对比强烈，道理深刻。告诫人们应该珍惜自己的青春时代，不要让大好年华白白浪费。如果在年轻时不努力学习、工作，不争取有所作为的话，那么，当青春逝去，进入老年以后，就要为自己一事无成而悲伤了。可是青春年华是一去不复返的，到老年时再悲伤叹息又有什么用呢？这两句诗对这一人生真谛的揭示十分精辟，因而成为千古流传的一则至理名言。

★惊风[1]飘白日，光景[2]驰西流。

【出处】三国魏·曹植《箜篌引》

【注释】①惊风：使人心惊的风。②光景：日影。景，通“影”。

【句意】时光过得很快，仿佛是疾风卷着白日，使它向西流逝。

【赏析】《箜篌引》的主题在于抒发曹植在欢宴之时领悟到时光易逝的感叹。这里所用的“惊”“飘”“驰”“流”等动感极强的词，强烈表现出岁月飞驰如轮、时光飞逝似水，给读者以巨大的震撼。

★孔圣临长川[1]，惜逝忽若浮。

【出处】三国魏·阮籍《咏怀》（八十二首其三十二）

【注释】①孔圣临长川：《论语·子罕》记载孔子登临望江，眼见滔滔江水奔流不息，故而发出“逝者如斯夫！不舍昼夜”的哀叹。孔圣，即孔子尊称。

【句意】孔子在河边感叹道：“一去不复返的时光就像这河水一样啊！日夜不停。”

【赏析】作者此处借用孔子的典故，表现自己对时光飞逝、生命流转的惋惜与悲叹之情。

★一餐[1]度万世，千岁再浮沉。

【出处】三国魏·阮籍《咏怀》（八十二首其五十四）

【注释】①一餐：一顿饭的时间，表示短暂时间内。

【句意】一顿饭之间就可以度过万世，而千年也不过一浮一沉的顷刻之间。

【赏析】作者此处用夸张的比喻，表达了自己对于时间短暂的感叹。

★来日[1]苦[2]短，去日[3]苦长。

【出处】西晋·陆机《短歌行》

【注释】①来日：未来的时光。②苦：怨恨，遗憾。③去日：已逝的日子。

【句意】未来的日子是非常短暂的，过去的时光却是那么的长。

【赏析】诗句说明时间对人来说是越来越少，劝告人们珍惜时光。

★盛年[①]不重[②]来，一日难再晨。及时当[③]勉励[④]，岁月不待[⑤]人。

【出处】东晋·陶渊明《杂诗·人生无根蒂》（其一）

【注释】①盛年：指人的青壮年时期。②重（chóng）：再。③当：应当。④勉励：鼓励。⑤待：等待。

【句意】人的壮年过去了就不会再来，一天过去了也不会再回到早晨；因此应当趁年富力强之时勤勉学习，发愤自强，珍惜时光，有所作为，因为岁月的流逝是不会等人的！

【赏析】《人生无根蒂》是组诗的第一首，是一首劝喻诗。创作这一组诗时，陶渊明已近天命之年，于是诗中充满了对岁月消逝的感慨和勉励自己的心愿，同时也提醒人们切莫辜负大好时光，应当及时努力。后人常用这四句诗来勉励年轻人不要浪费青春，要好好把握时光，奋发有为，力求上进。

★古人惜寸阴[①]，念此[②]使人惧。

【出处】东晋·陶渊明《杂诗》

【注释】①寸阴：指短暂的时间。②念此：想到这，指想到“古人惜寸阴”。

【句意】古人珍惜每一寸光阴，想到自己不禁感到害怕。

【赏析】诗句告诫人们：生命之价值应在珍惜每一寸光阴中实现。

★日月[①]掷[②]人去，有志不获[③]骋[④]。

【出处】东晋·陶渊明《杂诗十二首》（其二）

【注释】①日月：岁月。②掷：抛弃，丢下。③获：能够。④骋：驰骋，这里指才能的施展。

【句意】岁月如梭，扔下我匆匆而去，即使我有志向也不能实现了。

【赏析】陶渊明生逢“真风告逝，大伪斯兴”的时代，到处是欺骗与虚伪，面对这样的世界，他“欲言无予和”，只能“挥杯劝孤影”，在隐逸与饮酒的孤独生活中以沉默的方式来回答。联想到自己少学琴书、游学，希望大济苍生的志向，更感到日月飞逝，岁月蹉跎，发出“有志不获骋”的感叹，这是压抑与不甘的心灵的躁动，是人的自我实现本能的流露。诗文质朴冲淡，感情十分强烈，别具一番风格。

★及时当勉励，岁月不待[①]人。

【出处】东晋·陶渊明《杂诗十二首》（之一）

【注释】①待：等待。

【句意】年纪正轻的时候，要勉励自己及时努力；否则岁月一去不回，它是不会停下来等待人的。

【赏析】诗句鼓励年轻人不要浪费光阴，必须及时努力，把握青春力求上进。

★拾柴岂宜晚，掇[①]芳须及晨。

【出处】唐代·孟郊《罗氏花下奉招陈侍御》

【注释】①掇：摘取。

【句意】拾捡柴火什么时间进行都不嫌晚，但采集鲜艳、芳香的花朵必须要在早上。

【赏析】说明做事要抓住时机。比喻人少壮要努力，不要虚度光阴。

★得志重寸阴[①]，忘怀轻尺璧[②]。

【出处】唐代·李世民《帝京篇》

【注释】①寸阴：短暂的光阴。②尺璧：直径一尺的璧玉。言其珍贵。《淮南子·原道训》："故圣人不贵尺之璧，而重寸之阴。"

【句意】实现建立功业的志向，就要看重点滴的光阴，它比那怀揣一尺的璧玉还珍贵。

【赏析】这两句诗表达作者珍惜时间以建立功业的志向。李世民是唐朝第二个皇帝，为唐朝的建立南征北战，深知创业难、守业亦难，因而在与群臣共宴时，他告诫大臣们要珍惜时间，集中精力，一心一意地行政，处理好繁重的政务，使国家繁荣昌盛，百姓安居乐业。

★节物风光[①]不相待，桑田碧海[②]须臾[③]改。

【出处】唐代·卢照邻《长安古意》

【注释】①节物风光：时令、物候，风光，泛指时间。②桑田碧海：《神仙传》："麻姑谓王方平曰：'接待以来，已见东海三为桑田。'"③须臾：一会儿，顷刻。

【句意】时间总在飞速流逝，不会等待人；碧海变桑田，不过是一瞬间的事。

【赏析】作者借时间飞逝、陆海转化，来衬托世事无常和人生短促。

★昨日之日不可追，今日之日须臾[①]期[②]。

【出处】唐代·卢仝《叹昨日》

【注释】①须臾：片刻，一会儿。②期：限度。

【句意】过去的日子已永远过去，再也无法追回，现在的日子很快也会过去。

【赏析】诗句抒发一种光阴似箭、时不我待的强烈的思想情感。昨日已去，今日将逝，这不是一种面对流光的哀叹，而是一种积极进取、渴望建立功业的紧迫感。诗句采用相同的句式，既给人整齐感，又给人节奏感，形式与内容彼此契合，相与为一，处理得既艺术又自然，尤其那平直质朴的文风，更使之在自然风格上生色。

★彼此当年少[①]，莫负好时光。

【出处】唐代·李隆基《好时光》

【注释】①当年少：正值青春年华。

【句意】趁着彼此都青春年华，莫要辜负了这美好的时光。

【赏析】这是一首以爱情为主题的

赠人之词作。词的上片着力描绘了一位正值青春年华的美人的姣好体貌，青春艳丽。下片直接表明了自己的心意。劝那女子不要因自己的美貌而目空一切，要及时嫁给一个有情的郎君。值得注意的是，词中的郎君当指玄宗自己，玄宗的这首赠人之作当别有用意：劝美人嫁给自己，显然是想延揽人才，为己所用。这里的“美人”就是人才。

★少年真可喜[①]，老大百无益。

【出处】唐代·韩愈《感春三首》

【注释】①可喜：令人高兴。

【句意】少年时代真是值得喜爱、珍惜，年纪老时什么事也干不成了。

【赏析】感叹年少时，什么都是美好的；年老后，凡事都变得无奈。

★百年讵几时[①]，君子[②]不可闲[③]。

【出处】唐代·韩愈《读皇甫湜公安园池诗书其后》

【注释】①讵（jù）几时：能有多久。讵，怎么，能有。几时，多长时间。②君子：道德品行高尚的人。③闲：安闲，贪图安逸。

【句意】人的一生能有多长，有德人不能空闲虚度。

【赏析】诗句劝世人要珍惜时间。

★东西生[①]日月，昼夜如转珠。

【出处】唐代·元稹《苦雨》

【注释】①生：同“升”。

【句意】太阳和月亮从东边升起西边落下，白天连着黑夜交替像转动的珠子一样周而复始。

【赏析】两句诗乃触物兴感，慨叹光阴迅速地逝去。可用来表达要珍惜光阴，珍惜人生，适时而有所作为的思想。

★少年安得长少年，海波[①]尚变为桑田。

【出处】唐代·李贺《嘲少年》

【注释】①海波：指沧海。

【句意】少年时代固然美好，但人又怎能长久地维持在少年呢？连那原本波涛起伏的海水，尚且会变成一片桑田！

【赏析】作者原以沧海桑田比喻事世变迁的迅速，意在说明贵族的纨绔子弟那种声色犬马的腐朽生活不会长久。后人用此句诗劝勉人们青春有限，应该珍惜光阴，加倍努力，切莫辜负了自己的青春。

★劝君莫惜金缕衣[①]，劝君惜取[②]少年时[③]。

【出处】唐代·杜秋娘《金缕衣》

【注释】①金缕衣：金线织成的华贵衣服。②惜取：珍惜着。一作“须惜”。③少年时：少年时代的宝贵时光。

【句意】劝你不要珍惜那用金丝做成的贵重的金缕衣，劝你应该珍惜这青春年少的时光。

【赏析】这是中唐时的一首流行的

诗歌。全诗后两句是“花开堪折直须折，莫待无花空折枝。”诗句是写青楼女子期盼情郎尽快设法花钱把她赎出去。这里以“金缕衣”借代隐喻“青楼女子”。全诗可用“莫负好时光”一言以蔽之。后人却用这两句诗劝人看重“惜时”。“金缕衣”是华丽的贵重之物，却“劝君莫惜”，可见还有远比它更为珍贵的东西，那就是“劝君须惜”的“少年时”了。青春年少对每个人都只有一次，一旦失去绝不会有“复来”之时，所以必须用心把握。一定不要太看重身外的物质而虚掷青春虚度光阴。

★百年①能几日，忍②不惜光阴。

【出处】唐代·杜荀鹤《赠李蒙叟》

【注释】①百年：一生。②忍：岂能。

【句意】人就算活百年也好像只有几天一样很快过去，怎么忍心不珍惜光阴呢！

【赏析】诗句抒发惜时的人生感触，直陈其事加上反诘的修辞手法，说明光阴似箭，人们应当倍加珍惜。

★莫倚儿童①轻岁月②，丈人③曾共尔同年。

【出处】唐代·窦巩《赠王氏小儿》

【注释】①莫倚儿童：不要倚仗年轻。②轻岁月：轻抛光阴。③丈人：老年人。

【句意】不要倚仗自己年轻，就轻易地把美好的时光抛弃，要知道，那些鬓发斑白的老年人，曾经和你们这些年轻后生一样有过美妙的年华。

【赏析】这是一个过来人以长辈的口吻劝诫儿童珍惜时间的名句。“丈人曾共尔同年”一句，道出了人生不驻、转瞬百年的规律，具有振聋发聩的警示作用。它使青年人自然地联想到自己，从而使“莫倚”一句落在坚实的基础上，不给人以训导感，不使青年人产生逆反心理。这种说理方式，在现今的教育过程中仍然常用。

★一年始有一年春，百岁①曾无百岁人②。

【出处】唐代·崔敏童《宴城东庄》

【注释】①百岁：百年。②百岁人：一百岁的人。

【句意】每年开始都有一个春天，但一百年中间也见不到一个活到一百岁的人。

【赏析】这是作者在长安东郊的别墅中举行宴会时，由自然界的恒久而联想到人生的短暂，不禁感慨万千而吟咏成诗。诗句劝世人要趁年少的时候努力，不要等到一百岁的时候才想起曾经不努力，可是岁月只会向前，不会退后，只会苍老不会年少！

★无为空自老，含叹负平生①。

【出处】唐代·陈子昂《题居延古城赠乔十二知之》

【注释】①平生：一生。

【句意】一生碌碌无为地老去，就只能独自叹息辜负了自己的人生。

【赏析】作者劝世人不应该白白地让时间自行流去，以辜负自己的美好一生。

★今年花似[1]去年好，去年人到今年老。

【出处】唐代·岑参《韦员外家花树歌》

【注释】①似：是比。

【句意】今年的花是比去年开得更好，而今年的人却比去年更为衰老了。

【赏析】这两句诗在感叹年华已逝，并且劝人要珍惜有限的光阴。所以原诗接着说："始知人老不如花，可惜落花君莫扫。"花落尚可以再开，人老却不复少年，惜花也就是惜光阴。

★千金一掷买芳春[1]。

【出处】唐代·李白《自汉阳病滔归寄王明府》

【注释】①芳春：青春年华，亦指岁月时光。

【句意】我愿意用千金来购买青春时光。

【赏析】成语"一掷千金"由此诗句化出。

★红颜[1]与壮志，叹息此流年[2]。

【出处】唐代·沈佺期《览镜》

【注释】①红颜：指美好的年华。②流年：指已经流逝的岁月。

【句意】美好的年华与雄心壮志，面对流逝的岁月时只能使人感叹不已。

【赏析】诗句揭示了时间流逝是不可抗拒的也是无情的自然规律。

★一岁中分[1]春日少，百年通计老时多。

【出处】唐代·白居易《春晚咏怀赠皇甫朗之》

【注释】①中分：一作"平分"。

【句意】一年的时间平均分，春天的日子最少：通算一生，老年的时间最多。

【赏析】原诗是一首七言律诗。作于洛阳，作者已年近古稀，疾病缠身，感慨殊多，以己之体验，劝人爱惜青春年华，莫要虚度光阴，就一年光阴来说，四季平分，春日只占一少部分，人的青春情同一理；人生一世，即使活百年，也是老年时期居多。言近旨远，语重心长。

★既无长绳系白日，又无大药[1]驻朱颜。

【出处】唐代·白居易《浩歌行》

【注释】①大药：指长生不老的仙丹妙药。

【句意】既没有能够拴住太阳的长绳，又没有永葆青春的妙药。

【赏析】诗句是说时间一去不返，青春不可驻留。

★潜知[①]阳和[②]功，一日不虚掷。

【出处】唐代·白居易《溪中早春》

【注释】①潜知：默默地领会。②阳和：和暖的春气。

【句意】和暖春气化育万物，真是一天也不能虚度啊。

【赏析】原意是写早春自然界的情况的，现在用来勉励人们要珍惜光阴，一时一刻也不要浪费时间。

★光景不待人，须臾[①]发成丝。

【出处】唐代·李白《相逢行》

【注释】①须臾：顷刻；一瞬间。

【句意】时间不等人，头发很快就变成银丝了。

【赏析】比喻时间过得很快，人也很快衰老。

★抚[①]酒惜此月，流光畏蹉跎[②]。

【出处】唐代·李白《五松山送殷淑》

【注释】①抚：持。②蹉跎：虚度。

【句意】手持酒杯惋惜这皎洁的明月，时光飞逝，最怕的是虚度年华。

【赏析】这是李白送别友人时所写的诗句。李白于五松山设酒为殷淑送行，想到好友一去“了不还”，便颓然饮酒而歌。不觉月过中天，夜色已深，诗人触景生情，惜落月，叹流年，恨别离，不禁生“畏”。此名句在时光易逝的叹咏中，饱含深沉的主观感情，震动着读者的心弦。

★时光速流电[①]。

【出处】唐代·李白《赠汉阳》

【注释】①流电：闪电。

【句意】时间急逝，像流光闪电一样迅速。

【赏析】此名句以一个浓缩句表现作者对时光的感叹，反映作者的惜时之情。在现实生活中，时间是一个看不见、摸不着而又无时不在的无形无像的东西。对于这一抽象的东西，作者用闪电稍纵即逝的具体体验来感受、比喻。另外，此句句式新颖，使诗句不但蕴含增大，而且富有新意，给人以形式上的美感。

★逝川[①]与流光[②]，飘忽不相待。

【出处】唐代·李白《古风》

【注释】①逝川：逝去的流水。出自《论语·子罕》：“子在川上曰：‘逝者如斯夫，不舍昼夜！’”②流光：流走的时光。

【句意】流水与时光飞驰而过，绝不等待谁。

【赏析】比喻时光不断的流逝，勉励学子珍惜时光，探求无尽的学问。

★兔走鸟飞[①]不住，人生几度三台[②]。

【出处】北宋·晏殊《清平乐·春花秋草》

【注释】①兔走鸟飞：兔：指月亮，传说月中有兔。鸟：借指日，传说日中有三足鸟。意谓日月更替，时光流逝。

②三台：本指星宿，古代以星象征人事，称三公为三台。《晋书·天文志上》："在人曰三公，在天曰三台。"三公为古代最高官品。

【句意】光阴飞逝，日月更换，人又能有几度走上高位。

【赏析】作者感叹时光流逝、人生苦短、富贵荣华不再。

★人行犹可复[①]，岁月那[②]可追[③]。

【出处】北宋·苏轼《别岁》

【注释】①复：返回。②那：同"哪"。怎能。③追：追回。

【句意】人走了还可以再回来，岁月过去了，是再也追不回来的。

【赏析】诗句说明时间不会逝而复返，必须珍惜时间。

★岁月不可思，驶[①]若船放溜[②]。

【出处】北宋·苏轼《和鲜于子骏郓州新堂月夜二首》

【注释】①驶：车、马等跑得快。②放溜：使舟船顺流自行。

【句意】时光真是不可思议，其流逝之快，简直就像舟船顺水而下。

【赏析】比喻时间流逝之快，劝告世人应该珍惜时光。

★白日去如箭，达者[①]惜分阴。

【出处】北宋·朱敦儒《水调歌头》

【注释】①达者：明白事理的人。

【句意】太阳就像离弦的箭一样，忽的一下飞过去了，明达之人会爱惜每一寸光阴。

【赏析】极言光阴飞逝之快，应倍加珍惜时间。

★三百六旬[①]有六日，光阴过眼如奔轮；周而复始未尝息，安得[②]四时长似春。

【出处】北宋·邵雍《光阴吟》

【注释】①旬：十天为一旬，此指"十"。②安得：哪得。

【句意】一年三百六十六天，时光飞逝像飞奔的车轮，周而复始一刻也不曾停息，怎能使一年四季常年像春天一样呢？

【赏析】诗中前两句以飞奔的车轮形容时光的飞逝，比喻形象巧妙，后两句抒发感慨。光阴不息，年复一年，春夏秋冬，循环往复。时令并不都像春天那么美好，而且飞速而过。由此生发开来，告诫人们要珍惜光阴，从现在做起。诗句既有哲理性，又有思想性，既有形象的比喻，曲折的笔法，又直言其事，抒写胸怀，既有情，又有境，因而很容易打动读者。

★千古光阴一霎[①]时。

【出处】南宋·辛弃疾《卜算子·饮酒败德》

【注释】①霎：瞬间，片刻。

【句意】千百年的时光也只是一眨眼的工夫。

【赏析】作者对景感怀，引起了岁

月匆匆、功业未成的喟叹，也流露出对南宋朝廷的不满情绪。

★少年易学老难成，一寸光阴[1]不可轻。

【出处】南宋·朱熹《偶成诗》

【注释】①一寸光阴：即日影移动一寸的短暂时间。《淮南子·原道训》：“故圣人不贵尺之璧而重寸之阴，时难得而易失也。”唐·王贞白《白鹿洞二首》：“读书不觉已春深，一寸光阴一寸金。”

【句意】青少年时期适宜学习，效果最好，到年老时再学就难以取得成效了，所以应当趁着年轻好好学习，一分一秒也不能虚度。

【赏析】这是两句说理诗。作者以老年就学与少年就学的对比及其反差为例，说明珍惜光阴的重要性。后者是对前者的理性概括，是人在现实生活中的经验的总结。

★东家筑[1]黄金，西家列珊瑚[2]。叹此草露晞[3]，良时聊斯须[4]。

【出处】南宋·文天祥《题钟圣举积学斋二首》

【注释】①筑：通“掇”，拾取，积累。②珊瑚：海中生长的生物，形如树枝，又名珊瑚树，比喻名贵之物。③晞（xī）：干。④斯须：很短的时间。

【句意】东家以积累黄金为宝，西家以收藏珊瑚为贵。其实这两种东西都不如逝去的时光更为可贵。草上的露水很快就干了，美好的时光也是很短暂的。

【赏析】诗句指出金珠宝贝不足惜，最值得珍惜的是时间，应利用“良时”积累学问。

★流光[1]容易把人抛，红[2]了樱桃[3]，绿[4]了芭蕉[5]。

【出处】南宋·蒋捷《一剪梅·舟过吴江（一片春愁待酒浇）》

【注释】①流光：光阴，时间。因其逝去如流水，故称。②红：形容词使动用法，使……变红。③⑤樱桃、芭蕉：分别代表春天与夏天的植物。借指时间的流逝变化。④绿：形容词使动用法，使……变绿。

【句意】无情的光阴很容易就把人抛弃，当人们还在眷恋春光的时候，夏天就悄悄地来到，樱桃渐渐红了，芭蕉叶也变得更绿了。

【赏析】《一剪梅·舟过吴江》是一首写景抒情词。光阴似箭，青春易逝，这是人们常常叹息的。这三句虽写同样的命题，但却使人感到新颖和优美。前一句采用拟人的修辞手法，不说人误费时光，而说时光把人抛却。后两句抓住春夏樱桃和芭蕉颜色的改变，把看不见的时光流逝转化为可以感知的形象。这三句词不但表现了自然内涵，而且形象地揭示了人生的哲理，道出了青春易老、年华不再的人类永恒的悲叹。此外不但三句都押韵，后两句中间的“了”

字既通俗又押韵，更突出了音韵之美，节奏之快，读后自然产生时光流逝之感。

★花有重[①]开日，人无再少年。

【出处】元代·关汉卿《窦娥冤》

【注释】①重（chóng）：再，反复。

【句意】花儿凋落之后还有重新绽放的时候，人老了就永远不会再有青春少年时代了。

【赏析】此句先言他物以引起所咏之事，采用既比且兴的手法，通过"花"与"人"的对比，表现出莫大的遗憾。这遗憾是对生命与生活的极度热爱与留恋。花草本非有价值的东西，但凋谢后还有"重开"之日，然而，作为万物灵长的人，青春一去，却再无年少之望，该是何等的悲哀！此句语言精练，对比鲜明，感情浓重，先由花及人，又由人而连及人生的感悟，告诫人们必须珍惜青春时光，不可虚掷。

★百岁光阴一梦蝶[①]，重回首往事堪嗟。

【出处】元代·马致远［双调］《夜行船》

【注释】①梦蝶：化用庄周梦蝶的典故。庄子做梦梦见蝴蝶，醒来后一时陷入迷蒙，分不清自己梦见了蝴蝶，还是自己就是蝴蝶的一个梦。这就是梦蝶的典故。

【句意】人生百年的光阴，恍然有如庄周一梦；偶一回首，多少悲欢离合的往事，总是令人感慨万千。

【赏析】这首曲子是元曲当中的代表作。作者感叹百年光阴如同梦一场，再回首往事让人慨叹不已。

★眼前红日又西斜[①]，疾似下坡车。

【出处】元代·马致远［双调］《夜行船·秋思》

【注释】①西斜：向西方沉落。

【句意】转眼又到傍晚，红日西沉，快得像下坡的车。

【赏析】这两句以日落之速感叹岁月飞逝，可用以抒发珍惜时间之情，也可借以感叹岁月蹉跎之意。

★七十年间[①]，十载顽童，十载尪羸[②]。五十岁除分昼黑[③]，刚分得一半儿白日。

【出处】元代·卢挚［双调］《蟾宫曲》（其一）

【注释】①七十年间：典出杜甫《曲江》诗："酒债寻常行处有，人生七十古来稀。"以人均活七十而言。②尪羸（wāng léi）：瘦小虚弱。③昼黑：白天和黑夜。

【句意】人均活七十而言，而这七十年又被无知顽童和耄耋老人的阶段占去二十年，余下光阴睡眠占去一半，人生实在所剩无多了。

【赏析】作者在这首曲子中告诫世人人生短暂，时光易逝，应该把握珍惜时光，善加利用。

★万牛不挽东流水[①]，悠悠碧落[②]、茫茫云海、叠叠[③]忧端。

【出处】明代·刘基《青杏儿》

【注释】①东流水：这里比喻时光流逝。②碧落：天空，苍天。③叠叠：形容忧愁之多。

【句意】万头牛也拉不回像流逝的东流水那样的时光，面对天边苍天，浩瀚云海，重重叠叠的忧愁，让人也无法抑制。

【赏析】词句描写作者对时光的流逝感到无奈，因而不禁感慨人生易老，功业难就，忧愁忧思，不可抑制。

★明日复[①]明日，明日何其[②]多，我生待[③]明日，万事成蹉跎[④]。世人若被明日累[⑤]，春去秋来老将至。朝看水流东，暮看日西坠。百年明日能几何[⑥]？请君[⑦]听我明日歌。

【出处】明代·钱福《明日歌》

【注释】①复：又。②何其：多么。这句说：明日是何等的多啊。③待：等待。④蹉（cuō）跎（tuó）：光阴虚度。⑤累（lèi）：牵累，妨碍。使受害。这句说：世上的人都受“待明日”的害处。⑥几何：多少。⑦请君：请诸位。

【句意】明天又明天，明天是何等的多！如果我们一生做事都要等待明天，那么势必会虚度光阴，一切事情就会错过机会。一般的人苦于被明日牵累，春去秋来衰老将到。早晨看河水向东迅速流逝，傍晚看太阳向西瞬息坠落。人的一生能有多少个明天？请您听我的《明日歌》吧。

【赏析】《明日歌》是明代的钱福（一说为文嘉）所作。作者以通俗流畅的语言、明白如话的句子劝勉人们要珍惜时间，勿虚度年华，莫荒废光阴。此诗一出，其受人们喜爱程度很快就超过了文嘉所作《今日诗》，成为人们相互勉励珍惜时光的座右铭。作者从多个角度指出把事情推诿到明日去做的危害，并告诫人们如此将会一事无成，时不我待，“百年明日能几何”？其中“我生待明日，万事成蹉跎”一句经常被人们引用。

★今日复[①]今日，今日何其[②]少！今日又不为，此事何时[②]了，人生百年几今日，今日不为真可惜，若言姑待[③]明朝至，明朝[④]又有明朝事。为君聊赋今日诗，努力请从今日始。

【出处】明代·文嘉《今日诗》

【注释】①复：又。②何其：感叹词，多么。②何时：什么时候。③姑待：暂且等待。④朝：早晨。

【句意】总是今日又今日，今日能有多少呢！今天又不做事情，那么这件事情何时才能完成呢？人这一生能有几个今日，今日不做事情，真是可惜啊！假如说姑且等到明天到了再去做，可是明天还有明天的事情啊！现在为诸位写这首《今日》诗，请从今日就开始努力工作吧！

【赏析】这是著名的《今日诗》，作者劝人珍惜今日，语言恳切，说理明白易懂，可谓动之以情，晓之以理。对大多数人共同的毛病——喜欢从明天立志，对于今日则常苟且，作者指出，如果“今日”不为，事无了时。其中“人生百年几今日”“明朝又有明朝事”等句脍炙人口，成为大家经常引用的格言。

★难将百镒[①]金，挽留一寸晷[②]。

【出处】明代·周履靖《野人清啸》

【注释】①镒：古代的重量单位，一镒为一金，即二十四两。②晷：日影，这里指光阴。

【句意】即使用一百金也无法挽留住一寸光阴。

【赏析】说明时光宝贵，人应当争分夺秒。

★百年那得更百年[①]，今日还须爱今日。

【出处】明代·王世贞《梦中得“百年那得更百年，今日还须爱今日”》

【注释】①百年：人生的代称。

【句意】人只有一个一生，过完一生，哪能再得一生，因此我们既然拥有今日，就该好好爱惜。

【赏析】作者自称这两句诗是他在梦中得到的。前一句是说人生只有一次，不可能重来；后一句提醒人们珍惜今日，把握现在，切莫等岁月流逝，才空白叹息，那已是无补于事了。

★春宵[①]一刻千金价，我道千金买不回。

【出处】明代·唐寅《一年歌》

【注释】①春宵：春天的夜晚。宵：夜晚。

【句意】春宵一刻时间，要价值千两黄金。根据我的感悟，“春宵一刻，千金买不回”。

【赏析】诗句提醒人们要珍惜时间，时间是千金、万金买不回的无价之宝。

★昨日之日背[①]我走，明日之日肯来否？走者删除[②]来者难，唯有今日之日为我有。

【出处】清代·袁枚《小仓山房诗文集·对日歌》

【注释】①背：背离。②删除：消逝了。

【句意】昨天已经离我而去了，明天是不是肯来呢？离开的已经不见了，即将到来的还不知道，我现在所拥有的就只有今天。

【赏析】人生只有三日：昨日、今日和明日。昨日是过去的存在，是历史，不管多么难忘，都已是时间老人静止不动的脚步。今日是现实的存在，是时间老人送给人们最值得珍惜的礼物。明日是可能的存在，是将来，是时间老人变幻莫测的步伐。无限的“昨日”，都是归宿于“今日”的存在。无尽的“明日”，都是以“今日”为现实。诗句就是劝告世人：要珍惜今日存在的现实。为了美好的明日，忘却昨日，把握今日！

★抛尽榆钱[1]，依然难免春光驻[2]。

【出处】清代·王鹏运《点绛唇·饯春[3]》

【注释】①榆钱：榆树的果实。因形似小钱，连缀成串，故称。②驻：停留。③饯春：以酒宴为春送行。

【句意】抛去所有的钱币，也难以将春光留住。

【赏析】本词题为饯春，实则伤春兼感慨年光易逝、老大无成。意在警醒人们要珍惜大好时光，有所作为。

★勉旃[1]复[2]勉旃，慎无悲蹉跎[3]。

【出处】清代·朱经《惜日》

【注释】①勉旃（zhān）：即勉之。旃：之。②复：又。③蹉跎：即俗语所谓耽误也。

【句意】勉励再勉励，千万要珍惜自己的青春，且莫现在失时，将来伤悲！

【赏析】这首诗劝勉人们要格外珍惜时间。此句为这首诗的结句。字字情殷，句句词切，确是一篇感人肺腑的好句。

★勿谓[1]寸阴短，既过难再获。勿谓一丝微，既缁[2]难再白。

【出处】清代·朱经《责己》

【注释】①勿谓：不要认为。②缁（zī）：黑。

【句意】不要认为寸阴短不足惜，一旦溜过去了就难以再得到它。不要认为一丝太微小不足惜，一旦染黑了就无法再变白。

【赏析】比喻要珍惜青春，把握时机，及时努力。

★江河日[1]流注[2]，难挽东逝波。羲和[3]日奔驰，难回鲁阳[4]戈[5]。

【出处】清代·朱经《惜日》

【注释】①日：每天。②注：流入。③羲和：驾日车的神。④鲁阳：传说为战国时楚的县公，他能挥戈让太阳退后三舍（指三个星宿之间的距离）。见《淮南子·览冥训》。⑤戈：我国古代的主要兵器。

【句意】江河每天不停地向大海奔流，谁也难以挽回它那东逝的水波。驾驭日车的神奋力奔跑，也难以像鲁阳挥戈那样让太阳后退三舍。

【赏析】作者先以江河逝波设喻，用太阳难回作比，说明时间的一去不返。

★学问在早年，光芒如初旭[1]；晚岁则已迟，夜行仅秉烛[2]。

【出处】清代·归庄《生日自述》

【注释】① 初旭：初升的太阳。

②秉烛：拿着烛光照路。

【句意】做学问要趁年轻的时候，那时光芒就像初升的太阳；到了晚年就已迟了，就像只能靠一点烛光赶夜路。

【赏析】诗句劝告世人要珍惜青春年华，读书学习要在早年，不要“少壮不努力，老大徒伤悲”（汉·无名氏《长歌行》）。

明志类

理想抱负

★与天地兮同寿，与日月兮齐[1]光。

【出处】战国楚·屈原《九章·涉江》

【注释】①齐：一本作“同”。

【句意】我将与天地同样的长寿，我要和日月发出一样的光芒。

【赏析】诗句显示出作者要做一位顶天立地、具有高尚情操和坚定意志的正人君子。

★路曼曼[1]其[2]修[3]远兮[4]，吾将上[5]下[6]而[7]求索[8]。

【出处】战国楚·屈原《离骚》

【注释】①曼曼：同“漫漫”，道路长远的样子。②其：句中结构助词，无实在意义。③修：长，远。④兮：古汉语中的语气助词，相当于现代汉语中的“啊”。⑤上：天上。⑥下：人间。⑦而：文言虚词中的连词，表示上下连接关系。⑧求索：寻找，寻求，探索。原文是寻求“美人”，“美人”喻指诗人理想中的贤人。

【句意】尽管未来的道路是那样的遥远而又漫长，我仍然不怕艰险，立志要上天下地去寻找志同道合的人和理想中的治国贤才。

【赏析】这是一种象征性的描写。在《离骚》中，它象征着一个具有远大抱负的作者孜孜不倦地追求。第一句以道路的漫长悠远形容其政治目标之不易实现，第二句则以在漫漫长途中的上下求索表现出屈原为国为民、四处追求理想的真情，以及他披荆斩棘、坚毅执着的探索精神和斗争意志。这种对理想和信念的执着精神，已成了中华民族精神的一部分。它成为千古传诵的警句。后人常用它来表现对理想的执着追求和对险恶势力进行坚决斗争的进取精神。鲁迅曾引用此句诗作《彷徨》的题词。

★亦[1]余[2]心之所善[3]兮，虽九死[4]其犹未悔[5]。

【出处】战国楚·屈原《离骚》

【注释】①亦：实在，真正。②余：我。③善：崇尚。④九死：是说九死而无一生。“九”不是实数，泛言死的次数多。⑤悔：后悔，悔恨。

【句意】只要是我所崇尚和追求的美好的东西，即使要我付出生命的代价，死多少次也绝不后悔。

【赏析】这两句表现了作者对美好理想执着追求的精神。作者的理想是抗击强秦的侵略，维护楚国的独立，实行清明的政治。为了实现理想，虽九死而无一生，他也是心甘情愿，始终不悔。这种品行和人格力量，一直成为后世仁人志士学习和效仿的榜样。

★大风起兮云飞扬，威[①]加[②]海内[③]兮归故乡，安得[④]猛士[⑤]兮守四方[⑥]！

【出处】汉代·刘邦《大风歌》

【注释】①威：威望，权威。②加：超越，凌驾。③海内：即四海之内，古人认为中国四面环海，所以称国内为海内。④安得：哪里去得到。⑤猛士：英勇善战的将士。⑥四方：指汉朝的四方疆土。

【句意】大风吹起来，横扫天空，乌云在天空翻滚奔涌，我成就了帝业，威望加之于海内，功成名就地回到了自己的家乡，与父老兄弟畅饮美酒，汉朝国土广大，怎么才能有更多的骁勇善战的猛士来守卫大汉帝国四方的边防。

【赏析】汉高祖刘邦公元前195年平定淮南王英布叛乱后，凯旋回朝路过故乡沛县时，令大军暂时驻扎下来。他当晚设宴与乡亲父老子弟同饮。酒酣耳热之际，刘邦在席间一边击筑（一种古乐器）一边吟唱了这首英雄的诗歌。整首诗只有三句，便成为绝唱。因以“大风”两字开头，后人就名之为《大风歌》。“大风起兮云飞扬，威加海内兮归故乡”，这两句诗充分表现出一代英雄志得意满、意气风发的气概。“安得猛士兮守四方”，表达了刘邦要巩固他的统治，急欲招揽人才的心情。三句诗风格豪迈质朴，意境壮阔，昂扬激越，气势磅礴，抒写了一个封建阶级政治家安邦治国的雄心大志。依据史书记载：刘邦唱此歌时“泣数行下”，可见他的情绪十分激动。后人常用此诗句表达英雄豪杰踌躇满志、意气风发的气概。

★燕雀[①]戏[②]藩柴[③]，安识[④]鸿鹄[⑤]游。

【出处】三国魏·曹植《鰕䱇[⑥]篇》

【注释】①燕雀：小鸟名，亦称“花雀”。此处指庸人。②戏：游玩。③藩柴：篱笆。④安识：哪里懂得。⑤鸿鹄：天鹅。此处指壮士。《史记》载陈涉语：“燕雀安知鸿鹄之志哉!”此用其意。⑥鰕䱇：即虾鳝。

【句意】小鸟只知道在藩篱间玩耍，它们怎么能够理解鸿鹄要遨游四方的志向呢?

【赏析】作者借鸿鹄自比，而以燕雀比喻钻营无知的小人。说明只顾追逐眼前利益的庸人，不会理解壮士的远大志向。表达了作者对世俗小人的蔑视和对远大抱负之士的颂赞。

★抗心[①]希[②]古，任其所尚。托好老庄，贱物贵身。志在守朴，养素金真。

【出处】三国魏·嵇康《幽愤诗》

【注释】①抗心：使志向高尚。抗，通“亢”。②希：期望。

【句意】我心志高傲仰慕古人，我向往着心随所愿的生活。倾心崇拜庄周和李聃，轻视身外之物看重身心快乐。立志恪守不加雕饰的自然本质，养育清白的品德保全身心的纯真。

【赏析】意谓使自己志节高尚，以古代的贤人为榜样。成语“抗心希古”本此。

★垂声[①]谢[②]后世，气节故有常[③]。

【出处】三国魏·阮籍《咏怀诗》（三十九）

【注释】①垂声：留名。②谢：道歉和认错，引申为告诉。③有常：与世长存。

【句意】品德高尚的人总是把自己的名声留给后世，使崇高的气节万古长存。

【赏析】歌颂了壮士们胸怀大志、效命疆场的崇高而伟大的壮举，同时也抒写了作者为国捐躯、流芳后世的强烈愿望。

★功成不受爵[①]，长揖[②]归田庐[③]。

【出处】西晋·左思《咏史》（其一）

【注释】①爵：禄位。②长揖：拱手高举，从上到下致礼。在此是一种告辞的动作。③归田庐：回家种田隐居。田庐，田园，家园。

【句意】建立了功业回来不受封赏爵禄，深深地作个揖就归隐于田园。

【赏析】诗句表达作者愿意为国立功和功成身退的理想抱负。

★铅刀贵一割[①]，梦想骋[②]良图。

【出处】西晋·左思《咏史》（其一）

【注释】①铅刀贵一割：用东汉班超上疏中的成语。李善注引《东观汉纪》：“班超上疏曰：臣乘圣汉威神，冀效铅刀一割之用。”铅质的刀迟钝，仍有一割之用。用来比喻自己才能低劣。②骋：驰骋，施展，实现。③良图：好的计划，打算，抱负。

【句意】一把很钝的铅刀，都希望能有割一次的价值，自己即使才能低劣，做梦也想施展自己的才能，实现美好的愿望。

【赏析】西晋时期，十分重视门阀出身，左思出身寒门，自然壮志难酬，但心中仍然充满了雄心壮志。这句诗就表达了作者的志气和愿望。他认为，即使是一把很钝的铅刀，都希望有一割之用；自己虽然才能低劣，但仍梦想得到一次报效国家的机会，以实现自己的理想。作者因出身寒门而遭受歧视和排挤，但在这种境遇中他仍不放弃对功业的追求，这种积极的人生态度受到了后人的赞扬，这两句诗也因此而被广为传诵。

★振衣①千仞②冈③，濯足④万里流。

【出处】西晋·左思《咏史》（之五）

【注释】①振衣：用屈原《渔父》典，“新浴者必振衣”。振，抖动，奋发抖擞。②千仞：形容极高。仞，古代七尺或八尺为一仞。③冈：山冈。④濯（zhuó）足：语出《孟子·离娄上》：“沧浪之水清兮，可以濯我缨；沧浪之水浊兮，可以濯我足。”本谓洗去脚污。后以“濯足”比喻清除世尘，保持高洁。濯，洗。

【句意】在千丈高的山冈上抖去衣衫上的灰尘，在万里清流中洗去脚上的污秽。

【赏析】作者在京都深感贵族集团的腐败和城市生活的龌龊，决心与之决裂。诗句以“振衣”“濯足”充分表露作者对王侯高官的厌恶，以“千仞冈”和“万里流”充分表达了作者对自由生活的向往。胸怀高旷，笔力雄迈。写得大气磅礴，被人评为“俯视千古”。

★我思江海游，曾无朝市①玩。

【出处】南朝梁·刘峻《自江洲还入石头》

【注释】①朝市：朝廷与市场。朝，指官场。

【句意】我的志向在江海之间，根本不在意那些争名夺利的把戏。

【赏析】江海之志，正如庄子所说的遁隐于世的志向，作者志趣在这样高洁不凡的向往之中，充满了对俗世名利之事的不屑之情，表露了作者坦荡的胸襟。

★远心何所类，云边有征鸿①。

【出处】南朝梁·江淹《赤渚亭》

【注释】①征鸿：远飞的大雁。

【句意】志怀高远的心应该用什么来作比喻呢？大概只有在云中飞翔的鸿雁才能表现我的志向。

【赏析】作者对自己现在的状态不满，所以以征鸿自比，对自己的未来寄予厚望。语言虽然朴实浅显，却有一种无可抵挡的冲天豪气蕴含其中。

★男儿生身自有役①，那得误我少年时。

【出处】唐代·张籍《别离曲》

【注释】①役：事。

【句意】男儿生下来就是要有一番作为的，怎么可以虚度自己的青春年华呢？

【赏析】诗句是说有志气的男子汉生在世上，要珍惜青春年华，成就一番事业。

★丈夫贵①功勋，不贵爵②禄饶③。

【出处】唐代·姚合《送任畹评事赴沂海》

【注释】①贵：看重，重视。②爵禄：爵位和俸禄。③饶：富足。

【句意】男子汉大丈夫以建功立业为重，而不仰慕显爵厚禄。

【赏析】此诗句是作者送友人所写五言排律诗中的两句。意在劝告友人要确立建功立业的远大志向，不要为名利所困扰。

★平生闻高义，书剑[①]百夫雄[②]。

【出处】唐代·陈子昂《送别出塞》

【注释】①书剑：代指文武。②百夫雄：人中豪杰。

【句意】我已经懂得了做人的道理，所以就要在文武两方面有所成就，做人中豪杰。

【赏析】诗句表达作者胸怀大志，心存高义，有真才实学，成就一番事业。

★男儿何必恋妻子，莫向江村老却[①]人。

【出处】唐代·岑参《送费子归武昌》

【注释】①老却：老去。

【句意】男子汉怎能留恋妻子儿女，别在江边村落里消磨掉青春。

【赏析】男子汉大丈夫应当有为国为民、建功立业的远大理想和宏伟抱负，不应当一味沉迷于小家庭的温暖之中，碌碌无为地度过一生。这两句可供引用抒发青年人志在四方，不留恋妻儿家庭和舒适安闲的生活，而愿轰轰烈烈地干一番事业的雄心壮志。

★拔山[①]力尽，盖世心远。

【出处】唐代·李白《拟别赋》

【注释】①“拔山”句：语本项羽诗“力拔山兮气盖世，时不利兮骓不逝。”

【句意】用拔山的力气来成就无人能比的伟业。

【赏析】用尽拔山之力，志在建立盖世的功劳业绩。

★俱怀[①]逸兴[②]壮思飞[③]，欲上青天揽[④]明月。

【出处】唐代·李白《宣州谢朓楼[⑤]饯别校书叔云》

【注释】①俱怀：彼此都怀有。②逸兴，豪情逸致。③飞：飞腾，洋溢。④览：同“揽”，采摘，揽取。⑤谢朓楼：是南齐著名诗人谢朓任宣城太守时所创建，又称北楼、谢公楼。诗题一作《陪侍御叔华登楼歌》。

【句意】我们共同怀有超逸的诗兴和刚健的豪情，真想飞上青天，把明月揽在怀中。

【赏析】《宣州谢朓楼饯别校书叔云》这首诗是天宝末年李白在宣城期间饯别秘书省校书郎李云时所作。这两句诗笔墨酣畅，淋漓尽致地渲染了作者与其朋友的豪情逸兴、雄心壮志。飘然欲飞，想登上青天去揽取明月，这固然是酒酣兴发之语，但这飞动健举的形象却让我们感觉到作者对雄伟理想境界的向往追求。

★心藏风云[①]世莫知。

【出处】唐代·李白《猛虎行》

【注释】①风云：比喻才气豪迈或行事壮烈，或指经天纬地的大志。

【句意】心中藏着经天纬地的大志，世间没有人知道。

【赏析】诗句表达自己怀有不平凡的志向和才能。与李清照《晓梦》“心知不可见”、白居易的《感鹤》中“物心不可知”意境相近。

★我志在删述[1]，垂[2]辉映千春[3]。

【出处】唐代·李白《古风》（五十九首之一）

【注释】①删述：《史记·孔子世家》说孔子曾删订《诗经》。《论语·述而》子曰：“述而不作。”②垂：流传。③千春：千年。

【句意】我的志愿是像孔丘那样从事删述《诗》《书》一类的重要事业，让它的光辉留照千古。

【赏析】作者并不是要效仿孔子去整理古代典籍，借用“志在删述”述说自己立志要在有生之年扫荡六朝所遗留下来的萎靡不振的诗风，使诗歌的优秀传统得以发扬光大。诗句表达了作者在文学事业上努力有所建树的远大抱负。

★壮志恐蹉跎[1]，功名若云浮。

【出处】唐代·李白《忆襄阳旧友赠马少府巨》

【注释】①蹉跎：光阴虚度，时间白白过去了。

【句意】害怕雄心壮志随着岁月白白过去，而功名富贵对我来说就像浮云一样轻微。

【赏析】诗句抒发作者壮志难酬的感慨和对功名利禄的鄙视。从中可以看出，作者的雄心壮志并不是为了获取个人的功名利禄，而是为了济世安邦。

★少小[1]虽非投笔吏[2]，论功还欲请长缨[3]。

【出处】唐代·祖咏《望蓟门》

【注释】①少小：年轻时。②投笔吏：用班超投笔从戎的典故。班超家贫，年轻时为小吏给官府抄写文书，后投笔叹息说：“大丈夫应当效法傅介子、张骞那样立功异域，怎么能长久地在笔砚间生活呢?”他后来为东汉平定西域、统一祖国的斗争中建立了不朽的功勋。见《后汉书·班超传》。③请长缨：用终军的典故。西汉时，终军十八岁时曾上疏汉武帝，受到赏识，后任谏议大夫，奉命往南越去说服南越王，他告别武帝时说：“愿受长缨，必羁（缚）南越王而致之阙下（宫门下）。”后来终军出使南越，说服了南越王内附。见《汉书·终军传》。长缨，长绳子，长带子。后以“请长缨”指投军报国。

【句意】年轻的时候虽然没有投笔从戎，今天却要建功立业，欲请长缨。

【赏析】《望蓟门》是一首描写边塞生活的诗。诗句运用两个典故来抒发作者尽管年少时未能投笔从戎、平定边患，但壮志满怀，渴望为国立功的豪迈感情。

★男儿少壮不树立[1]，挟此穷老将安归?

【出处】北宋·王安石《忆昨诗示诸外弟》

【注释】①树立：建立，谓有成就。

【句意】男子汉在青壮年时不打算有所建树，怀着这种想法到年老时怎么度过此生呢？

【赏析】王安石十六岁时，其父王益调任江宁（今南京）通判，他也随父到江宁。在那里，他猛然感到光阴易逝，时不我待，发愤要趁年轻时多读点书，写下《忆昨诗示诸外弟》七言排律诗，此为诗中的两句，自律并劝告他的同辈人，少壮时如果不选定前进的方向，那么到老必将连归宿的地方都没有。这比“少壮不努力，老大徒伤悲”的意思更透彻，更值得回味。试想一个年轻人以穷老或“啃老”生活状态面对人生，能有好的归宿吗？

★壮心未与年俱老，死去犹能作鬼雄①。

【出处】南宋·陆游《书愤二首》（选一）

【注释】①鬼雄：鬼中的强者。

【句意】我的报国雄心壮志并未随着年龄的增长而衰退，死了以后也要做鬼中的豪杰，继续与敌人搏斗。

【赏析】此诗作时作者已七十三岁。诗句充分表现作者至死不渝的爱国主义精神。闲居山阴已有七年。此时，他年老力衰，远离朝廷，一片孤忠，无人问津。但毕生未能实现的报国壮志却依旧在他胸中燃烧，诗人明知以七十多岁的高龄，再去驰骋疆场已不可能，于是寄希望于身后。设想死后能成为鬼雄来清除人间的妖孽。上句由曹操“烈士暮年，壮心不已”诗句化出；下句似受李清照《乌江》“死亦作鬼雄”影响，通过富于浪漫精神的描述，表达自己虽已年老，但壮心不已的爱国精神。陆游的爱国思想至死不渝，感人至深。

★男儿堕地射四方，安能山栖效园绮①。

【出处】南宋·陆游《壮士吟次唐人韵》

【注释】①园绮：汉初隐士东园公和绮里季。

【句意】男子一生临人世，就要有那种“射天地四方”的远大志向：怎能仿效汉初时的东园公和绮里季，隐居山林呢？

【赏析】诗句表达男子汉应当树立雄心壮志，争取有济于世。

★但①忧死无闻，功不挂青史②。

【出处】南宋·陆游《投梁参政》

【注释】①但：只是。②青史：指历史。

【句意】只担心自己至死还默默无闻，没有壮烈的功业记载于历史。

【赏析】诗句表达了作者矢志建功立业的迫切愿望。

★丈夫五十功未立，提刀独立顾①八荒②。

【出处】南宋·陆游《金错刀行》

【注释】①顾：四面瞻望。②八荒：

八方荒远之地。

【句意】大丈夫五十岁了还没有建功立业，独自一人提着宝刀在荒野里瞻望四方。

【赏析】此诗以咏刀为题，热情洋溢地倾吐了作者杀敌报国的豪情壮志。诗句有三层意思：“提刀独立”写提刀人的动作，显出其急欲上阵杀敌；“顾八荒”写提刀人的神态，既有英雄无用武之地的落寞惆怅，更有顾盼自雄的豪迈气概；“丈夫五十功未立”则慷慨直陈，向天浩叹，更显出了提刀人的胸怀大志。

★老去才虽尽，穷来志益坚[1]。

【出处】南宋·陆游《醉醒初觉偶作》

【注释】①“穷来志益坚”句：由唐代王勃《秋日登洪府滕王阁饯别序》“穷且益坚，不坠青云之志”化出。

【句意】虽然老了，没有多少才能了，但处身困厄之中，志向却更加坚定了。

【赏析】诗句表达了陆游一生坚守的节操。作者晚年饥寒贫病交加，但穷且益坚，在临终时还吟成《示儿》绝唱，发出生命最壮丽的奏章。现在多用来形容年纪大了，志气更壮。

★人生不作安期生[1]，醉入东海骑长鲸。

【出处】南宋·陆游《长歌行》

【注释】①安期生：传说是秦始皇时修炼得道的仙人。

【句意】人生不要像安期生那样做个隐居的仙人，而要展骑长鲸之勇，为国为民轰轰烈烈地干一番事业。

【赏析】诗句表达作者远大的志向，人生有不同的价值取向。有的人胸怀大志，征服和改造自然、社会，有的人远离社会，远离竞争，逃避责任而碌碌无为。有志者积极地投身于社会变革中，在奋斗中搏击风雨，在进取中建功立业。人生在世，不要希冀过安期生那样神仙般的生活，只有迎难而进，施展才华，主宰命运，那才不虚此生。

★丈夫[1]可为酒色[2]死？战场横尸胜床第[3]。

【出处】南宋·陆游《前有樽酒行》

【注释】①丈夫：指有所作为的人。②酒色：美酒与女色。③床第（zǐ）：床席，比喻贪恋逸乐生活。第，床上的竹制垫席。

【句意】大丈夫怎能死于酒色呢？战死沙场胜过死于逸乐。

【赏析】表达了作者鄙夷酒色之乐，以战死沙场为荣的情怀。

★丈夫毕此愿，死与蝼蚁[1]殊[2]。

【出处】南宋·陆游《观大散关图有感》

【注释】①蝼蚁：蝼蛄和蚂蚁，比喻渺小的东西。②殊：不同。

【句意】大丈夫应当为实现自己的志向，奋斗不息，死时才能和无功于人的蝼蚁有所不同。

【赏析】比喻大丈夫应当实现自己的伟大志愿。

★莫等闲[1]，白了少年[2]头，空悲切[3]！

【出处】南宋·岳飞《满江红·写怀（怒发冲冠）》

【注释】①等闲：轻易，平常，随便。此指虚度年华。②少年：指青壮年时期。③空悲切：即白白地痛苦。

【句意】好男儿，切不要随便虚度青春岁月，等到青壮年时头上长满白发，再后悔悲伤也只是徒然的哀叹了！

【赏析】这是一首震撼千古的爱国主义名作。词句表达了作者在国家处于危急存亡的时刻，以国耻未雪而年华虚掷为可悲，渴望早日为国家建功立业的理想。词句既是作者的自勉，同时用以激励众人。确能振聋发聩、感人肺腑！陈廷焯《白雨斋词话》评论说："何等气概，何等志向，千载后读之，凛凛然有生气焉。'莫等闲'二语，当为千古箴铭（鼓舞人奋发有为的至理名言）。"今天，它仍然是激励有志之士特别是青少年珍惜青春年华，立志报效祖国，为祖国和人民努力作出贡献的箴言与座右铭。

★雄气堂堂贯斗牛[1]，誓将贞节报君仇[2]。斩除顽恶[3]还车驾[4]，不问[5]登坛万户侯。

【出处】南宋·岳飞《题青泥市寺[6]壁》

【注释】①贯斗牛：气冲霄汉。斗牛，宇宙中两个星宿，即北宿和牛宿。②报君仇：1127年，北宋的徽宗赵佶、钦宗赵桓，后妃、内官、外戚、百工、技艺、图书、珍宝等尽为金人掳去。史称"靖康之耻"。决心要打败金人，救回二圣，为君报仇雪耻。③顽恶：指外患与"内乱"。由于历史观的局限，岳飞等也将农民起义、造反军队一并视为"顽恶"。④还车驾：将二帝迎回，恢复銮驾威仪。⑤"不问"句：不是个人争夺名利，为登坛拜将封侯。完全是为了报君仇，雪国耻，夺失地。万户侯，邑万户的侯，指厚禄。⑥青泥市寺：在今江西新干县。

【句意】堂堂正正的英雄豪气，充满了高空的斗星与牛星。决心保持忠君报国的节操，为徽钦二帝报仇雪恨。斩除国内外万恶的敌人，迎回二圣，恢复他们帝王銮驾威仪。努力作战不是为个人登坛拜将封侯，而是报君仇、完国土。

【赏析】这是一首抒怀诗。岳飞率军抗金路过今江西新干，在寺壁题诗抒怀。诗中抒发了作者奋勇杀敌、收复失地的决心，以及只为保卫社稷江山的安宁，不图官职升迁的无私胸怀。他曾说："文臣不爱钱，武臣不怕死，天下太平矣。"

★人间岁月堂堂[1]去，劝君快上青云[2]路。圣处一灯传[3]，工夫萤雪[4]边。

【出处】南宋·辛弃疾《菩萨蛮·送曹君之庄所》

【注释】①堂堂：盛大。②青云：比喻高志。③圣处一灯传：佛家以灯喻法，传法于人，叫传灯。这里指儒家的事业，也要传授下去。④萤雪：《晋书·车胤传》："胤博学多通，家贫，不常得油，夏月则练囊盛数十萤火以照书，以夜继日焉。"《尚友录》："晋孙康，京兆人，性敏好学，家贫，灯无油，于冬月尝映雪读书。"

【句意】人间岁月过得非常快，劝你赶快立志去做一番事业。能在圣门得以继承衣钵，功夫全在刻苦之中。

【赏析】这是一首送别词。词句表达了作者对年轻后生的关爱之情。开头两句劝友人及早求取功名。至于如何"快上青云路"，作者接下去两句指出要掌握儒家思想的精义，必须下苦功夫才能学到手。并使用古代苦读的典故，是很有说服力的。

★了却[①]君王天下事[②]，赢得[③]生前身后名[④]。可怜白发生[⑤]！

【出处】南宋·辛弃疾《破阵子·为陈同甫赋壮词以寄》

【注释】①了却：完成，解决。②君王天下事：国家大事。此指收复中原、统一祖国山河之伟业。封建正统观念认为天下归帝王所有，所以说"君王天下事"。③赢得：取得。④生前身后名：指为民族建立功勋而青史留名的荣誉。⑤可怜白发生：可叹我如今头发都白了。

【句意】完成了君王关心的国家大事，自己也赢得生前身后的美名，可怜这些想法却难以实现，只有白发从两鬓早生。

【赏析】这是一首"壮词"。作者以浪漫主义笔调，描写在想象中驰骋疆场、英勇杀敌的战斗生活，以抒发自己抗金复国这一平生梦寐以求的理想。上述三句是词中脍炙人口的名句。表现了作者当年在起义军中的战斗岁月以及壮志难酬的遗憾。前两句承袭前面热烈酣畅的战斗场景，写出作者的豪情壮志。第三句笔锋陡转，从梦境回到现实。由于南宋朝廷主和派的阻挠，作者备受挫折，理想无法实现。这里作者的情绪从幻想的高潮跌入了低谷。前面的酣畅淋漓，加重了末句的失望之情。前后对比，词意跌宕，体现了理想与现实的尖锐对立。这三句实际上也是作者一生的概括。整首词高昂豪壮，然而壮中含悲，是一曲失意英雄的慷慨悲歌。

★锋镝[①]牢囚[②]取次[③]过，依然不废我弦歌[④]。死犹未肯输心[⑤]去，贫亦岂能奈我何？

【出处】清代·黄宗羲《山居杂咏》（六首之一）

【注释】①锋镝：锋，指刀刃；镝，指箭头。这里是战争的代称，指作者的抗清生涯。②牢囚：作者曾经因事入狱，受过监牢的折磨。③取次：挨次序。④弦歌：原指儒家的礼乐教化，这里指作者坚守自己的节操。⑤输心：指向清廷投降，败坏心志，丧失气节。

【句意】艰苦的抗清生涯和牢狱磨难，接连不断地降临到我头上，在极端困苦的境况下仍不废学术研究的决心和志趣；我依然誓不降清，保持着安贫乐道的道德情操和宁死不屈的民族气节。

【赏析】诗句语言质朴自然，格调高昂，充分表现了作者万劫难磨的坚强意志。

★远路不须愁日暮，老年终自望河清[①]。

【出处】清代·顾炎武《五十初度时在昌平》

【注释】①河清：黄河水浊，少有清时，古人以“河清”喻天下太平，这里指恢复故国。

【句意】前路虽然遥远，但只要信心坚定，一定会有走完的一天，又何必担心太阳就快要下山了呢？年纪虽然老大，只要肯耐心等待，终有天下太平的那一天。

【赏析】顾炎武是明末遗臣，年纪已经老大，却仍旧充满信心，操守不变，坚信天下总有太平的一天。这两句诗表现了作者对国家振兴的坚定信念。

★誓麾[①]白羽扇[②]，一扫[③]天日[④]翳[⑤]。

【出处】清代·顾炎武《哭顾推官》

【注释】①麾（huī）：挥动。②白羽扇：白色的羽毛扇子。③扫：扫除。④天日：天空和太阳。⑤翳（yì）：掩蔽。

【句意】发誓要挥舞起白羽扇，一举把天空中的污浊气体扫除干净。

【赏析】诗句借喻外物，表达了爱国之士力图廓清天下的雄心壮志。

★海枯石烂乾坤灭，无为瓦[①]全宁玉折。

【出处】清代·周实《拟决绝词》

【注释】①瓦：陶器。

【句意】即便海枯石烂，天地覆灭，自己为国献身的决心不变。宁可光荣而死，也绝不苟且偷生。

【赏析】作者用“海枯石烂”和“乾坤灭”极力形容时间的长久和事物的巨变，从而突出了“大丈夫宁可玉碎，不为瓦全”的崇高情操。语言直接，襟怀真率，洋溢着为正义事业而牺牲的炽烈感情。

★不烧铅汞[①]不逃禅[②]，不爱乌纱[③]不要钱。

【出处】清代·郑燮《燕京杂诗》（选一）

【注释】①烧铅汞：指炼丹术。道士把铅汞等物投入炉中烧炼，谓可成“灵丹妙药”。指道家。②逃禅：逃避世事，礼佛参禅。指佛家。③乌纱：古时官帽，这里指做官。

【句意】我既不相信道教炼丹之术，也不借参禅逃避世事，我既不想做官也不爱财。

【赏析】郑燮明确地表示了他的鄙弃和追求，无疑表达出郑他的愤激之情。他一不学佛，二不崇道，三不为官，四不爱财。他的追求、他的理想是艺术，把艺术视为生命，高置于一切之上。满船书画真迹精品，放浪于江湖之上，乃是人生第一大乐事。

★功高拜将成仙①外，才尽回肠荡气②中。

【出处】清代·龚自珍《夜坐》

【注释】①拜将成仙：拜将指韩信，成仙指张良，两人为汉高祖平定天下的重要助手，与萧何并称“汉初三杰”，是古代将相勋业的楷模。②回肠荡气：令人激动、佩服。原用来形容文学作品对人的感染力，这里借指诗歌创作。

【句意】自己本来有像韩信、张良一样的雄心壮志，想为国家建功立业，可是现实只能使自己的才干消磨在诗歌创作中。

【赏析】前一句说自己本来有雄心壮志，意欲建立超过韩信、张良的丰功伟业；后一句说由于朝廷的黑暗，自己不断遭受到打击、排斥，只好把才干全部消磨于诗词歌赋的创作中了。这两句诗表达了作者对朝廷压制人才、忌妒人才的愤慨和自己壮志未酬的惆怅。

雄心壮志

★我心匪①石，不可转②也。我心匪席③，不可卷④也。

【出处】先秦·《诗·邶风·柏舟》

【注释】①匪：通“非”，不是。②转：转移。③席：草席。④卷：收卷。

【句意】我的心不是滚圆的卵石，不可随便转动。我的心不是草席，不可任意卷起。

【赏析】《柏舟》是卫国臣子讽谏顷公不能知人善任的诗作。这四句诗写一位贤臣对国事的忧虑和他自己忠贞不贰的意志。作者在这里用了巧妙的“反喻”，表明内心意志坚定，情操高尚，牢不可移，毫不退让。因为它突破了正喻的直露，用一反折更坚定地表达了决心，所以成为屡被引用的名句，如汉秦嘉的“忧来如循环，匪席不可卷”、陶渊明的“我心固匪石，君情定如何?”表示意志坚决的成语“匪石匪席”即源于此。

★舒吾凌霄羽①，奋此千里足。超迈绝尘驱，倏忽谁能逐。

【出处】东汉·郦炎《见志诗》(其二)

【注释】①凌霄羽：凌空高飞的翅膀。

【句意】像大鹏一样舒展凌空高飞的翅膀，像骐骥一样驰骋千里之足，超世绝尘，向往理想之所，倏忽间就没了踪影，看你们谁能赶上我。

【赏析】此诗表明作者要展开自己凌空高飞的理想翅膀，奋力驰骋自己犹如千里马的长足进取。以凌厉激扬的气势，去实现超越绝尘的雄心壮志。

★老骥[①]伏枥[②]，志在千里。烈士[③]暮年[④]，壮心不已[⑤]。

【出处】三国魏·曹操《步出夏门行·龟虽寿》

【注释】①老骥：指已衰老的千里马。骥，千里马，指好马。②伏枥：伏在马槽里。枥，马槽，马棚。③烈士：指舍生取义或积极建立功业的人士。这里指有理想有作为的人。④暮年：晚年。⑤已：止，停止。

【句意】千里马因衰老而蹲伏在马棚中，胸中却仍有驰骋千里的壮志豪情；有志向的人虽然到了暮年，却老当益壮，依然雄心勃勃，豪情丝毫没有减退。

【赏析】作者以“老骥”和“烈士”自比，表达了自己虽到暮年，但雄心依旧、斗志未衰，仍要为统一大业奋斗积极进取的豪情壮志，充分表现了英雄豪杰自强不息的精神气概。后人常用这四句诗来表示一个人老当益壮，志在千里的雄心。如杜甫《江汉》诗：“落日心犹壮，秋风病欲苏。”陆游《闻虏乱有感》诗：“羞为老骥伏枥悲，宁作枯鱼过河泣。”及《长歌行》诗：“国仇未报壮士老，匣中宝剑夜有声。”都表达了年事虽高，但报国壮志不减当年的慷慨豪情。

★人生各有志[①]，终不为此[②]移[③]。

【出处】三国魏·王粲《咏史诗》

【注释】①各有志：志向各不相同。②此：指三位贤臣奄息、仲行、针穆舍身殉葬志向。③移：改变。指为众人的哭声而改变志向。

【句意】志向各不相同，不为众人的哭声而政变志向。

【赏析】诗句表达不会因别人的行为而改变自己的志向。

★烈士[①]多[②]悲心[③]，小人[④]媮[⑤]自闲[⑥]

【出处】三国魏·曹植《杂诗六首》（之六）

【注释】①烈士：有志于功业而视死如归的人。②多：常。③悲心：忧心。忧国忧世之心和有才不获聘的愤慨。④小人：自私的或无大志的庸人。⑤媮：同“偷”，得过且过，苟且。⑥闲：安闲，安乐。

【句意】有雄心壮志的人常常为国家担忧，世俗庸人则总是苟且偷生，贪图安逸。

【赏析】诗句表达了作者一心报国的壮志和对佞臣苟生误国的蔑视。诗句中的“烈士”看似泛指，含义实深。意谓自己本是“多悲心”的“烈士”，但每当遇到报国歼敌的机会，却不允许自己参加，尽自己一份力量。这无异把自己看成苟且偷安的“小人”。这事实上却洋溢出作者报国无门的一腔义愤。因此接下来坚决表态：“国仇亮不塞，甘心思丧元。”在国仇未灭之时，自己是甘心抛头颅、洒热血的。

★丈夫志四海[①]，万里犹比邻[②]。

【出处】三国魏·曹植《赠白马王彪》

【注释】①志四海：志在四海。②比邻：犹言近邻，紧挨着。古代五家为比，也叫邻。

【句意】大丈夫志在四方，与人相隔万里，也感到犹如近邻一样。

【赏析】黄初四年（223），曹植与任城王曹彰、白马王曹彪到京师洛阳朝会。进京后，曹彰暴薨。后曹植及曹彪返还，欲同路而行，以畅叙骨肉之情，但监国使者不许两人同行，曹植激愤之下写下了这首赠别的名作，来安慰曹彪。作者此处表达对人生的看法——男人生在世间，应顶天立地，做一个大丈夫；应该心怀高远，以四海为家，不拘泥于地域所限，不沉湎于儿女情长。后人壮别之诗，多用此意。王勃那首著名的《送杜少府之任蜀州》："海内存知己，天涯若比邻。无为在歧路，儿女共沾巾。"正是源于此。

★驾[①]言[②]登五岳，然后小陵丘。

【出处】三国魏·曹植《鰕䱇篇》

【注释】①驾：驱车。②言：此语尾助词。

【句意】驾车登上五岳之巅，俯瞰世界，才知道其他高山小如丘陵一般。

【赏析】作者此处化用孔子"登泰山而小天下"之意，表现自己的凌云壮志和高瞻远瞩的胸怀气度。

★男儿[①]当门户[②]，堕地[③]自生神[④]。雄心志四海[⑤]，万里望风尘[⑥]。

【出处】西晋·傅玄《豫章行·苦相篇》

【注释】①男儿：宋刻本《玉台新咏》作"儿男"，今从《艺文类聚》改。②当门户：应立门户，即当家。③堕地：指生下来。④自生神：天然地便有神气。⑤志四海：志在天下。⑥望风尘：向往平定敌寇。

【句意】男子汉的雄心壮志应该志在天下。只见万里之外戎马卷起尘灰，心中向往平定敌寇。

【赏析】全诗本是揭露封建社会重男轻女的不平等现象，表现了作者对女子不幸遭遇的深切同情，对把她们这种遭遇归之于命苦的说法表示不满。但这四句却看出作者的非凡志向和远大抱负。男儿立志就要为国效力，为祖国的发展保驾护航。我们现在也经常引用它来表达这层内涵。

★苟[①]怀四方志[②]，所在可游盘[③]。

【出处】西晋·欧阳建《临终诗》

【注释】①苟：假如。②四方志：经营四方之志。③游盘：往来盘桓。

【句意】如果志在四方，那么无论到了哪里都可以有所作为。

【赏析】诗句鼓励后人要树立远大志向，建功立业。

★猛志逸四海[①]，骞[②]翮思远翥[③]。

【出处】东晋·陶渊明《杂诗十二首》（之五）

【注释】①逸四海：超越四海。②骞翮（qiān hé）：展翅的样子。骞，高举；翮，指鸟的翅膀。③远翥（zhù）：犹远飞。翥，指鸟向上飞。

【句意】满怀豪情壮志，想要超越四海，就像鸟儿一般，能够挥动翅膀，凌空高飞。

【赏析】作者创作这一组诗时，刚刚年满五十岁。已到知天命的年纪，回首往昔，自然心情十分复杂。这里是想到自己年轻时意气风发，志向远大，总是希望自己可以像大鹏鸟一样举翅高翔，在壮阔的天空中尽情施展自己的才能。后人常用“猛志逸四海，骞翮思远翥”两句诗来形容一个人志向的远大。

★丈夫生世会[1]几时，安能[2]蹀躞[3]垂羽翼[4]。

【出处】南朝宋·鲍照《拟行路难》（十八首之六）

【注释】①会：当，能。②安能：何能，怎能。③蹀躞（dié xiè）：小步走路的样子。④垂羽翼：鸟垂下翅膀不能奋飞，比喻人失意丧气的样子。

【句意】一个人生活在世上能有多少时间，自当振翅高飞，怎么能像垂着翅膀、小步行走的鸟呢？

【赏析】诗句表达一个人在世上应当奋发有为，不要垂头丧气！作者出身寒微，在门阀制度盛行的社会里备感压抑，但他没有因此而自轻自贱。他认为：大丈夫处世，就应该扬眉吐气，振翅而飞，而不应该失意丧气，仰人鼻息，连走路都迈不开步子。

★壮志未酬[1]三尺剑，故乡空隔万重山。

【出处】唐代·李频《春日思归》

【注释】①壮志未酬：指潦倒的一生，志向没有实现就衰老了。酬，实现。

【句意】我潦倒一生，空有击柱长叹的三尺宝剑，没有实现志向就衰老了，真是辜负了家乡父老的期望。

【赏析】诗句表达了作者没能建功立业，报效国家而遗憾。成语“壮志未酬”本此。

★丈夫皆有志，会见[1]立功勋。

【出处】唐代·杨炯《出塞》

【注释】①会见：必将看到。

【句意】大丈夫都有远大的志向，应建立不朽的功勋。

【赏析】诗句勉励男子汉都应该树立建功立业的远大志向。

★丈夫[1]志气事，儿女[2]安[3]得知。

【出处】唐代·吕温《偶然作》

【注释】①丈夫：即大丈夫，指有大志、有所作为和有气节的男子。②儿女：一般青年男女。③安：哪。

【句意】有志之士所追求的事情，普通人是无法理解的。

【赏析】诗句表达有作为之士应确立凌云壮志。

★慨慷丈夫志，可以耀锋芒[1]。

【出处】唐代·孟郊《遣兴联句》

【注释】①耀锋芒：完全显露出锐

气和才华。

【句意】大丈夫的豪情壮志可以放射出耀眼的光芒。

【赏析】诗句是说大丈夫应该树立远大的志向，并要有所作为。

★愿保金石志[1]，勿令有夺移。

【出处】唐代·孟郊《同年春宴》

【注释】①金石志：坚如金石的志向。

【句意】我希望永远保持坚定的志向，使它像金石般坚硬，不能有丝毫动摇。

【赏析】形象地表明意志很坚强。

★愿将黄鹤[1]翅，一借飞云空。

【出处】唐代·孟郊《上包祭酒》

【注释】①黄鹤：传说为仙人所乘的一种鹤。

【句意】我希望能凭借黄鹤的翅膀，直上九天，尽情翱翔。

【赏析】诗句表达作者不愿碌碌无为一生，而要志在攀登的壮烈情怀。也劝世人应当有雄心壮志，勇攀高峰。

★所志在功名[1]，离别何足叹！

【出处】唐代·陆龟蒙《别离》

【注释】①志在功名：志在为国家建功立业。

【句意】壮士怀抱强烈的建功立业的志向，眼前的离别哪里值得叹息呢！

【赏析】这首诗叙离别而全无依依不舍的离愁别怨，写得慷慨激昂，别具一格。此诗句为这首诗尾联，点明壮士怀抱强烈的建功立业的志向，为达此目的，甚至不惜“解腕”。那么，眼前的离别在他的心目中自然不算一回事了，哪里值得叹息呢！

★少年负[1]志气，信道不从时[2]。

【出处】唐代·刘禹锡《学阮公体三首》

【注释】①负：仗恃，依靠。②从时：随从时俗，追随时尚。

【句意】青年人心怀壮志，坚持自己的理想、信念，不趋附时俗。

【赏析】诗句劝告年轻人应该及早确立自己的志向，并坚持践行，这样就一定能成为有用之才。

★寄言燕雀莫相啅[1]，自有云霄万里高。

【出处】唐代·高适《见前大臂鹰作》（一本作李白《观放白鹰二首》）

【注释】①啅（zhào）：吵吵嚷嚷。

【句意】告诉那些燕雀，快别互相吵吵嚷嚷，自鸣得意，你没有看见那鸿鹄正在高高的云霄上翱翔吗？

【赏析】比喻人应当有雄心壮志，不要眼光短浅，盲目自满。

★志人固不羁[1]，与道同周旋[2]。进则天下仰[3]，已[4]之能晏然[5]。

【出处】唐代·陶瀚《赠郑员外》

【注释】①羁：束缚。②周旋：围绕而行，引申为追求。③仰：敬仰，尊敬。④已：退。⑤晏然：安康。

【句意】胸怀大志的人，没有什么可以阻止他追求正义的。当他从政为官时，会受到百姓的敬仰，致仕之后也能平静地生活。

【赏析】诗句是说一个胸怀百姓、光明磊落的人，永远受到人们尊敬，而生活也是坦然安康的。

★出门便作焚舟[1]计，生不成名死不归。

【出处】唐代·雍陶《离家后作》

【注释】①焚舟：烧毁渡船，《左传·文公三年》："秦伯伐晋，济河焚舟。"后比喻做事下定决心，不顾一切干到底。

【句意】一离家门就要下定决心，破釜沉舟，义无反顾。活着是时候必要做出些名堂来，不然即使死去也还是无颜回归故里。

【赏析】作者是一个唐朝年间的进士，古人都有一种"报效国家，光宗耀祖，荣归故里"的思想，为此他们才发愤苦读，十年寒窗，作者也是这个群体中的一员，这首诗是他在一人独自离家闯荡前写的，他是以此激励自己更加努力地实现自己的目标，以风风光光地回归故里，并安抚亲人让他们不要太过担心，自己一定会成就一番事业而归的。

★济人[1]然后拂衣去[2]，肯作[3]徒尔[4]一男儿。

【出处】唐代·王维《不遇咏》

【注释】①济人：兼济天下的意思。②拂衣去：弃官归隐的意思。陶渊明《饮酒》"拂衣归田里"。③肯作：愿意作。④徒尔：如此没用的人。尔，如此，这样。

【句意】我希望先济世致用，然后功成身退，去过闲适的隐逸生活，岂肯一辈子庸庸碌碌，毫无成就，枉做一个男子汉大丈夫。

【赏析】此诗是王维对自己怀才不遇的感慨。诗句为这首诗的最后两句，表达了作者高尚豁达的襟怀。是说男子汉大丈夫活在世上，不应该碌碌无为，一无所成，而应该奋发作为，成为顶天立地的男子汉。

★志若不移[1]山可改，何愁青史[2]不书功。

【出处】唐代·钱谬《上元夜次序平江南》

【注释】①不移：不改变。②青史：古代在竹简上记事，因而称史书为"青史"。

【句意】只要意志坚定，就能像愚公一样做成移山填海的大事业。有了这样锲而不舍的精神，还愁不留名青史吗？

【赏析】诗句劝诫人们要树立远大的志向，做出有益于国家社稷、子孙后代的功绩，只有这样才能流芳百世，名垂史册。

★老骥[1]思千里，饥鹰待一呼[2]。

【出处】唐代·杜甫《赠韦左丞大济》

【注释】①骥（jì）：千里马。三国魏曹操《步出夏门行·龟虽寿》："老骥伏枥，志在千里。烈士暮年，壮心不已。"②饥鹰待一呼：出自西晋孙楚《鹰赋》："饥则易呼。"

【句意】千里马虽老，壮志不衰，仍欲驰骋千里；饥饿的苍鹰，时刻准备着，只待一声呼唤，就去搏击长空，冲向猎物。

【赏析】作者表白自己虽穷困潦倒，但壮志仍存。诗句可用以表现有些人胸怀壮志久而不衰，只待时来运转，发挥自己的作用。宋代苏轼在《次刘景文见寄》诗中引申此诗句的意义："莫因老骥思千里，醉后哀歌缺唾壶。"（唾壶即痰盂）

★壮志怀远略[1]，志存解世纷[2]。

【出处】唐代·李白《送张秀才从军》

【注释】①远略：远大的谋略。②世纷：世间的纷事。

【句意】壮士胸怀大志，要解除世间的纷争。

【赏析】诗句既有对友人的劝勉，又有自己内心希望的表白："当令千古后，麟阁著奇勋。"

★长风破浪[1]会[2]有时[3]，直挂云帆[4]济[5]沧海[6]。

【出处】唐代·李白《行路难》（三首之一）

【注释】①长风破浪：比喻施展宏伟抱负。《宋书·宗悫传》："宗悫少时，叔父炳问其志。悫曰：'愿乘长风破万里浪。'"②会：当，该。③有时：有机会。④云帆：指航行在大海里的船只。⑤济：渡。⑥沧海：古人称今黄海、渤海和东海海域为沧海。此泛指大海。

【句意】尽管前路障碍重重，但总会有一天，我能高挂云帆，乘长风破万里浪，直渡茫茫大海，在彼岸寻找一片光明的净土。

【赏析】《行路难》是组诗，共有三首，大约是诗人在唐玄宗天宝三年（744）遭受谗毁而被排挤离开长安时所作。这两句诗写诗人不屈服于恶势力而始终怀抱远大理想的可贵品格，以及对人生前途乐观豪迈的气概和强烈的自信心。"会"字表达了坚定的信心；"直"字刻画出了才华得以施展、踌躇满志的雄心。后人常引用这两句诗来鞭策和激励自己迎着生活的风浪扬帆奋进。

★东山高卧[1]时起来，欲济苍生未应晚。

【出处】唐代·李白《梁园吟》

【注释】①东山高卧，欲济苍生：是用东晋谢安的典故。谢安年少成名，但他不去做官，却选择在东山（在今浙江上虞县，一说绍兴）隐居起来。有人希望他出来主持政局，说："斯人不出，如苍生何?"便是这两句诗的出典。后来，大将桓温来请，他才出山，曾率东晋军队大败秦军百万于淝水。

【句意】我虽然像"东山高卧"的谢安一样过着隐居的生活。但必要时仍会起来，要拯救人民于痛苦之中现在还不算晚。

【赏析】此诗是天宝三年（744）李白离开长安后，和杜甫、高适同游大梁（今河南开封市一带）、宋州（州治在今河南商丘县）时所作。这时期李白由于遭到权臣的谗毁和排挤，始终没有被朝廷正式任用。他的建功立业的志愿无法实现，又不愿随波逐流，于是打算离开长安，重新去过隐居生活，等待时机，东山再起。诗句所表达的"济苍生"夙愿在《送裴十八图南归嵩山（二首）》中也有表述："于谢公终一起，相与济苍生。"勉励裴图南和自己要效法谢安等待时机，济世为人，报效国家。

★少年心事[①]当拏云[②]，谁念幽寒[③]坐[④]呜呃[⑤]？

【出处】唐代·李贺《致酒行》

【注释】①心事：指志向，理想。②拏云：壮志凌云的意思。拏，牵动，同"拿"，摘取。③幽寒：处境贫困，政治失意。④坐：徒然，空自。⑤呜呃（è）：悲哀，抽泣。

【句意】作为年轻人，要坚持高远的志向情操，振作起来，老是悲伤感叹，究竟有谁会怜惜你贫困寂寞的处境呢？

【赏析】作者在主人的谆谆开导下豁然开朗，直抒胸臆，表达了不甘消沉的高远志向，不能老是唉声叹气，谁也不会来怜惜你的！应当有上九天揽月、下五洋捉鳖的凌云之志。诗句劝诫年轻人若不知把握大好时光，力求上进，等到韶华逝去，青春不再，即使是空白叹息，也挽不回已逝的大好年华呀！

★丈夫志不大，何以佐[①]乾坤[②]。

【出处】唐代·邵谒《送从弟长安下第南归觐亲》

【注释】①佐：辅助。②乾坤：天地，此指国家。

【句意】大丈夫要是没有远大的志向，怎么能辅助国家呢！

【赏析】诗句劝告男子汉一定要确立远大的志向，只有这样才能报效国家。

★乘运[①]应须宅八荒[②]，男儿安在恋池隍[③]。

【出处】唐代·李商隐《题汉高祖[④]庙》

【注释】①乘运：因时乘势。②宅八荒：即以天下为家之意。宅，居处。八荒，泛指寰宇之内。③池隍：无水的城壕。④汉高祖：西汉开国皇帝刘邦。

【句意】男子汉应该抓住机遇四海为家，怎么能眷恋家乡的城郭山水呢！

【赏析】这首诗赞颂汉高祖，批评项羽只知留恋家乡，说什么"富贵不归故里，如衣绣夜行，谁知之者！"最终丧失夺取天下的有利形势，兵败乌江。诗句表达人应当胸怀大志，不能仅仅以家乡为念。

★当为万户侯[1]，勿守一经帙[2]。

【出处】唐代·李商隐《骄儿》

【注释】①万户侯：食邑万户的王侯。②经帙：经书。

【句意】应当通过建立战功获封万户侯，不要一辈子死守着一部经书。

【赏析】诗句是《骄儿》的最后两句。作者劝诫儿子，国难当头，应该习兵从武，报效国家，醉心科举，于时无补，于己无益。

★丈夫志，当景盛[1]，耻疏闲[2]。

【出处】北宋·苏舜钦《水调歌头》

【注释】①景盛：光明盛大。②疏闲：疏懒闲散，比喻无大志。

【句意】男子汉应有远大抱负，就像那正午的太阳，光芒照人间，令人羞耻的是一事无成，疏懒闲散。

【赏析】诗句劝告男子汉应有雄心壮志，以无所事事为耻。

★稻粱[1]虽可恋，吾志在冥鸿[2]。

【出处】北宋·欧阳修《下直呈同行三公》

【注释】①稻粱：指舒服的生活。②冥鸿：飞上高空的大雁。

【句意】意谓舒服的生活固然值得依恋，但我的志向是像大雁那样飞上高空。

【赏析】比喻不贪恋荣华，有远大的志向。

★老夫[1]聊发[2]少年狂[3]，左牵黄，右擎苍[4]，锦帽貂裘[5]，千骑卷平冈[6]。

【出处】北宋·苏轼《江城子·老夫聊发少年狂》

【注释】①老夫：苏轼自称。这年苏轼四十岁。②聊发：暂且抒发。③狂：豪情。④“左牵黄”两句：左手牵着黄狗，右臂举苍鹰。《梁书·张克传》：“值克出猎，左手臂鹰，右手牵狗。”鹰和狗，都是古人打猎时用来追捕猎物的。⑤锦帽貂裘：戴着锦帽，穿着貂裘。汉代羽林军着锦衣貂裘，此状随猎者戎装鲜明。⑥千骑（jì）卷平冈：指大批的人马从比较平坦的山冈上席卷而过。千骑，一人一马称一骑，千骑在这里泛指随从之众。卷，收也。此处意谓奔驰而过。平冈，平坦的山冈。

【句意】老夫姑且施展一下少年时打猎的豪情壮志，左手牵着黄色的猎犬，右臂托起苍鹰。头戴华美鲜艳的帽子，身穿貂皮做的衣服，千骑驰骋，犹如疾风席卷山冈。

【赏析】此作是千古传诵的作者豪放词代表作之一。这几句词借叙事以抒怀，记的是常山打猎的热闹场面，有声有色，使人读之如身临其境，却表现了作者宝刀未老、志在千里的壮志与豪情，抒发了报效祖国的爱国主义理想。

★蹈海言[①]犹在，移山志[②]未衰。

【出处】南宋·陆游《杂感》

【注释】①蹈海言：践踏大海的誓言。②移山志：移去大山的志向。

【句意】敢于践踏大海的誓言仍然还在，移去大山的志向并未丧失。

【赏析】诗句中运用“精卫填海”“愚公移山”两个典故表达了作者有决心，有毅力，不怕艰难险阻，收复中原，统一祖国的雄心壮志和炽烈深沉的爱国情感。

★男儿堕地[①]志四方，裹尸马革[②]固[③]其常。

【出处】南宋·陆游《陇头水》

【注释】①堕地：胎儿出世。②裹尸马革：用马皮包裹尸体。东汉名将马援曾说：“男儿要当死于边野，以马革裹尸还葬耳。”③固：确实。

【句意】男儿生下来就应该胸怀大志，置生死于度外，用马革裹尸也是极平常的事。

【赏析】《陇头水》一诗运用丰富的想象，通过“我”与前方将士的交谈，谴责“和亲”政策的不得人心，抒发了诗人“报国欲死无战场”的悲愤之情。这两句诗是作者勉励战士为国立功的话，也是作者自己决心的表达。

★风餐露宿[①]宁非苦，且试平生铁石心。

【出处】南宋·陆游《壮士吟次唐人韵》

【注释】①风餐露宿：风里吃饭，露天睡觉。

【句意】风餐露宿虽然是辛苦的，但可以试试自己有没有坚如铁石般的雄心。

【赏析】比喻艰难的环境可以磨炼一个人的意志。

★此生竟出古人[①]下，有志尚如年少时。

【出处】南宋·陆游《自嘲[②]》

【注释】①古人：此指古代。②自嘲：自我嘲笑。

【句意】一生没有超出古代，最是遗憾，虽然年纪已老，可志气还像年轻时一样。

【赏析】诗句洋溢着不甘人下，老而弥坚，自强不息的精神。

★男儿西北有神州[①]，莫滴水西桥[②]畔泪。

【出处】南宋·刘克庄《玉楼春·戏林推》

【注释】①神州：中国，这里专指被金人占领的中原地区。②水西桥：泛指妓女聚居的地方。

【句意】好男儿应致力于收复沦陷的中原国土，不要在水西桥那边去为妓女们的离别而流无聊的泪。

【赏析】此词是作者写给一个姓林的节度推官的。两句词语虽调侃，却含有诚挚的热情，他规劝友人在国难当头的时刻，应以国家命运、民族前

途为重，绝不能沉溺于花天酒地醉生梦死的生活之中。诚如清人陈廷焯所说：“足以使懦夫立志。”（《白雨斋词话》）

★丈夫生有四方志，东欲入海西入秦①。安能龌龊②守一隅，白头章句浙③与闽④。

【出处】南宋·刘过《多景楼醉歌》

【注释】①东欲入海西入秦：由杜甫《奉赠韦左丞丈二十二韵》：“今欲入东海，即将西去秦”诗句化出。秦：指关中地区。②龌龊（wò chuò）：污浊的东西，此指器量狭小，拘于小节。③浙：浙江。④闽：福建。

【句意】大丈夫应志在四方，走南闯北，怎么能拘于小节，死守于浙江、福建，终身寻章摘句呢？

【赏析】“丈夫生有四方志，东欲入海西入秦。”后一句是化用唐代杜甫《奉赠韦左丞丈二十二韵》中“今欲入东海，即将西去秦”的诗句，不同的是杜甫是要离开秦，而他却是要到秦地去。秦，指关中地区，“秦中自古帝王州”，周、秦、汉、唐都在这里建过都，都是很强盛的王朝。“东欲入海”只是陪衬，“西入秦”才是他的本意。诗人想起了当年那种局促斗室、寻章摘句的生活，决心一定要和那样的生活彻底决裂：“安能龌龊守一隅，白头章句浙与闽？”这样的语气是很坚决的，表达了诗人对书斋生活的厌倦情绪。

★沧海可填山可移，男儿志气当如斯①。

【出处】南宋·刘过《盱眙行》

【注释】①斯：是代词，这里指填沧海、移高山的人。

【句意】沧海可以填平，高山可以移动，大丈夫就应该有移山倒海的远大志向。

【赏析】诗句书写了作者年轻时代立下的远大理想与豪迈气概。移山填海，整顿乾坤，这是作者认为的“男儿事业”。这应是所有年轻人立志的座右铭。

★九转①丹砂②牢拾取，管精金③，只是寻常铁。龙共虎，应声裂。

【出处】南宋·陈亮《贺新郎·寄辛幼安和见怀韵》

【注释】①九转：反复烧炼。②丹砂：炼丹的原料。③精金：优质的铁。

【句意】烧炼丹砂要反复多少次才能取出精品，好钢也是从普通的铁中炼得的。你我当如龙吟虎啸，声裂天地。

【赏析】陈亮曾访辛弃疾于鹅湖，共同畅谈抗金大计。而后，陈亮回永康，收到辛弃疾《贺新郎》词，当即回付了此词。句中连用三个比喻抒写了作者不畏挫折、立誓报国雪耻的坚强意志。胸中一片爱国赤诚，不期以“龙共虎，应声裂”，这铿锵有力的六个字，是说只要坚定信心，永不松懈，抓住一切时机，则抗金大业必能成功。

★男子千年志[①]，吾生未有涯[②]。

【出处】南宋·文天祥《南海》

【注释】①千年志：形容志向远大。②未有涯：没有边际。

【句意】好男儿要有从事永垂千古的远大志向，就算奋斗一生都不会到达尽头。

【赏析】诗句表明诗人虽身陷囹圄而志不可夺。浩然之气扑面盈怀，使人振奋。

★仁人志士[①]所植立，横绝地维屹天柱。

【出处】南宋·文天祥《言志》

【注释】①仁人志士：出自《论语·卫灵公》："子曰：'志士仁人，无求生以害仁，有杀身以成仁。'"语意：孔子说："志士仁人，不贪生怕死而损害仁德，只勇于牺牲来成全仁德。"

【句意】志士仁人所要建立的是顶天立地的事业。

【赏析】两句诗指出人应有立业的雄心壮志。

★桑弧未了[①]男子事，何能局促甘四山。

【出处】南宋·文天祥《生日和谢爱山长句》

【注释】①桑弧未了：即桑弧蓬矢，典出《礼记·内则》："国君世子生……射人以桑弧蓬矢六，射天地四方。"言古时男子出生，以桑木作弓，蓬草为矢，射天地四方，象征男儿应有志于四方。后用作勉励人应有大志之词。

【句意】桑木作弓，蓬草为矢，射天地四方，这是堂堂男子汉永无尽头的事业，怎么能甘心幽居在山中这块狭小的天地里呢？

【赏析】诗句表达男子汉应当志在四方，而不能困守乡里。

★乾坤能[①]大[②]，算蛟龙[③]，元[④]不是池中物[⑤]。

【出处】南宋·文天祥《酹江月·和友[⑥]驿中言别》

【注释】①能：同恁，即如许、这样之意。②乾坤能大：天地这样广大。③蛟龙：指豪杰之士。《三国志，吴书·周瑜传》载："刘备以枭雄之姿，而有关羽、张飞熊虎之将，恐蛟龙得云雨，终非池中物也。"④元：同"原"，原来。⑤池中物：比喻蛰居一隅，无远大抱负之人。⑥友：指邓剡，文天祥的同乡好友。

【句意】大地如此广阔，你我都是胸怀大志的英雄豪杰，现在虽然如同蛟龙被囚禁在池中，但是蛟龙终当脱离小池，飞腾于广阔天地。

【赏析】作者把自己和友人都喻为蛟龙，相信不会长期囚于池中，失去自由。

★万古纲常[①]担上肩，脊梁铁硬对皇天[②]。

【出处】南宋·谢枋得《和曹东谷韵》

【注释】①纲常：即三纲五常，封建时代的道德准则。三纲即“君为臣纲，父为子纲，夫为妻纲”；五常即“仁、义、礼、智、信”。②皇天：尊称天。

【句意】从古到今，流传万古的人伦纲常，全都承担在我的肩上；我的脊梁就像铁一样的坚硬有力，面对皇天后土，一点也不会感到羞愧。

【赏析】这是作者与朋友的唱和诗，说明自己以天下为己任，情愿肩担万古纲常的重担，正气凛然，义烈万代。

★正为鸥盟留醉眼，细看涛生云灭。睨[1]柱吞嬴，回旗走懿，千古冲冠发。

【出处】南宋·文天祥《酹江月·和友驿中言别》

【注释】①睨（nì）：斜视。

【句意】我要为好朋友们留下遗念，审时度势仔细观察局势的变迁，我要像蔺相如一样痛斥秦王，像诸葛亮一样死后也要让司马懿失魂落魄，千秋万代怒视敌人与之不共戴天。

【赏析】表明自己要像历史上的英雄人物那样大义凛然、坚贞不屈、与敌人血战到底。

★莫藏牙爪同痴虎，好召风雷起卧龙[1]。

【出处】宋代·王令《寄洪与权》

【注释】①卧龙：诸葛亮曾隐居隆中山，好为《梁父吟》，每自比管仲、乐毅，时人称为“卧龙”。

【句意】既然是一只猛志常在的猛虎，就要展现虎威，而不能像痴虎那样自藏牙爪；既然是一条蛟龙，就应当呼风唤雨，以求行云施雨使天下人受到润泽。

【赏析】虎失去牙爪，即无异于驯服的牛羊；龙离开风雷，即无以奋其神力。这几句都是借用比喻以言志抒怀。勉励友人不可裹足不前，而要有猛虎下山、蛟龙唤雨的气概，同时也在表达自己渴求用世的心愿。

★业[1]无高卑志当坚，男儿有求安得闲。

【出处】宋代·张耒《北邻卖饼儿每五鼓未旦即绕街呼卖，虽大寒烈风不废，而时略不少差也，因为作诗，且有所警示秸柜》

【注释】①业：职业，亦可释为“职位”。

【句意】职业没有高低贵贱之分，关键的是立志要坚定，要有所追求，怎么能贪图安逸悠闲，懒散一生呢！

【赏析】作者在诗前的小序中说：“北邻卖饼儿每五鼓未旦即绕街呼卖，虽大寒烈风不废，而时略不差也，因为作诗，且有所警示秸柜。”作者感触颇深，就写了这首诗，用来启发警戒自己，并教育孩子。

★志须预定自远到[1]，世事岂得终无成。

【出处】元代·许谦《冯公岭》

【注释】①远到：深远周到。

【句意】人必须树立一个远大的志向，只要扎扎实实地为之努力，终究会干成一番事业。

【赏析】此诗写作者登山的感受。通过渲染山岭的险峻，人们登山之艰难以此为衬托，旨在劝勉人们奋发有为，知难而进，克服事业上的重重障碍，做一个勇于拼搏的强者。

★蛟龙须待春雷吼①，雕鹗腾风万里游②。

【出处】元代·亢文苑［南吕］《一枝花·为玉叶儿作》

【注释】①“蛟龙”句：蛟龙：母龙，亦称指龙。须，需要；吼，打雷。典出《三国志·吴书·周瑜传》：“刘备以枭（xiāo）雄之姿，得张、关为之辅。蛟龙得云雨，终非池中物。”②“雕鹗”句：雕，鸟名，猛禽；鹗，鸟名，亦称“鱼鹰”；腾风，乘风。典出《淮南子·原道训》：“秋风下霜，倒生挫伤。鹰雕搏鸷，昆虫蛰藏。”杜甫《奉赠严八阁老》：“蛟龙得云雨，雕鹗在秋天。”又《寄题江外草堂》诗：“蛟龙无定窟，黄鹄摩苍天。”

【句意】飞龙腾云驾雾需要春雷轰鸣助阵，猛禽鱼鹰乘风破浪也得有广阔空间才行。

【赏析】这首曲子连用两个典故，抒发了作者远大的志向抱负。作者坚信，有识之士只要时运相济，条件允许，定有施展才能、大显身手之日。

★纵使三灵①改，无移百炼刚②。

【出处】明代·吴骐《感时书事寄计子山陆孝曾》

【注释】①三灵：日、月、星，此泛指天地间的万事万物。②百炼刚：刚，通“钢”。久炼而成的优质钢，比喻固有的信念和志向。

【句意】即使日月星辰、天地万物都发生了翻天覆地的大变化，我的宏伟志向也毫不动摇。

【赏析】喻指人所固有的坚定信念和远大的志向。

★愿作须臾①阶下鬼，何妨慷慨殿中狂②。

【出处】明代·瞿式耜《庚寅十一月初五日闻警诸将弃城而去城亡与亡余自誓一死别山张司马自江东来城与余同死被刑不屈累月幽囚漫赋数章以明厥志别山从而和之》（之三）

【注释】①须臾：一会儿。②殿中狂：指作者在南明桂王的清江殿上大骂来劝降的叛徒孔有德。

【句意】我甘愿立即成为阶下的死鬼；尽管敌人即将攻入，那我又何妨在殿堂里慷慨激昂、傲视一切！

【赏析】诗句表现了作者英勇不屈、大义凛然的伟大气概。

★有骨可抛名可断，小楼①夜夜汗青香。

【出处】明代·张同敞《和〈浩气歌〉》

【注释】①小楼：指拘禁作者和瞿式耜的囚室。

【句意】头可断，骨可抛，要让拘禁的囚室小楼永远散发其巍然屹立的不屈不挠的芬芳。

【赏析】诗句表达了作者以死报国、留名青史的宏愿，显得心胸坦然，毫无流连残生的情绪。这便是他们所以“弥月高歌”的心态。同时抨击倾覆明的清朝及其鹰犬，又痛斥贪生怕死、争权夺利、图享乐、破坏朝政的佞臣。

★豪杰气吞白凤髓，高怀眥饮黄羊血。[1]

【出处】明代·张煌言《满江红·怀岳忠武》

【注释】①“高怀”句：化用岳飞的《满江红》“壮志饥餐胡虏肉，笑谈渴饮匈奴血”。眥（zì）饮，眥裂而饮，表示愤怒痛恨。眥，眼眶。

【句意】豪迈的气魄企图吞食清军，满腔的仇恨恨不得渴饮敌人的鲜血。

【赏析】抒发自己怀念岳飞，表达抗清复明的雄心壮志。

★男儿不展风云志[1]，空负天生八尺躯。

【出处】明代·冯梦龙《警世通言·旌阳宫铁树镇妖》

【注释】①风云志：喻远大志向。

【句意】男子汉如果不能施展远大的志向，也就白白辜负了上天赋予的八尺身躯。

【赏析】诗句表达人必须志在有为，不可随意打发一生。

★分明天地心，不为浅狭谋[1]。

【出处】明代·方孝孺《勉学诗》

【注释】①谋：打算。

【句意】山川高大雄伟，河流绵延千里。这都是老天的意愿，它从未作浅显的打算。

【赏析】比喻人应从小就树立壮志雄心，要明晓大义，不谋求浅狭的东西。

★枥骥不忘千里志[1]，病鸿[2]终有赤霄[3]心。

【出处】明代·张居正《慰刘生卧病苦吟》

【注释】①“枥骥”句：本三国魏曹操《步出夏门行·龟虽寿》诗：“老骥伏枥，志在千里。”枥骥，伏枥之骥；枥，食槽；骥，骏马。②鸿：指鸿鹄，天鹅。③赤霄：指极高的天空。

【句意】伏在食槽上的骏马时刻都有驰骋千里的志向，疾病在身的天鹅始终都有直冲云霄的雄心。

【赏析】诗句比喻有志之士虽然身在困难中，但始终坚持自己的理想。

★丈夫志四方，有事先悬弧[1]，焉能钓三江[2]，终年守菰蒲[3]。

【出处】清代·顾炎武《丈夫》

【注释】①悬弧：古代风俗尚武，生了男孩，便挂一张弓在门左首，称悬弧，此指操起武器。弧，弓。②三江：泛指江。③菰蒲：菰和蒲，均为生长在水边的植物。

【句意】男子汉大丈夫应当志在四方，天下有事则须率先佩戴武器出战，怎能垂钓三江，终年守在水草之边？

【赏析】诗句表达男子汉大丈夫应当以天下为重，不可消极退隐。

★我愿平东海，身沉心不改。大海无平期，我心无绝时[①]。

【出处】清代·顾炎武《精卫》

【注释】①绝时：停止时。

【句意】我要（像精卫填海那样）立志填平东海，即使身体沉落到了海底，这一心愿也绝不改变；大海没有填平的时候，我的心就绝不改变。

【赏析】开头四句是作者问精卫，此四句是精卫的回答，是全诗的主体，表白了自己立志填平东海、不达目的绝不罢休的誓言，语言决绝，意志坚定。诗句借咏精卫填海的神话，表达作者始终不渝的抗清复明坚定信念和顽强精神，并对那些只图自己安乐的燕雀之辈，进行了辛辣的讽刺。

★祖生[①]多意气，击楫正中流。

【出处】清代·顾炎武《京口即事》

【注释】①祖生：即祖逖，字士雅，东晋元帝时为奋威将军，曾兴师北伐，立誓要恢复中原。

【句意】像祖逖那样壮怀激烈，中流击楫气势如虹！

【赏析】此诗以东晋奋威将军祖逖为喻，歌颂了史可法的抗清精神，也表达了自己欲夺胜利恢复中原的决心。

★剑求一人敌[①]，杯中万虑冥[②]。

【出处】清代·傅山《秋径》

【注释】①一人敌，用项羽之典。《史记·项羽本纪》说，羽少时曾谓："剑，一人敌，不足学，学万人敌。"②冥：这里是消解的意思。

【句意】难以求得对敌万人的宝剑，只好借杯酒来消解胸中的忧愤。

【赏析】诗中表现的是一位抗清志士无奈又不甘的复杂情怀。他希望建立奇勋，而时局变化，壮志难酬，只好借杯酒消解胸中的无限忧愤。

★挥戈[①]漫道能回日，炼石[②]由来解补天。

【出处】清代·冯班《余生》

【注释】①挥戈：据《淮南子》记载：鲁阳公与韩作战，激战正酣之时，天色将晚。鲁阳公举戈向太阳一挥，竟然使得太阳退避到很远的地方。后世常用这一典故比喻时光倒流或重新挽回局势。②炼石：这里用女娲炼石补天的典故，比喻自己挽救国家危亡的决心。

【句意】要有鲁阳公挥舞兵器赶回太阳的信心，还要有女娲炼石补天的决心。

【赏析】这两句诗表达了作者在明朝灭亡之后仍然忠于故国，希望重新恢复故国的信心和决心。作者以挥戈回日、炼石补天的典故激励自己，显示了无比坚定的信念，语气慷慨激昂，掷地有声，读来动人心魄。

★男儿身手[①]和谁赌[②]？老来猛气还轩举[③]。

【出处】清代·陈维崧《醉落魄·咏鹰》

【注释】①身手：本事。②赌：较量输赢。③轩举：意气高扬。

【句意】男子汉的身手应该和谁较量？即使到了老年我也一样气势磅礴，意气风发。

【赏析】此词咏鹰，却是抒怀。表达了作者不凡的才干和至老未衰的壮志豪情。

★不信乾坤[①]长混沌[②]，只凭忠义任风波。

【出处】清代·陈璧《和西顽行脚》

【注释】①乾坤：天地。②混沌：黑暗混乱。

【句意】我不相信世界会永远处于混沌状态，自己要心怀忠义，任凭风吹浪涌。

【赏析】诗句表达作者相信未来将是光明的世界，所以，尽管世道混沌，也绝不会改变自己的忠义。

★黄金若[①]粪土，肝胆硬如铁。

【出处】清代·石达开《入川题壁》

【注释】①若：一本作“如”。

【句意】我把黄金看得像粪土一样贱，而赤诚的肝胆却如同铁一样坚强。

【赏析】诗句表现了作者重义轻利的胸怀和百折不挠的顽强意志。这首诗是作者在被迫退往西南、最后进入四川的时候所写。这时作者的处境十分困难，但从诗中可以看出他豪迈的英雄气概依然不减当年，他所念念不忘的争取目标仍是消灭压榨百姓的敌人。

★不因困顿[①]移初志，肯为夤缘[②]改寸丹[③]。

【出处】清代·杨秀清《果然坚耐》

【注释】①困顿：不得志。②夤（yín）缘：攀附。③寸丹：指赤诚之心。

【句意】我不会因为道路坎坷而改变原来的志向，怎么肯为了攀附权贵而改变我这颗赤诚的心呢？

【赏析】诗句表达作者始终不渝地坚守、追求自己的志向。

★船帆如箭斗狂涛[①]，风力相随志更豪。

【出处】清代·洪仁玕《回港舟中诗》

【注释】①斗狂涛：在巨浪中搏击。

【句意】扬帆起航如箭离弦斗狂涛，更有这风力相助志更豪。

【赏析】这首诗是作者由上海回香港时写于船中，诗中充满了壮志与豪情。他身经大海波涛，心却想着战斗的生活，他用战恶风、斗险浪的精神来看待对敌人的战斗，显示了他对未来事业的向往与期盼！

★画工须画云中龙[1]，为人须为人中雄[2]。

【出处】清代·秋瑾《赠蒋鹿珊先生言志且为他日成功之鸿爪也》

【注释】①云中龙：传说龙在云中最活跃。《北史·张定和传论》：“虎啸风生，龙腾云起。”这里谓有气势的样子。②人中雄：指人中的雄杰。雄，英雄。

【句意】画工应该专注于描绘云中的神龙，做人应该要做志向远大的英雄。

【赏析】比喻要确立远大的志向，并努力奋斗。

★身不得，男儿列[1]，心却比，男儿烈[2]。

【出处】清代·秋瑾《满江红》

【注释】①列：行列，类。②烈：刚直。

【句意】我的身体虽然不能归入男子行列，但我的心却要比男子刚烈。

【赏析】1903 年中秋前夕，其夫王子芳见秋瑾男装外出看戏，遂生龃龉，作者愤而出居北京泰顺客栈，作此词以抒胸臆。在封建社会中，女子处于被压制地位，无权参加社会活动。而秋瑾眼看国事日非，意欲献身救国。正是在这一点上，她与丈夫产生了矛盾。这四句一气呵成，倾吐了压倒须眉的奇志大愿。她身为女子，不能跻身男子的行列，这是天性也是制度使然；但事在人为，只要有一颗火热的心，如她诗中所说“时局如斯危已甚，闺装愿尔换吴钩”，这就同样可以干出轰轰烈烈的事业。她终因反清失败，就义于绍兴轩亭口，以她的热血谱写了一曲英雄史诗。

★俗子[1]胸襟谁识我？英雄末路当磨折。

【出处】清代·秋瑾《满江红》

【注释】①俗子：凡庸之人。

【句意】凡夫俗子的胸襟谁能了解我的心迹，生不逢时英雄末路受些挫折磨难壮心益坚。

【赏析】抒发作者身为女子、心比男子刚烈的情怀，意谓革命者具有蔑视世俗、不畏挫折磨难的壮志雄心。

旷达耿直

★柔[1]亦不茹[2]，刚[3]亦不吐。

【出处】先秦·《诗经·大雅·烝民》

【注释】①柔：软、弱。②茹：吃。③刚：硬、强。

【句意】对柔弱者不欺侮，对强硬者不屈服。

【赏析】形容人正直不阿，不欺软怕硬。成语“不茹不吐”本此。

★世溷[1]浊而莫余知[2]兮，吾方[3]高驰[4]而不顾[5]。

【出处】战国楚·屈原《九章·涉江》

【注释】①溷：同“浑”，不清洁。②莫余知：即“莫知余”的倒装，没有人了解我。③方：才。④高驰：高视阔步。⑤顾：回头。

【句意】世道混浊无人了解我，我却昂首阔步，远走高飞，义无反顾。

【赏析】屈原是爱国者，他正道直行，不随流俗，因而不为乱世所容。他不愿向群小妥协，便毅然远走高飞，奔向光明。他要追求品格的完美，他的精神、艺术要与天地同寿，与日月齐光，这是作者自我肯定。诗句正是表现了作者在黑暗现实面前，依然坚持自己的政治理想，不向邪恶势力屈服的勇士形象。

★吾不能变心①而从俗②兮，固③将愁苦而终穷④。

【出处】战国楚·屈原《九章·涉江》

【注释】①变心：改变理想。②从俗：随从世俗。③固：本来。④终穷：穷困到底。穷，困苦。

【句意】我不能改变志向而去随波逐流，宁愿自己忧愁痛苦而穷困终身。

【赏析】诗句表达了作者即使在愁苦穷困的境遇中也不改变自己的志向而与谗佞小人同流合污的高尚品质。可用于表现一种在不被理解的艰苦逆境中依旧坚定不移的政治信念和献身精神。

★东海广且深，由卑①下百川。五岳②虽高大，不逆③垢与尘。

【出处】三国魏·曹植《当欲游南山行》

【注释】①卑：低下。②五岳：中国五大名山的总称。即中岳嵩山，西岳华山，南岳衡山，北岳恒山，东岳泰山。③逆：拒绝。

【句意】东海浩渺无垠、水深千尺，但它是由地势低下的百川顺流而下汇成的，五岳虽然崔嵬高大、直耸云天，却不拒绝尘垢。

【赏析】诗句劝告世人要有大海、高山一样博大宽容的胸怀。

★君子道微矣，夫子①固有穷。

【出处】西晋·刘琨《扶风歌》

【注释】①夫子：指孔子，语本《论语·卫灵公》，孔子绝粮于陈，子路问孔子：君子也有穷困没有办法的时候吗？孔子回答说：君子固然穷，还是坚持道义，而小人就不顾道义，什么事都会干出来。

【句意】君子到了穷途末路，孔夫子仍然能安守穷困。

【赏析】《扶风歌》描写作者行军旅途中受困与野兽为伍和饥饿难挨的愁苦情形。这两句诗就是用孔子周游列国时在陈被困粮绝道微之时所言的“君子固穷”安慰鼓励自己。表达了人到了穷途末路的关头，是君子都应该具有“固穷”的胸襟和气度，战胜逆境，走出困境，奋勇前行！

★贞刚自有质①，玉石乃非坚。

【出处】东晋·陶渊明《戊申岁六月中遇火》

【注释】①质：本性

【句意】我具有的贞刚的禀性，玉石也比不上它坚固。

【赏析】陶渊明归田的第四年六月，一场大火烧毁了他家的房子，使他陷入了困窘的境地。这首诗就是在这样的背景下写的。面对生活中的困境，诗句清楚表达了作者坚定的固穷守节的思想，并决心在自己的人生中彻底保持。

★健儿①须快马，快马②须健儿。

【出处】北朝·无名氏《折杨柳歌辞》(其五)

【注释】①健儿：好男儿。②快马：千里马。

【句意】好男儿需要千里马的帮助，去实现心中的理想，向目标飞奔；而千里马也需要凭借胸怀大志的好男儿去体现它日行千里的价值。

【赏析】粗犷是南北朝时北朝民歌总的精神风貌。这两句诗可以说是这种精神的代表。而形式上的回环之美，则是它的艺术特色。上句结尾的“快马”，作下句的开头；下句结尾的“健儿”，又回到上句的开头。往复回环，前后呼应，以体现“健儿”“快马”相互依存的关系，栩栩如生地刻画出了北方健儿的尚武英姿。

★知足即是富①，不假②多钱财。谷③深塞易满，心浅最难填。

【出处】唐代·王梵志《知足即是富》

【注释】①知足即是富：由《老子》“知人者智，自知者明。胜人者有力，自胜者强。知足者富”化出。②不假：不凭借，不靠。③谷：山谷。

【句意】知足的人即是富有的人，不是凭借钱财的多少来认定的。山谷再深也容易填满，人心再浅也难以满足。

【赏析】比喻人心不足，对钱财的追求是永远不会满足的。清代冯班曾告诫家人说：“少欲则易足，易足则身心安乐。”他认为人只有少欲，才会生活快乐。一个人整日考虑名利得失，不可能“身心安乐”。黄宗羲的“少欲则身轻”，是至理名言。明代朱载堉的散曲《十不足》为“心浅最难填”者画了像：“逐日奔忙只为饥，才得有食又思衣。置下绫罗身上穿，抬头又嫌房屋低。盖下高楼并大厦，床前缺少美娇妻。娇妻美妾都娶下，又虑出门没马骑。将钱买下高头马，马前马后少跟随。家人招下十数个，有钱没势被人欺。一铨铨到知县位，又说官小势位卑。一攀攀到阁老位，每日思想要登基。一日南面坐天下，又想神仙下象棋。洞宾与他把棋下，又问哪是上天梯？上天梯子来做下，阎王发牌鬼来催。若非此人大限到，上到天上还嫌低。”诗句劝诫世人不可过分追求钱财。知足常乐，知足之法即是富乐安稳之处，只要知足，富乐安稳你就得到了。这句话也是真话。

★道因穷理[①]悟，命[②]以尽性知。

【出处】唐代·吕温《同恭岁暮寄晋州李协律诗》

【注释】①穷理、尽性：原指彻底推究事物的道理，透彻了解人类的天性。后泛指穷究事理，出自《易经·说卦》曰："穷理尽性以至于命。"②命：命运、天命。此指规律。

【句意】道理通过极力研究才能明白，事物的规律经过尽力思考才会知道。

【赏析】诗句是说，对于事理要得一个"穷"字，一个"尽"字，花大力气，下大功夫穷究事理知识，只有这样才着得一个"命"字。这个"命"字，无论解作生命、命运、还是使命，都是天之所赋予者，是自己一生为之奋斗的境界。

★后达[①]多晚荣，速得多疾[②]倾[③]。君看构[④]大厦，何曾一日成。

【出处】唐代·聂夷中《客有追叹后时者作诗勉之》

【注释】①达：显达。②疾：迅速。③倾：倾倒。④构：建筑。

【句意】后来者居上，凡事不要急于求成，欲速则不达。这就好比修建一座高楼大厦一样，绝不是一天的工夫能够完成的。

【赏析】诗句勉励人要有远大的志向，不贪图一时的显贵。

★贵[①]尔[②]六尺躯[③]，勿为名[④]所驱[⑤]。

【出处】唐代·柳宗元《读书》

【注释】①贵：珍惜。②尔：你。③六尺躯：疑为七尺之误。躯，身躯。④名：名利。⑤驱：驱使。

【句意】珍惜你那六尺身体吧，切不可让那空名虚誉到处驱遣。

【赏析】诗句表现作者不迎合时俗，守志不移的刚直精神。

★松柏死[①]不变，千年色青青。志士贫[②]更坚，守道[③]无异营[④]。

【出处】唐代·孟郊《答郭郎中》

【注释】①死：形容时间久。②贫：穷困。③道：政治主张。④营：谋求。

【句意】松柏永远不改变它的本性，经过千年仍然生机勃勃，青翠欲滴。有志之士就像松柏一样，在贫困的处境里，反而变得更加坚定，仍然坚持自己的理想，不作其他的追求。

【赏析】托物言志，表达穷且益坚，不坠青云之志。

★莫[①]为霜台[②]愁岁暮[③]，潜龙[④]须待一声雷。

【出处】唐代·杜牧《使回枉唐州崔司马书兼寄四韵因和》

【注释】①莫：不要。②霜台：秋天的亭台。③岁暮：一年即将结束。④潜龙：潜伏的人才。

【句意】不要因为下霜而发愁，春雷一声，蛟龙腾飞的日子就来了。

【赏析】比喻不要被困境压倒，要等待时机，大展宏图。

★独耻事干谒[①]。

【出处】唐代·杜甫《自京赴奉先县咏怀五百字》

【注释】①干谒（yè）：为某种目的而求见、讨好有权势的人。

【句意】自己把那种讨好奉迎有权势的人的行为，看作是可耻的。

【赏析】可用来描写那些正直的、不肯趋炎附势的人。

★干请[①]伤直性[②]。

【出处】唐代·杜甫《早发》

【注释】①干请：有所请求而干谒。②直性：耿直的本性。

【句意】有所企图而去请求接见，损害了我耿直的本性。

【赏析】《早发》诗抒写了作者为奔走谋生而匆匆早发的叹息。作者说："侧闻夜来寇，幸喜囊中净。艰危作远客，干请伤直性。"前两句颇为幽默，后两句可谓伤心至极。杜甫认为自己既不能抗节高隐如伯夷、叔齐受首阳之穷饿，又不屑屈己逢人如张仪、苏秦之朝秦而暮楚。但艰危做客，在现实生活的逼迫下，又不得不去干请，不得不违背自己的处世原则，违背自己的良心，去请求接见。此句生动地写出一个被扭曲了的心灵在痛苦的深渊中拼命挣扎的轨迹，读之令人对杜甫"沉郁顿挫"的艺术风格、精练的语言赞叹不已。可用以抒发不得不去做些委屈违心之事时的心情，或说明做委屈违心之事，将会有损一个人的耿直本性。

★丈夫四方志，安可[①]辞固穷[②]。

【出处】唐代·杜甫《前出塞九首》（其九）

【注释】①安可：怎么能够。②固穷：固守其穷，不以穷困而改变操守。

【句意】大丈夫有四方之志，怎么能因穷困而改变其操守！《论语·卫灵公》有"君子固穷，小人穷斯滥矣"之语。

【赏析】杜甫这两句诗发展了孔子的思想。杜甫认为，对待"穷"的态度有君子、小人之别。固守其穷，不以其穷而改变人生哲学及品行操守，是君子之为；不甘守其穷，为改变环境、地位而卖身变节，投靠权贵，是小人之为。君子有四方之志，绝不可图一时之快。可以这两句劝勉青年人应"风物长宜放眼量"，不为一时之得失而改变节操。

★自谓[①]颇挺出[②]，立登[③]要路津[④]。

【出处】唐代·杜甫《奉赠韦左丞丈二十二韵》

【注释】①谓：以为。②挺出：挺拔出众。③登：升。④要路津：重要的道路和渡口，比喻显要的职位。津：渡口。

【句意】自以为很出类拔萃，踏上仕途马上就会升任要职。

【赏析】这是杜甫追忆年轻时的自我估计。当时他认为自己才华出众，官居要职轻而易举。字里行间流露出自负自得的神态。但是，十余年过去了，杜甫在现实生活中却处处碰壁，在仕途上并不顺利，这本是封建社会扼杀人才所致，现在可化用来表现那种对自己估计过高的人。

★乍向草中耿介[①]死，不求黄金笼下生。

【出处】唐代·李白《设辟邪使鼓吹雉子班曲辞》

【注释】①耿介：正直，守志不趋时。

【句意】宁可在草泽中死得光明正大，也不愿在黄金笼中屈辱求生。

【赏析】诗句以雉鸟喻人，赞颂贤士旷达磊落的胸怀。

★不学腰如磬[①]，徒使甑生尘[②]。

【出处】唐代·刘禹锡《学阮公体》

【注释】①磬：古时用玉或石制成的形状类似曲尺的一种打乐器。②甑生尘：典出《后汉书·独行列传·范冉》："范冉……如此十余年，乃结草室而居焉。所止单陋，有时粒尽，穷居自若，言貌无改，闾里歌之曰：'甑中生尘范史云，釜中生鱼范莱芜。'"句，意咏生活清贫。甑（zēng），古时一种炊具。

【句意】绝不能学腰弯得像磬一样的势利小人，宁可一贫如洗，甑中生尘。

【赏析】诗句表达作者端正行己，抱守志节，不从时俗。

★大海从鱼跃，长空任鸟飞[①]。

【出处】唐代·元览《断句》

【注释】①长空任鸟飞：宋·阮阅《诗话总龟前集》卷三十引《古今诗话》谓：唐代大历年间，禅僧元览在竹上题诗："大海从鱼跃，长空任鸟飞。"

【句意】大海广阔，任从鱼儿腾跃；天空高远，任随鸟儿飞翔。

【赏析】这两句诗是佛门用来比喻人的心胸开阔，无拘无束，有一种超凡出世的精神境界。现在改为"海阔凭鱼跃，天高任鸟飞"，用来形容在广阔天地里大显身手，充分发挥聪明才智。

★我有鄙[①]介性[②]，好刚不好柔。勿轻直折剑，犹胜曲全钩。

【出处】唐代·白居易《折剑头》

【注释】①鄙：粗俗、低下。②介性：耿直、有骨气的性格。

【句意】我有耿直、粗俗的性格，喜爱刚正不阿，不好低眉顺目，柔声细气。不要轻视刚直易折的宝剑，它要胜过弯弯曲曲保全自身的铁钩。

【赏析】这是作者敢于犯言直谏、宁折不弯性格的生动写照。作者极其鄙薄那些奴颜媚骨、低声下气而保全自己的人。现在仍可用此诗句比喻宁折不弯的性格。

★百尺竿头[①]须进步。

【出处】北宋·僧道原《景德传灯录》

【注释】①百丈竿头：佛教语，比

喻修行到极高的境界。

【句意】道行造诣虽深，想达到百尺竿头的顶端一样，还需再进一步。

【赏析】比喻不应满足已有成就，仍须继续努力。

★从教[①]方[②]有碍，终不效规圆[③]。

【出处】南宋·刘过《方竹杖》

【注释】①从教：即使。从：同“纵”。②方：指四侧有棱。③规圆：用圆规画成的圆形。规：圆规。

【句意】即使四面见棱，有些不便与人提握，但它终究也不仿效其他竹杖，变得很圆滑。

【赏析】诗句借物言志，表现了作者耿介刚直的人品。

★安贫知足[①]神明佑，好聚敛[②]多招悔尤[③]。

【出处】元代·钱霖［般涉调］《哨遍·看钱奴[④]》

【注释】①安贫知足：安贫：甘于贫穷，安于贫贱。《后汉书·蔡邕传·释诲》：“安贫乐贱，与世无营。”知足，谓自知满足，有持盈保泰之意。②聚敛：搜刮财物。《论语·先进》：“季氏富于周公，而求也（冉有）为之聚敛而附益之。”③悔尤：悔恨和罪过。《论语·为政》云：“行寡悔，言寡尤。”④看钱奴：元人对于悭吝人的通称。

【句意】如果安于贫穷知足常乐自然会有神明保佑，如果不择手段聚敛财富恐怕会招来祸患。

【赏析】这两句是劝诫人们处世应该有正确的人生态度。

★雉[①]飞不出林，鹏[②]举轻千里。

【出处】明代·张居正《送黄将军》

【注释】①雉：鸟名，俗称“野鸡”，不能久飞。②鹏：传说为最大的鸟。

【句意】雉鸟总是在树林子里盘旋，大鹏一经放飞，就不把千里长空放在眼里。

【赏析】诗句比喻卑琐小人目光短浅，英雄豪杰志向远大。

★残杯冷炙[①]有德色[②]，不如著书黄叶村[③]。

【出处】清代·爱新觉罗·敦诚《寄怀曹雪芹》

【注释】①残杯冷炙：指残剩的饭菜，也指权贵施舍的东西。②德色：这里是施恩于人的脸色的意思。③黄叶村：当年曹雪芹著书《红楼梦》地方。

【句意】与其得到一点“残杯冷炙”，还要看主人恩赐的脸色，不如安于贫困，从事著述来留给后人。

【赏析】敦诚是曹雪芹的好友。这里表现了对朋友真诚的劝告和期待。曹雪芹经历了贵族大家庭由盛转衰的变化，饱尝世间的辛酸和悲凉，生活潦倒、食不果腹。敦诚劝他不要做仰人鼻息的食客，不要丧失自己的志气。这两句诗是正直的知识分子贫贱不能移、不向权贵低头的崇高人格的写照，对人颇有激励作用。

★途穷[1]厌见俗眼白[2]，饿死不食嗟来食[3]。

【出处】清代·陈睿思《赠张永夫》

【注释】①途穷：政治上不得志。②俗眼白：眼睛向上或向旁看，现出眼白，表示轻视或厌恶。《晋书·阮籍传》载："籍能为青白眼，见礼俗之士，以白眼对之。"③嗟来食：《礼记》载，齐国饥荒，黔敖设食于路，有饿者来，黔敖说："嗟（喂），来食!"饿者看看他说："我就是不吃嗟来之食。"后指有侮辱性的施舍。

【句意】政治上不得志的时候，要坚守节操，不要像俗人一样遭人白眼；就是饿死，也不去接受那种带有侮辱性的或不怀好意的施舍。

【赏析】诗句是说一个人生在世上要有骨气，不能奴颜婢膝。

★不惜身家酬国恩，风波匝地[1]一孤臣。

【出处】清代·李玉《清忠谱》（第九折）

【注释】①匝地：遍地。

【句意】不惜牺牲自己的身家性命以报答朝廷的恩德，在这风波四起、昏暗已极的社会中做一个身单势孤的耿介忠臣。

【赏析】周顺昌是《清忠谱》一剧中的一个正面形象。他丝毫不畏惧权势熏天的阉党魏忠贤等人，坚决抵制他们的种种丑行与恶行，终遭陷害。当他被捕时，正直善良的民众对他充满同情与敬慕，纷纷歌颂他忠贞耿直的品行。

★死[1]犹未肯输心[2]去，贫亦其[3]能奈我何[4]。

【出处】清代·黄宗羲《山居杂咏》

【注释】①死：指作者于清兵南下时，曾参加抗清斗争，不避锋镝以及牢囚生涯两事。②输心：指丧失心志。此处犹言出卖良心、出卖灵魂，指降清。③其：岂，难道。④奈我何：把我怎么样。

【句意】即使要我死，也不能使我屈服，出卖自己的灵魂；既然死都不怕，一时的贫穷困厄又能把我怎么样呢!

【赏析】这是一首以题咏山居生活，寄寓保持民族气节的崇高精神的诗。描写了作者死不变节、贫不辱志的高尚品格和绝不向征服者妥协的战斗意志。语言明白如话，格调高亢动人。

★事能知足心常惬[1]，人到无求品自高。

【出处】清代·纪昀《阅微草堂笔记》卷十五载陈白崖楹联

【注释】①惬：满意。

【句意】凡事能知足，心里就会常常感到惬意；人到了没有欲求时，品德自然高尚。

【赏析】说明知足常乐，或说明淡化欲念有利于品德修养。

★知足天地宽，贪得宇宙隘[1]。

【出处】清代·曾国藩《不求[2]》

【注释】①隘（aì）：狭窄。②不求：意思是不过分贪图富贵，妄求无厌。

【句意】知足者感到天地宽广，贪婪者认为宇宙狭窄。

【赏析】此诗写于同治九年（1870），全诗共三十八句，首两句是全诗的主旨。作此诗时已六十岁，他历经沧桑，经历了许多重大历史事件。回首往事，感慨万千，告诫子孙认为追求富贵不可妄求无厌。以“不忮（zhi）不求为重”，“并愿子孙世世戒之”。

修身类

道 德

★高山仰①止②，景行③行止。

【出处】先秦·《诗经·小雅·车辖④》

【注释】①仰：仰望，瞻仰。②止：同“之”，指示代词，指代高山和大路。③景行：宽阔的大路；一说崇高的德行。景，大；行：道路。④车辖：即车轴头铁。

【句意】仰望高高山顶，沿着大路行进。

【赏析】诗句是写新郎在路途中仰望高山，迎亲车辆在大路上行进。后人的借用却大不相同，人们把“高山”比喻道德崇高；“景行”比喻行为正大。用以表达品德高尚的人，自然会有人敬仰；光明磊落的人，自然会有人效仿。“景仰”一词和成语“高山景行”即源出于此。

★德輶①如毛，民鲜②克③举之。

【出处】先秦·《诗经·大雅·烝民》

【注释】①輶(yóu)：轻。②鲜：很少。③克：能。

【句意】德行轻得像羽毛一样，但是人们很少能把它举起来。

【赏析】诗句实际是说施行仁德并不困难，而在于其志向有否。成语“德輶如毛”即源出于此。

★天生烝民①，有物②有则③。民之秉彝④，好⑤是⑥懿德⑦。

【出处】先秦·《诗经·大雅·烝民》

【注释】①烝（zhēng）民：意即庶民，泛指百姓，是春秋战国时代及之前历代对“百姓”的称谓。烝，众、多的意思。②物：事物。③则：法则。④秉彝：遵循常理。彝，常理，常道。⑤好：爱好。⑥是：这。⑦懿德：美德。

【句意】老天赐予众人以生命，不仅具有一定的形体和法则，还包括一些基本的常性，即追求真善美这些美好的品德。

【赏析】这首长诗着力塑造周宣王时期宰相仲山甫的完美形象，表现中兴大臣的德、能、勤、绩，立意高远，形象鲜明，其歌颂之文辞，均基于国家的最高利益，毫无个人奉承溢美之嫌，实为古代崇高诗歌之典范。诗句是这首诗的开篇四句。

★不侮[①]矜[②]寡，不畏[③]强御[④]。

【出处】先秦·《诗经·大雅·烝民》

【注释】①侮：欺侮。②矜（guān）：通“鳏”，老而无妻的人。③畏：畏惧、惧怕。④强御：有权势的人。

【句意】不欺侮孤苦的鳏夫寡妇，不畏惧强暴有势力的人。

【赏析】诗句表达做人要刚正不阿。

★刑[①]于寡妻[②]，至于兄弟，以御[③]于家邦。

【出处】先秦·《诗经·大雅·思齐》

【注释】①刑：同“型”，示范。②寡妻：正妻。③御：进而。

【句意】文王示范给他的正妻，影响到他的弟兄，进而推行到一国之中。

【赏析】意谓文王美德流播深广，颇有“修身、齐家、治国、平天下”的意味。

★善[①]不由外来兮，名[②]不可以虚作[③]。

【出处】战国楚·屈原《九章·抽思》

【注释】①善：指美德。②名：指美名。③虚作：凭空产生。

【句意】自身的美德，无法向他人索取，远播的美名，不可能凭虚假造作。

【赏析】诗句是作者对国君的劝告。质朴简洁中有着格言式的深意。

★何方[①]圜[②]之能周[③]兮，夫孰异道[④]而相安。

【出处】战国楚·屈原《离骚》

【注释】①方：比喻正直。②圜：同“圆”，比喻圆滑。③周：配合。④异道：志向相异。

【句意】方和圆怎么能互相配合？不同志向哪能彼此相安。

【赏析】诗句表达作者绝不与祸国殃民的人同流合污的高尚品质。

★与其[①]无义而有名兮，宁穷处而守高。

【出处】战国楚·屈原《九辩》

【注释】①与其：连词，表示选择，可不译。

【句意】与其靠不干好事而得名声，不如认可过不得意的生活而坚持高尚的操守。

【赏析】诗句表现作者高尚的人生观。

★所贵圣之德兮，远浊世而自臧[①]。

【出处】西汉·贾谊《吊屈原赋》

【注释】①臧：即藏。

【句意】所尊贵的是圣人的美德，远离混浊的社会而深藏自珍。

【赏析】此句说明要珍惜自己的高尚品德，不可与浊世随波逐流。

★佳人慕高义[1]，求贤良[2]独难。

【出处】三国魏·曹植《美女篇》

【注释】①高义：高尚的品德。②良：诚然，实在，的确。

【句意】美丽的女子爱慕品德高尚的君子，但寻求贤能之士的确困难。

【赏析】这首诗写一位女子难逢佳偶因而盛年不嫁，令人悲哀。作者对这位女子的不幸深表同情。也有人认为，这首诗有所寄托，以绝代美人比喻有理想有抱负的志士，说明贤才难得。以美盛年不嫁，表现志士怀才不遇。

★泽[1]如凯风[2]，惠如时雨[3]。

【出处】三国魏·曹植《矫志诗》

【注释】①泽：德泽。②凯风：和风，南风。③时雨：及时而下的雨。

【句意】德泽像和煦的春风，恩惠像及时的春雨。

【赏析】形容恩德让人受惠，温暖人心。

★宁与燕雀[1]翔，不随鸿鹄[2]飞。

【出处】三国魏·阮籍《咏怀》（八十二首其八）

【注释】①燕雀：燕子和雀儿都是极普通的小鸟，这里比喻位卑无名的人。②鸿鹄：天鹅，这里比喻有权有势的人。

【句意】宁愿和普通人为伍，屈居下位，不愿依附权贵，求得显达。

【赏析】诗句表达了作者做人的骨气。

★志在守朴[1]，养素[2]全真。

【出处】三国魏·嵇康《幽愤诗》

【注释】①守朴：保持质朴的天性。②养素：修养并保持其本性。

【句意】志在坚持朴素的品质，淡泊中保持身心的纯真。

【赏析】诗句是说立德养生要朴实、归真。

★残月[1]色不改，高贤德常新。

【出处】唐代·孟郊《章仇将军良弃功守贫》

【注释】①残月：不是满月。

【句意】月亮虽已残缺，月色却没有改变；高尚贤德之人的道德修养，总是在不断提高。

【赏析】诗句是说人应该坚守自己的道德情操，并发扬光大。

★铄[1]金索坚贞，洗玉求明洁。

【出处】唐代·孟郊《投所知》

【注释】①铄：熔炼，熔化。

【句意】熔炼金子是为了使它更加精纯；洗涤玉器是为了让其更加光洁。

【赏析】诗句让我们明白：即便有金玉那样的品格，仍需加强自身修养和磨炼，以求提高自己的道德水平。

★尽美固可扬，片善亦可遏[1]。

【出处】唐代·孟郊《投所知》

【注释】①遏：拒绝。

【句意】尽善尽美固然是值得称颂的，但对于一点的善心也不应该阻止或拒绝。

【赏析】诗句是说十全十美当然好，做不到十全十美，做做小善也欢迎。

★心随朗月[①]高，志与秋霜洁。

【出处】唐代·李世民《经破薛举战地》

【注释】①朗月：明朗的月亮。

【句意】雄心如明朗的月亮一般高尚，志向跟秋天的白霜一样纯洁。

【赏析】用明朗的月亮和皎洁的秋霜来比喻人的品格，显得自然贴切。可用来赞美那种心地纯洁、志趣高尚、目标远大的人，也可用以抒发自己的情操和怀抱。

★圣人[①]不利己，所忧[②]在元元[③]。

【出处】唐代·陈子昂《感遇三十八首》（其十九）

【注释】①圣人：指贤明的君主。②忧：关心，救助。③元元：黎民百姓。

【句意】英明的君主从不考虑个人的私利，他们只关心如何救助百姓。

【赏析】武则天尊崇佛教，她当权后，大肆挥霍国库资财，役使百姓修造佛像佛寺。此诗批评武则天的这种行为既不符合圣主贤君“尚俭爱民”的美德，又不符合佛家“清净慈悲”的宗旨。这开头的两句，首先强调了英明君主所应有的品质，可化用以歌颂那些全心全意为人民谋利益的伟人。

★安能[①]摧眉折腰[②]事[③]权贵[④]，使我不得[⑤]开心颜[⑥]。

【出处】唐代·李白《梦游天姥吟留别》

【注释】①安能：岂能，怎么能。②摧眉折腰：低头弯腰，表示恭顺。摧眉，低头；折腰，弯腰。东晋诗人陶渊明曾说：“吾不能为五斗米折腰。”（《晋书·隐逸传》）③事：侍奉，伺候。④权贵：指居高位、有权势的人。⑤得：能。⑥开心颜：心胸愉快，脸露笑容。颜，面容，脸色。

【句意】我怎么能卑躬屈膝、低三下四地去侍奉那些权贵政要，而丧失自己的尊严和人格，使我终日抑郁苦闷，不能舒心地生活，喜笑颜开呢！

【赏析】《梦游天姥吟留别》一作《梦游天姥山别东鲁诸公》，是一首记梦诗，也是一首游仙诗，是作者在唐玄宗天宝四年（745）初秋即将离开山东到江浙一带漫游时，向朋友们表白自己心迹的诗作。诗句唱出了社会中多少怀才不遇人的心声，格调昂扬振奋，表达出作者鄙弃尘俗、蔑视权贵、洁身自爱、追求自由的思想，表现出士大夫“达则兼济天下，穷则独善其身”的人格特征。历来为后人所传诵，鼓舞了人们做人要有坚毅的独立人格，不随波逐流，不向权贵低头。

★火不热贞玉，蝇不点青冰。

【出处】唐代·白居易《反[1]鲍明远[2]〈白头吟〉》

【注释】①反：此指依原韵反其意而用之。②鲍明远：即鲍照，南朝宋代杰出文学家，字明远。有乐府诗《代白头吟》，内有："毫发一为瑕，丘山不可胜。食苗实硕鼠，点白信苍蝇"之句。

【句意】烈火烧不热坚贞的宝玉，洁净透亮的寒冰不会被苍蝇弄污。

【赏析】原诗是一首五言古诗，约作于白居易任左拾遗时。此诗句比喻品行端正的仁人志士能经得起艰难困苦的考验。明志之言，足供借鉴。

★寄言立身者，孤[1]直当如此。

【出处】唐代·白居易《云居士孤桐》

【注释】①孤：即孤桐。一种特生的梧桐树。

【句意】告诉那些立身处世的人，应当像孤桐树那样正直。

【赏析】此诗是一首托物寓人的哲理诗。诗中写寺中的孤桐，生于萌芽，始自毫末，无所依附，但由于"中心有通理"就长成亭亭五丈有余，而且仍继续生长。作者由此寄语立身于世的人，也应该在内心中树立一种标准，如此方能孤直。

★君子防悔尤[1]，贤人戒行藏[2]。嫌疑远瓜李[3]，言动慎毫芒[4]。

【出处】唐代·白居易《杂感》

【注释】①悔尤：做了错事而悔恨。②行藏：即行迹。③瓜李：泛指造成嫌疑的事物。古诗有"瓜田不纳履，李下不正冠"句子。④毫芒：秋毫，麦芒，言其纤细，比喻极小的事情。

【句意】有德行之人要防止因过失而懊悔，贤人要警惕自己的行为。做事要远远避开容易引起猜疑之处，言行要谨慎在细微之处。

【赏析】诗句劝告世人做事要谨小慎微，做一个有德行的正人君子。

★嫉[1]恶如仇雠[2]，见善若饥渴。

【出处】唐代·韩愈《举张正甫自代状》

【注释】①嫉：痛恨。②仇雠（chóu）：仇敌。

【句意】憎恨坏人恶事，像对待仇敌一样；见到好人善事，像饥饿求食、口渴思饮一样。

【赏析】这两句诗是作者歌颂张正甫品德高尚的赞美之词。作者说他为人耿直，疾恶如仇；心地善良，广施仁义。"仇雠"二字，将其对坏人恶事的敌视态度，恨不得将他们都消灭掉的心情表现无余；"饥渴"二字貌似平常，实则高度赞扬了张正甫热切为民效力的行为。试想，还有什么比饥者求食、渴者欲饮更为迫切！可以这两句赞美那些品德高尚、为人正直的人。

★百年[1]养不足，一日毁有余。

【出处】北宋·王安石《寓言九首》（其六）

【注释】①百年：是一生一世的意思。

【句意】一生一世潜心养德都还不够，但用不了一天可能就毁掉了自己的德行。

【赏析】诗句告诉世人：个人品行的形成是很难的，但是要毁掉却很容易。既要潜心养德，更要防范败德。

★仁义不远躬[1]，勤勤[2]入至诚[3]。

【出处】北宋·欧阳修《赠学者》

【注释】①远躬：离开自身努力，靠别人帮助。躬，身体，引申为自身。②勤勤：勤苦不倦。《汉书·王莽传（上）》：“晨夜屑屑，寒暑勤勤，无时休息。”③至诚：心地高度纯洁诚恳。儒家以至诚为人最高的道德规范。

【句意】“仁、义、礼、智、信”这些美德距离人们不远，只要勤奋学习，加强修养，就可以达到至诚的境界。

【赏析】这是欧阳修勉励世人讲求仁义等美德不须外求他人，只要勤奋不倦，尽心修养，就可以达到极高的道德境界。

★力遵[1]仁义途，曷[2]畏万里程。

【出处】北宋·梅尧臣《依韵和达观禅师赠别》

【注释】①力遵：尽力遵行。②曷（hé）：怎么。③畏：害怕。

【句意】我竭力要遵循仁义德行，即便是要远涉千山万水也无所畏惧。

【赏析】诗句表明一个人只要具有坦荡的人生态度，并能尽力遵循道义的规范，就不怕路途的遥远。

★熊鱼自古无双得，鹄雀[1]如何可共谋。

【出处】南宋·文天祥《囚系燕狱中所作》

【注释】①鹄雀：指鸿鹄与燕雀，两者志向不同。鹄，天鹅。

【句意】熊掌和鱼翅自古没有兼得的，志在千里的鸿鹄和小小的燕雀怎么能共商大事呢？

【赏析】诗句表达了当生命与气节无法两全时，宁可牺牲生命以保全气节；自己的远大志向和高尚气节难以为庸人所理解。

★求仁而得仁，宁怨沟壑[1]填。

【出处】南宋·文天祥《高沙道中》

【注释】①壑：山谷。

【句意】慕求仁义便得仁义之名，怎能怨恨葬身沟壑呢？

【赏析】此诗句表达作者为仁义而死，心甘情愿。

★欲尽致君[1]事业，先求养气工夫。

【出处】南宋·陆游《六言杂兴》

【注释】①致君：即辅佐国君，使其成为圣明之主。

【句意】如果打算全心全意完成辅佐国君，使其成为圣明之主的功业，就必须先做好培养品德、涵养意志的准备工作。

【赏析】诗句是说一个人要在事业上有所成就，首先要注重自己的修养、品德。正如《左传·襄公二十四年》：(穆叔曰)“大上有立德，其次有立功，其次有立言。”古人所云：“立德”，即树立高尚的道德；“立功”，即为国为民建立功绩；“立言”，即提出具有真知灼见的言论。可见，品德的建立是首要前提，做事先要做人。

★仁义[①]本何常，蹈[②]之则君子。

【出处】南宋·陆游《送子龙赴吉州掾》

【注释】①仁义：仁爱和正义。②蹈：实践。

【句意】仁爱和正义本来是非常平常的事情，只要认真地实践它，就可以成为有德行的人。

【赏析】陆游很重视子女教育，一生写了一百余首给孩子的“家诗”。《送子龙赴吉州掾》一诗是告诫孩子做个仁义之人。如何才能成为一个仁义之人，成为有道德的人，那就必须立德养生，躬身实践才行，没有别的捷径可走。

★养气[①]要使完[②]，处身[③]要使端[④]。

【出处】南宋·陆游《自勉》

【注释】①养气：修养品节志气。②完：完备。③处身：对待自己的行为。④端：端正。

【句意】培养志气节操，要使之完美无缺；对待自身的行为品德，要使之端正无邪。

【赏析】这两句诗虽是作者写下来用以自勉的，但值得我们每个人深思，值得全社会的人共勉。可供论述人们要不断完善自己的人格，培养高尚的道德情操时引用。

★观棋不语真君子，把酒多言是小人[①]。

【出处】明代·冯梦龙《醒世恒言》卷九

【注释】①君子、小人：在这里是指人的修养风度。

【句意】看人下棋而能不插嘴多说的人，是个有礼貌的君子；一喝酒就爱多嘴啰唆的人，大多是没有修养的人。

【赏析】观看人下棋，往往比亲自下场还要焦急紧张，所以经常会忍不住而加以指点或批评。酒容易使人情绪激动，因此酒喝多了，往往在不自觉中乱说话。

★善似青松恶似花，青松冷淡不如花；有朝一日遭霜打[①]，只见青松不见花。

【出处】明代·刘伯温（一本宋代僧无门慧开《无门慧开禅师语录》）（又称《佛眼禅师语录》）

【注释】①遭霜打：一本作“浓霜降”。

【句意】行善好比松树，作恶犹如鲜花；松树平淡无奇，不如花儿艳丽，有一天浓霜降临，大地上只见翠绿的青松，而灿烂的花儿早已凋谢了。

【赏析】这是一首偈诗。说明善恶因果的报应，非常有道理。善像是青松，恶好像是花，青松给人的感觉不如花出色，可是，等到忽然有一天寒霜降临冰雪纷飞，遭到因果报应时，就只看到青松而看不到花了。诗句劝世人要积善行德，不能被一时的假象而目眩神迷，或投机取巧，或卖弄小聪明。要宁可做一株经风历霜的青松，也不要贪图一时的风光而开出罪恶的花朵，留下终身的遗憾！

★若为追欢悦世人，空劳皮骨损精神。年来寂寞从人谩[①]，只有疏狂一身老。

【出处】明代·李贽《石潭即事四绝》（其四）

【注释】①从人谩：遭人毁谤，谩骂。

【句意】如果阿谀逢迎，取媚世俗，那不仅徒劳身心，且有失人格。如果人活着只是为了讨好取悦他人，到头来不过是徒劳地使身心俱疲罢了。久而久之不但会觉得寂寞还会被他人看不起，只有开发身心“明心见性”一生到老才是真正的逍遥。

【赏析】此诗表现了作者弃绝官场，用我行我素来与世抗争的独立人格和自由精神。以七十五岁疏狂之身在狱中用剃刀自杀，表明了李贽与流俗抗争到底的决心。死后不到半个世纪，明朝就以崇祯皇帝的上吊而在中国历史的舞台中谢幕。

★常将有日思[①]无日，莫待无时想有时。

【出处】明代·冯梦龙《警世通言·桂员外途穷[②]忏悔》

【注释】①思：考虑。②途穷：路的尽头，比喻穷困的处境。

【句意】在富裕时应该常想贫困的时候，不要等到穷困时再回忆富裕的日子。

【赏析】诗句告诉我们：勤俭节约是管理家庭、治理国家的基本方针。富日子要当穷日子过。要居安思危，居富思贫，勤俭持家，防患于未然。

★荣名[①]秽[②]人身，高位多灾患。

【出处】三国魏·嵇康《与阮德如[③]诗》

【注释】①荣名：很大的名声。②秽：污秽。③阮德如：阮侃，字德如，曾任河内太守。

【句意】荣誉名声能使人身心污秽，高贵的地位能给人带来很多灾难。

【赏析】这是赠友人的送别诗。嵇康在诗句一开始就告诉友人，不要为荣名、高位所累，而要养浩然之气。也表现了作者高洁的志趣和愤世嫉俗的感情。

★劝君少干名①，名为锢②身锁。劝君少求利，利是焚身火。

【出处】唐代·白居易《闲坐看书贻诸少年》

【注释】①干名：谋求名声。②锢：禁锢。

【句意】奉劝你们少去追求虚名，虚名是禁锢自身的铁锁；奉劝你们少去追求名利，名利是焚身之火。

【赏析】诗句说明追求名利对人的侵蚀，可以断送人的性命。当然这只是指不择手段追求名利者。君子爱名利，取之应有道。

★世如阅水应堪叹①，名是浮云岂足论。

【出处】唐代·白居易《同王十七庶子李六员外郑二侍御同年游龙门有感而作》

【注释】①“世如阅水”句：出自《论语·子罕》：“子在川上曰：‘逝者如斯夫，不舍昼夜’。”

【句意】这个世间的万物犹如孔子望水而感叹的那样，一天天过去了。而那些功名利禄现在看来不过是过眼云烟，怎么值得我们来说呢?

【赏析】诗句表达作者感叹时光易逝、鄙薄功名的情怀。

★名为公器①无多取，利是身灾合②少求。

【出处】唐代·白居易《感兴二首》

【注释】①名为公器：《庄子·天运》载：老子对孔子说：“名，公器也，不可多取。”意思是说，名位、爵禄是天下共用的器具，不可多取。②合，应当。

【句意】名位、爵禄是天下共用的器具，不可多取；敛钱、贪财是招灾祸的根源，最好少求。

【赏析】诗句告诫世人“名”与“利”两件事不宜贪求以免招灾祸。孟子亦说：“有天爵者，有人爵者。”“天爵”就是名气。仔细研究起来，不管任何一种名，如果太高了，不符合实际，对于此人的人生与福祉，就会造成非常大的障碍，如“誉满天下，谤亦随之”就是这个道理。白居易《闲坐看书贻诸少年》诗云：“书中见往事，历历知福祸。多取终厚亡，疾驱必先坠。劝君少干名，名为锢身锁。劝君少求利，利是焚身火。”北宋·秦观《水龙吟》亦有“名缰利锁”句。从养生角度言，主张淡泊名利，视名利为身外之物；但同时又赞扬靠奉献赢得名利，并把个人名利融入国家名利之中的人们。“名利淡于水，事业重如山”，正是那些杰出人物的写照。如果一味贪图个人名利，甚至见利忘义，那名利就会成为捉弄他的缰锁，顺则生爱，逆则生憎。

★万钉围腰①莫爱渠②，富贵安能润黄垆③。

【出处】北宋·黄庭坚《次韵于瞻寄眉山王宣义》

【注释】①万钉围腰：缀有上万颗

玉片的华贵腰带，比喻高官厚禄。②渠：他。③黄垆：黄泉下的黑土。垆，黑色的土壤。

【句意】即使是高官厚禄也不要动心，富贵怎能滋润黄泉下的黑土呢？

【赏析】诗句为该诗的收束句。反映了作者鄙夷富贵、乐于退隐生活的情绪。

★多少长安[①]名利客，机关[②]用尽不如君。

【出处】北宋·黄庭坚《牧童诗》

【注释】①长安：中国古代十三朝古都，这里泛指朝廷。②机关：周密而巧妙的计谋。

【句意】长安城多少追名逐利的人，用尽了心机也不如你自在纯真。

【赏析】诗句表现了诗人对醉心于名利场中的世俗的厌弃，对淳朴恬淡的田园生活的向往。论断截然，爱憎浮现。成语“机关用尽”（也作“机关算尽”），即由此诗句而来。《红楼梦》中曾有：“机关算尽太聪明，反误了卿卿性命”的诗句。

★蜗角[①]虚名，蝇头[②]微利，算来著甚干忙。

【出处】北宋·苏轼《满庭芳·蜗角虚名》

【注释】①蜗角：极言微小。《庄子·则阳》谓在蜗之左角的触氏与右角的蛮氏，两簇常为争地而战。②蝇头：本指小字，此取微小之义。

【句意】人世间的虚名薄利，不过是蜗牛触角、苍蝇头那么大的得失，有什么好为之奔忙争抢的。

【赏析】词句用形象的艺术概括对世俗热衷的名利进行了无情的嘲讽。功名利禄曾占据过多少世人的心灵，主宰了多少世人喜怒哀乐的情感世界，它构成了世俗观念的核心。而经历了人世浮沉的苏轼却以蔑视的眼光，称之为“蜗角虚名、蝇头微利”，进而以“算来著甚干忙”揭示了追名逐利的虚幻。这不仅是对世俗观念的奚落，也是对蝇营狗苟尘俗人生的否定。

★长恨此身非我有[①]，何时忘却营营[②]。

【出处】北宋·苏轼《临江仙·夜归东皋（夜饮东坡醒复醉）》

【注释】①此身非我有：指身不由己。出自《庄子·知北游》：“汝身非汝有也。”是古代道家对人生的虚无主义的说法。作者借用其语，是指我的身体不归我自己所有，意谓命运不掌握在自己手里。②何时忘却营营：出自《庄子·知北游》：“使汝思虑营营。”是古代道家告诫人们不要因世事纷扰而思虑百端，自寻烦恼。营营，形容来来往往，匆忙、频繁的样子。这里指为功名和利禄，荣辱升沉等忙碌、奔走。

【句意】由于终日在名利场中奔走，我的身体根本不归我自己所有，我对此也非常不满，那么，什么时候我才能摆脱功名利禄的诱惑和羁绊呢？

【赏析】作者于元丰五年（1082）创作此词。当时苏东坡夜饮，返回临皋（黄冈南长江边）家中，时家童熟睡，四周寂静；于是倚杖而立，远听江涛声澎湃，不由联想自己被贬黄州，身不由己，深悔为功名利禄奔走而落此境地，真欲乘舟离去，隐居江海，以度余生。两句词充分体现了作者的人生彻悟，对自己不幸遭遇的追悔，以及希望早日离开名利场，忘却功名利禄，获得精神上的自由。终年奔波缺乏空闲的人，常借用“长恨此身非我有，何时忘却营营”两句词，来发抒内心深长的感叹。

★长输不尽溪，欲满无底窦[1]。

【出处】北宋·苏轼《栖贤三峡桥》

【注释】①窦：孔、洞。

【句意】人的私欲是没有止境的，它像灌不满的长流河，填不满的无底洞。

【赏析】诗句表达人的欲望是无止境的，劝告世人应控制私欲的膨胀。南宋朱熹也有诗云：“世路无如人欲险，几人到此误平生”，与此诗句意同。就是说人的欲望是这世上最危险最可怕的，许许多多的人都因为不能控制自己的欲望而造成了一生的痛苦！

★富贵不淫贫贱乐[1]，男儿到此[2]是豪雄。

【出处】北宋·程颢《偶成》

【注释】①“富贵”句：脱化于孔子、孟子著作中的意思。孔子的《论语·雍也》中说：“贤哉，回也！一箪食，一瓢饮，在陋巷，人不堪其忧，回也不改其乐。”《孟子·滕文公下》说：“富贵不能淫，贫贱不能移，威武不能屈，此之谓大丈夫。”淫，邪恶。一释为迷乱。②此：品德修养的境界。

【句意】身处富贵不可胡作非为，身临贫贱也应乐天知命，男儿如能有这样的修养，才算是英雄豪杰。

【赏析】程颢诗句的原意在宣扬万事万物都是理所决定的这一信仰。这两句诗现在使用时则赋予崭新的含义，以比喻革命者不谋名利、不计地位的高尚品格。

★自古功名亦苦辛，行藏[1]终欲付何人。

【出处】北宋·王安石《读史》

【注释】①行藏：人的行止，此指人的一生经历。《论语·述而》：“子谓颜渊曰：‘用之则行，舍之则藏，唯我与尔有是夫！’”意思是出仕即行所学之道，退隐则藏道以待时机。后以“行藏”指出处或行止。

【句意】自古以来博取功名总是很辛苦的，一个人的言行事迹最后将交给谁来评述才好呢？

【赏析】说明获取功名要历尽苦涩艰辛，或说明一个人的言行举止、生平事迹能被后人真实客观地记载评述很不容易。

★富贵于我如浮云[1]，且看云生云灭。

【出处】南宋·葛长庚《酹江月·次韵东坡赋别》

【注释】①"富贵"句：由《论语·述而》："不义而富且贵，于我如浮云"脱化而出。富贵：指金钱、地位。浮云：飘浮的云彩。

【句意】荣华富贵对我来说就像浮云一样轻微，悠闲地看着它生灭。

【赏析】诗句表明作者淡泊名利，超然物外。杜甫《丹青引》诗中也有"富贵于我如浮云"的句子。孔子原话中所指的"浮云"，是指那些以不正当乃至非法的手段攫取的"不义"财富与名位。凭自己的心血与汗水获得的名与利、富与贵，是不应有非议的。孔子在上述话的后面接着说："富而可求也；虽执鞭之士，吾亦为之。如不可求，从吾所好。"意思是说，如果富贵合乎于道就可以去追求，虽然是给人执鞭的下等差事，我也愿意去做。如果富贵不合于道就不必去追求，那就还是按我的爱好去干事。可见，靠正当、合法手段取得的"浮云"，是实实在在的劳动成果。

★功名本是无凭[1]事，不及寒江两日潮。

【出处】南宋·陆游《舟中感怀三绝句呈大傅相公兼简岳大用郎中》

【注释】①凭：依靠，仗恃。

【句意】人生在世，功名富贵实在是虚幻而不可靠的，还比不上寒江每天两次的涨潮和退潮，来得有规律。

【赏析】作者仕途失意，独自泛舟江上，风雨飘摇，孤灯为伴，看着潮水的涨落，想到自己宦海浮沉，一生遭遇变幻莫测，不禁深深感叹：人生的功名富贵，实在全是变幻无凭，不像那寒江上的潮水，每日潮起潮落两次，是那样的规律固定。

★君能洗尽世间念[1]，何处楼台无月明。

【出处】南宋·陆游《排闷[2]》

【注释】①世间念：当指世俗的名利欲望等。②排闷：排遣心中的烦闷，抒发自己内心的不平。

【句意】如果你能抛弃一切世俗的名利欲望，那么无论在哪一个楼台上看月亮，都会感到月亮是明亮皎洁的。

【赏析】诗句告诉人们，要从根本上"排闷"，只有洗尽世间的俗念。所谓俗念，多为传统的价值观念，如重名或求利等。为了名声而压抑自己，为了利益而役使自己，这就与个性的发展的心灵的自由发生矛盾。自己深深地信奉固有观念，一旦达不到目的，原来的信仰有所违背，随之也就有烦闷和痛楚。这就道出一个哲理：只有精神上超越或排除了世俗之念，不受名利羁绊，心灵方能舒展快意，就会顿感天高地阔，处处楼台有月明，怡然自得地享受自然，感受眼前世界的美好。

★脚中书卷云凌乱，身外功名梦等闲①。

【出处】南宋·杨万里《寄题刘凝元坟山壮节亭》

【注释】①等闲：平常。

【句意】胸中的学问如云一样散乱无章，身外的功名像梦一样无足轻重。

【赏析】这两句写古代高士不拘小节、不求功名的淡泊胸襟。就正确的处世态度来说，胸中书卷不应凌乱，身外功名无须追逐。

★百年蚁穴蜂衙里，笑煞昆仑顶上人①。

【出处】金朝·元好问《杂著》

【注释】①昆仑顶上人：根据民间传说，昆仑山上有个长生不死的仙人。

【句意】人生百年以后，都将成为蚁穴蜂巢里的枯骨；想到他们活着时候的争名夺利，真会笑煞昆仑山顶上的仙人呢！

【赏析】作者以此诗讽刺世人追逐名利的痴愚可笑。世事无常，笑煞青山，人生在世，终日奔逐，又真能得到什么呢？世人愚昧，难得清醒，实在令人扼腕叹息。

★君子防未然①，不处②嫌疑间。

【出处】乐府诗集·《相和歌辞·君子行》

【注释】①未然：还未发生。②处：置身于。

【句意】高尚的人要预防还未发生的事情，不要置身于被人怀疑的地方。

【赏析】诗句告诫人们应该洁身自爱，行为要明智，对于可能被误会和怀疑的处境要预先避免，以免受嫌疑不好洗刷。这两句多用于告诫人们要处事谨慎，要避开嫌疑。

★山不厌①高，海不厌深。

【出处】三国魏·曹操《短歌行·对酒当歌》

【注释】①厌：同“餍”，满足。

【句意】山不满足于自己的高度，越高越好，才能成其高；海不满足于自己的深度，越深越好，才能成其深。

【赏析】《短歌行》是一首述怀诗。曹操雄才大略，深知成就大事业者必须有贤才相助，于是对天下贤能之人发出了由衷的召唤，表明自己心胸宽广，就像高山般不弃土石，又如大海般不拒涓涓细流。诗中抒发了作者渴求人才辅佐、建功立业、统一天下的雄心壮志。后人常用这两句诗来形容谦虚谨慎，永不满足的思想。

★谦谦①君子德，磬折②欲何求③。

【出处】三国魏·曹植《箜篌引》

【注释】①谦谦：谓谦而又谦。②磬折：弯着身体像磬一般。③何求：言无所求。

【句意】谦虚是君子高贵的品德，君子谦恭虚己非有求于人。

【赏析】曹植宴请宾朋，佳肴美酒，轻歌曼舞，十分尽兴。宾客告辞之时，纷纷致谢，并表示要相互做君子之交，不是有求于对方什么。

★心虚[1]体自轻，飘飘若仙步[2]。

【出处】晋朝·何劭《杂诗》

【注释】①心虚：不自满。②仙步：形容步履轻盈。

【句意】谦虚的人自然心情愉悦、步履轻盈，愉快如仙。

【赏析】说明要时刻保持谦虚的态度。

★不弃狂夫[1]之言者，然后嘉谟[2]可闻也。

【出处】唐代·白居易《为人上宰相书一首》

【注释】①狂夫：无知妄为的人。②嘉谟：良计善策。谟，计策。

【句意】无知妄为之人的言论也能虚心听取，那么良计善策也就可以听到了。

【赏析】诗句说明只要真正虚心听取意见，就能得到好的计策。

★为女莫骋容[1]，骋容多自伤。

【出处】唐代·邵谒《金谷园怀古》

【注释】①骋容：卖弄姿色。骋，施展，引申为卖弄。

【句意】做女子的千万不要卖弄姿色，卖弄姿色难免要伤害自己。

【赏析】诗句劝诫女子应当庄重自持，不可浮艳轻佻。

★绿萍[1]与荷叶，同此一水中。风吹荷叶在，渌[2]萍西复东。

【出处】唐代·孟郊《乐府戏赠陆大夫十二丈》（其二）

【注释】①绿萍：植物名，又名满江红，叶子浮出水面，春季绿色，夏季红褐色，是优质的水生饲料植物和著名绿肥植物。②渌：同“绿”。

【句意】绿萍与荷叶都生长在水中，但当阵风吹来，荷花因扎根于泥土，叶子能够安然不动，而绿萍却漂浮不定，忽东忽西。

【赏析】诗句写泛泛浮萍和田田荷叶同在一水中生长，生活环境完全相同。在风平浪静的日子里，它们都悠闲地漂浮在水面上，一动不动，似乎没有什么两样。待到风吹起情景就不一样了。这是什么原因呢？原来是“泛泛江汉萍，飘荡永无根”（晋·司马彪《萍诗》），而荷叶却是“结根底于重壤”（晋·孙楚《莲花赋》），把根深深地扎在泥土之中，所以有根无根，根深根浅，决定着植物的抗争能力。无根如浮萍者，根浅如墙上芦苇者，头重脚轻；根深如山间竹子者，则“咬定青山不放松”，它告诫人们，为人处世立根立本十分重要。人之根本就在于修身洁行，即提高自己的修养，保持洁白的德行。俗谚谓，根深不怕风摇动，身正何愁影子斜。

★自满九族[1]散，匪[2]骄百善寻[3]。

【出处】北宋·种放《谕蒙诗》

【注释】①九族：一对本姓亲属而言，即指本身以上的父、祖、曾祖、高祖和以下的子、孙、曾孙、玄孙。一对异姓亲属而言，即以父族四、母族三、妻族二为“九族”。此处指众亲友。②匪：不。③寻：寻找，得到。

【句意】个人如果骄傲自满，即使是亲戚朋友也会纷纷离开；一个人如果谦虚谨慎，那自然会深得人心，受益匪浅。

【赏析】说明人必须谦虚，绝不能骄傲自满。

★置①虚器②于水中，未充③则唱④，既充则默。

【出处】南宋·杨万里《庸言》

【注释】①置：放。②虚器：空的器皿。③充：满。④唱：指发出声响。

【句意】把空瓶子放到水中，水未充满时就发出咕嘟咕嘟的响声，水充满了就默不作声了。

【赏析】作者通过一个常见的物理现象阐述一种社会现象，形象地比喻那种所学不多、半瓶子醋的人，常常爱夸夸其谈，自我吹嘘；而越是满腹经纶、饱学多识的人则越发谦虚，不尚空谈。此句可借以赞美饱学而谦虚的人，讽刺浅薄而爱自我炫耀的人。

★放荡功不遂①，满盈身必灾。

【出处】宋代·张咏《劝学》

【注释】①遂：成功。

【句意】行为放荡就不能成就功业，骄傲自满就必然招致灾难。

【赏析】诗句是说古训“满招损，谦受益”的本义。谦虚是一种美德，是进取和成功的必要前提。

★河海不自广，因沟浍①以名。

【出处】清代·郑世元《感怀杂诗》

【注释】①沟浍：田间水沟。

【句意】江河湖海从来都不认为自己非常的广阔，所以才能不断地接纳小河小溪的细流，才能使自己变得浩瀚无涯。

【赏析】这与“泰山不自高，因丘垤（dié）以形”（垤：小土堆）属同一意，即戒骄戒满。

★他山①有砺石②，良璧③逾④晶莹。

【出处】清代·郑世元《感怀杂诗》

【注释】①他山：《诗经·小雅·鹤鸣》：“他山之石，可以为错。”又：“他山之石，可以攻玉。”意谓别的山上的石头可以用作琢玉的砺石。②砺石：磨刀石。③良璧：美玉。④逾：更加。

【句意】别的山上有磨刀石，用来琢磨，可使美玉绽放光彩。

【赏析】句意谓玉之晶莹，借助于他山之石；人的成功，离不开他人的帮助。吸取他人的长处使自己进步得更快。

★盛满易为实，谦冲①恒受福。

【出处】清代·张廷玉《杂兴》

【注释】①谦冲：谦虚卑让。

【句意】很自满的人容易招来灾祸，谦让的人总是得福。

【赏析】诗句与《尚书》：“满招损，谦受益”意同。说明自满的害处，谦虚的益处。

诚　信

★无信[①]人之言，人实不信。

【出处】先秦·《诗经·郑风·扬之水》

【注释】①信：前一“信”是名词，作诚信。后一个“信”动词，作相信。

【句意】无诚信品德的人说话，人是不应当相信的。

【赏析】此诗句讲诚信的重要性。孔子在《论语》中曾说：“民无信不立”，是说人没有信用就没有立足之地。都是在说守信处世的道理，如果你想要在这个世界上得到人们的信赖与支持，就必须以诚待人，以信交友，否则纵使你有过人的天赋，也会寸步难行。

★阽[①]予[②]身而危死兮，览予初[③]其犹未悔。

【出处】战国楚·屈原《离骚》

【注释】①阽（diàn）：临近，指临近险境。②予：我。③初：初志。

【句意】我虽身临危死的边缘，回顾我当初立下的志愿也终不改悔。

【赏析】诗句说明了面临挫折时应坚定信念义无反顾地走下去，这样才能过险关、战挫折，凭借精神力量支撑前行，使人生更加光明。

★背绳墨[①]以追曲兮，竞周容[②]以为度[③]。

【出处】战国楚·屈原《离骚》

【注释】①绳墨：木工用绳和墨打直线，这里喻为准则。②周容：苟合取容。③度：这里指取巧的方法。

【句意】违背准绳而随意歪曲啊！以竞相苟合取容于世（或取悦于人的）。

【赏析】诗句告诫世人不能背离准则而追求不正当的利益，以随意奉承上面的条例作为法律。

★一顾重尺璧[①]，千金轻一言[②]。

【出处】北周·庾信《拟咏怀》（其六）

【注释】①尺璧：指直径一尺的玉璧，形容稀有的珍贵宝物。②千金轻一言：汉代的季布非常重视实现诺言，楚人有谚语曰：“得黄金百斤，不如得季布一诺。”“一诺千金”的成语由此而来。

【句意】萧梁帝王的眷顾使我身价珍贵如尺璧一样，而今却不能像季布一样兑现报主的承诺。

【赏析】本诗抒发了对故国君王的深情怀念，叙述了萧梁亡国的惨烈，表达了辜负先主重托的愧疚心情，揭示了身仕二主的两难隐痛与道德自责。

★季布[1]无二诺，侯嬴[2]重一言。

【出处】唐代·魏徵《述怀》

【注释】①季布：汉初人。《史记·季布栾布列传》载楚谚："得黄金百斤，不如得季布一诺。"说季布极讲信用。②侯嬴：战国时信陵君的门客。《史记·魏公子列传》说，秦国侵赵，信陵君救赵，"侯生曰：'公子勉之矣，老臣不能从。'公子行数里，心不快，曰：'……侯生曾无一言半辞送我。'"于是信陵君又回车问侯嬴，侯嬴才说出了奇计，替信陵君盗出魏王的兵符，发兵救赵，为了保守机密，并表示因年老不能随行，要杀身以报信陵君的知遇之恩，后来他果然实现了这一诺言。

【句意】季布说过的话、答应的事，一定算数，绝不失信，可谓一诺千金，侯嬴为了向信陵君践行自己的诺言而舍去生命。

【赏析】诗句赞美重诺守信行为。李渊称帝后，太行山以东李密的旧部不肯降唐，魏徵自请东出潼关去劝降。作者借用这两个典故，一是赞美重诺守信行为，二是表达作者既然请缨，就一定要实现它。

★千金未必能移性，一诺[1]从未许杀身。

【出处】唐代·戎昱《上湖南崔中丞》

【注释】①一诺：司马迁《史记·季布栾布列传》记载："曹丘至，后揖季布曰：'楚人谚曰：得黄金万斤，不如得季布一诺'。"季布为楚地著名游侠，以说话讲信用闻名，当时故有此谚。后以"一诺千金"或"季布一诺"等形容说话极讲信用。

【句意】千金未必能使人改变性格，而为了信誉人们甚至愿意献出生命。

【赏析】诗句极言信誉之重要，非黄金可比。后王安石诗云："自古驱民在信诚，一言为重百金轻。"

★将期一诺[1]重，欲使寸心[2]倾[3]。

【出处】唐代·杜甫《敬赠郑谏议十韵》

【注释】①一诺：又称一诺千金。许下的一个诺言有千金的价值。比喻说话算数，极有信用。典出西汉·司马迁《史记·季布栾布列传》："得黄金百斤，不如得季布一诺。"②寸心：内心。③倾：倾慕。

【句意】期待着您重若千金的允诺，那将使我内心非常倾慕。

【赏析】作者提出做人要诚实守信，说话算数。

★三杯吐然诺[1]，五岳倒为轻[2]。

【出处】唐代·李白《侠客行》

【注释】①然诺：许诺。②"五岳"句：比起忠于诺言来，五岳倾倒也显得轻微。

【句意】侠士们重义气，讲信用，即使是酒后许诺，也是一诺千金，五岳为之轻。即使是死了，侠义之气仍然可以流芳百世，也不会愧对在世的英雄豪杰了。

【赏析】《侠客行》颂扬了战国时侠士侯嬴、朱亥为信陵君抗秦救赵立下功劳一事。这两句是说侠士们言必信，行必果，一诺千金，义无反顾。由此作者以五岳为轻来夸张侠客然诺之重，说的是“诚信”分量比大山还重。

★海岳尚可倾[1]，口诺[2]终不移[3]。

【出处】唐代·李白《酬崔五郎中》

【注释】①倾：倾覆。②口诺：承诺。③移：改变。

【句意】海水可以枯竭，高山能够崩塌，但已经许下的诺言是不可改变的。

【赏析】诗句是说海枯山塌，所许下的承诺是诚信，为人之本，不能改变。

★下不以傲接，上不以意迎。

【出处】北宋·梅尧臣《依韵和达观禅师赠别》

【句意】对于地位低于自己的人，不傲慢相待；对于地位高于自己的人，不特别逢迎其意。

【赏析】诗句表现作者平心待人。

★立谈中，死生同，一诺千金重[1]。

【出处】北宋·贺铸《六州歌头·少年侠气》

【注释】①一诺千金重：比喻说话有信用，语本《史记·季布栾布列传》：“得黄金百斤，不如得季布一诺。”诺：应允，许诺。

【句意】少年时作者与诸雄豪立谈之间，生死与共，恪守信义。

【赏析】诗句饱含激情地描述了作者与诸雄豪的亲密关系和崇高品格。

★真情常在，虚脾[1]终败。

【出处】元代·张养浩《述怀》

【注释】①虚脾：虚情假意。

【句意】为人真诚，就能永远得到别人信任；为人虚伪，最后必然失败。

【赏析】诗句说明一个人只有真诚待人，才会收获真情；相反，如果你虚伪做作，必定会以失败告终。

★生来一诺[1]比黄金，那肯风尘[2]负此心。

【出处】清代·顾炎武《退官二子执后，欲为之经营未得也，而二子死》

【注释】①一诺：许人诺言。②风尘：这里指乱世。

【句意】我这个人生来就把承诺看得如同黄金一样贵重，哪能因为自身困顿而言而无信！

【赏析】这两句诗表现了作者坚守信用的处世态度。自己一生把诺言看得比千金还重，不会因为是乱世就辜负自己的初心。向朋友表明心迹，语言恳切，感情真挚。

言 行

★人亦有言，靡①哲②不愚。

【出处】先秦·《诗经·大雅·抑》

【注释】①靡：无，没有。②哲：聪明。

【句意】人们有这样的话：聪明的人也不是没有愚昧的时候。

【赏析】诗句说明聪明人也会有失误，因此聪明人也要谨慎小心。

★既明①且哲②，以保其身。

【出处】先秦·《诗经·大雅》

【注释】①明：指能辨是非。②哲：指能察善恶。

【句意】既深明事理又聪明的人，不参与会给自己带来危险的事，就能保住自己身家性命。

【赏析】这是赞美仲山甫的从政德才。当时周宣王能任贤使能，仲山甫执政，使周室中兴。诗中赞扬仲山甫能内奉王命，外治诸侯，既能明晓善恶，且又是非明辨，以此明哲，择安去危，而保全其身，回避祸败。后人以“明哲保身”常指远离争斗，以图保全个人利益。现指因怕连累自己而回避原则斗争的处世态度。

★匪①言勿言，匪由②勿语。

【出处】先秦·《诗经·小雅·宾之初筵》

【注释】①匪：通“非”。②由：理。

【句意】不问就不要乱说，无理就不要胡诌。

【赏析】此诗讽刺统治贵族的饮酒无度，失礼败德。诗句告诫世人说话要慎重。

★白圭①之玷②，尚可磨也。斯言之玷，不可为也。

【出处】先秦·《诗经·大雅·抑》

【注释】①圭：古玉器名。②玷：白玉上的污点，比喻人的过失、缺点。

【句意】白玉上面如有污点，还可以琢磨除干净。说出话一旦出了毛病，要想挽回就不容易了。

【赏析】《抑》是一首写周朝的一位老臣讽谏君王的诗。这四句诗就是劝告君王说话要谨慎。它使用的是反喻手法。前两句是比喻句，后两句是主句。比喻句的内容与主句的意思完全相反。白玉和说话之间并无必然的内在联系，可把这两者并列一起，一正一反，就能产生对比效应，把错话不可挽回的主旨表达得十分鲜明、突出、有力。诗句颇能给人以思想上的启示，后人把《抑》这首诗作为“箴铭之祖”。成语“白圭之玷”由此句诗引申出，现比喻美中不足。

★好言自口，莠①言自口。

【出处】先秦·《诗经·小雅·正月》

【注释】①莠：丑恶。

【句意】说好也是从你嘴出，说坏

也是从你嘴出。

【赏析】意即反复无常，好话坏话都是从人嘴说出来的，即人嘴两层皮的意思。

★巧言如流，俾[①]躬[②]处休[③]。

【出处】先秦·《诗经·小雅·雨无正》

【注释】①俾（bǐ）：使。②躬：身体。③休：美。

【句意】把话说得清甜顺耳、如同流水一般滔滔不绝的人，就可以使自己处在一个美好的位置上。

【赏析】诗句指出乱世之中的当权者喜欢和重用善于吹牛拍马的人。

★巧言如簧[①]，颜[②]之厚矣。

【出处】先秦·《诗经·小雅·巧言》

【注释】①簧：乐器里发声的薄片，这里指音乐。②颜：脸皮。

【句意】花言巧言，说的比唱的好听，脸皮真是厚啊。

【赏析】“巧言如簧”已变成成语，亦作“巧舌如簧”，形容人花言巧语，说得动听。

★信誓[①]旦旦[②]，不思其反[③]。

【出处】先秦·《诗经·卫风·氓》

【注释】①信誓：诚信的誓言。②旦旦：诚恳的样子。③反：违反，违背变心；一说通“返”，指返回从前相爱的情景。

【句意】当初你赌咒发誓多诚恳，没有想到现在你会违背自己的誓言。

【赏析】这两句在原诗中是弃妇指责她丈夫背誓负情的，如今可用来形容有些人在婚姻爱情问题上态度不庄重，需要时不惜海誓山盟，仿佛非常诚恳、坚决，实际上寡情少义，见异思迁。此外，现在“信誓旦旦”已成为使用范围很广的成语，多用于形容誓言的真诚。

★君子无易[①]由[②]言，耳属[③]于垣[④]。

【出处】先秦·《诗经·小雅·小弁》

【注释】①易：轻易。②由：发。③属：贴。④垣：墙。

【句意】君子不要轻易发言，耳朵就贴在那墙边。

【赏析】成语“隔墙有耳”本此。

★悟已往之不谏[①]，知来者之可追[②]。

【出处】东晋·陶渊明《归去来兮辞》

【注释】①不谏：不可劝止。②可追：可以有所作为。

【句意】感悟到已经过去的错误再去挽回也是没有必要了，知道在未来的岁月里还可以努力地把事情做好，不让遗憾再次发生。

【赏析】诗句说明不要再为过去懊悔和悲伤，关键是抓紧现在，做好事情，不让悲剧重演。

★行到水穷处①，坐看云起时。

【出处】唐代·王维《终南别业②》

【注释】①穷处：穷尽的地方。②终南别业：王维在终南山中的别墅。

【句意】溯源而上，来到溪流的尽头，眼见无路可走，索性坐下来，看白云冉冉升起的时候。

【赏析】经过政治上的打击，晚年的王维更加纵情于山水，艺术上也更为成熟，这两句诗用字极其精审，历来为诗家所赞赏。这一行、一到、一坐、一看的描写，表现了作者随遇而安的心境。语言平淡而含蓄，表现了作者孤寂自适的思想感情。寄寓在遇到困难时不要轻言放弃，做学问时要有寻根究底的决心。

★劝君莫谩夸①头角②，梦里输赢总未真。

【出处】唐代·李山甫《寓怀》

【注释】①谩夸：狂言。②头角：比喻年少得意。

【句意】劝你不要口出狂言夸耀自己如何得意，在梦里的胜利或失败，恐怕未必就是真的。

【赏析】比喻不要被一时的胜利冲昏头脑。

★只言众口铄①千②金，谁信独愁销片玉。

【出处】唐代·施肩吾《效古兴》

【注释】①铄：熔化。②千：一作“黄”。

【句意】人们只是说众口一词可以使千金熔化，谁会相信孤独的愁苦也会使贤能之士受挫。

【赏析】比喻谣言、愁苦多的危害：众口一词，能使千金熔化；孤独愁苦，会给身心造成极大损害。

★莫学游侠儿①，矜②夸紫骝③好。

【出处】唐代·王昌龄《塞下曲》

【注释】①游侠儿：指恃武勇、逞意气而轻视性命的人。②矜：骄傲自夸。③紫骝：泛指骏马。

【句意】不要学习都市里的游侠少年，只是夸耀自己的紫骝马好。

【赏析】这首乐府歌曲是写非战的。诗句告诫少年应以报国为志，莫夸武力，抒发非战之情。劝世上少年、声声实在，句句真情。

★苍蝇①点垂棘②，巧舌③成锦绮。

【出处】唐代·卢仝《感古》（其二）

【注释】①苍蝇：古人常以苍蝇（青蝇）比喻进谗言的人。②垂棘：古地名，该地以产美玉著称，此比喻美玉。③巧舌：取悦于人的花言巧语。

【句意】经苍蝇一点，连最明洁的美玉也会被玷污；取悦于人的谗言巧语，往往像锦绮那样光艳夺目。

【赏析】谗言杀人，往往使清白无辜的人蒙冤受屈。“苍蝇点垂棘”和陈子昂说“青蝇一相点，白璧遂成冤”意思相近。而谗言又往往说得很动听，具有煽动性和蛊惑力，像灿烂的锦绮能使人眼花缭乱一样。可用以揭露巧舌谗言的虚伪。

★世上功名兼将相，人间声价[1]是文章。

【出处】唐代·刘禹锡《同乐天送令狐相公赴东都留守》

【注释】①声价：对声望的评价。

【句意】世上最高的功名要算占有将相之位了，但是人间声价最高的却是文章。

【赏析】原诗句是赞颂令狐丞相做官做得大，文章也写得好。表现作者很重视文章的写作，也就是“三立”（立德、立功、立言）中的立言。

★力去陈言[1]夸末俗[2]，可怜无补费精神。

【出处】北宋·王安石《韩子》

【注释】①陈言：陈旧的语言，韩愈提倡“唯陈言之务去”。②末俗：末世之习俗，这里指庸人。

【句意】提倡摒弃陈旧的语言，这只能在庸人面前夸耀，可叹的是这种做法没有补益而只是白费精神。

【赏析】诗句借评论韩子（即韩愈），抨击了北宋道学家的迂腐。“可怜无补费精神”，现在用来说明对陈旧的东西和无用之物钻研歌颂毫无意义，毫无益处，结果只能是枉费心机。

★虽无尺棰[1]与寸刃[2]，口吻排击含风霜。

【出处】北宋·苏轼《送刘道源归觐南康》

【注释】①尺棰：尺长的棍子。②寸刃：泛指极小的武器。

【句意】虽然没棍子刀子，可那攻击人的嘴好像风霜一样尖利。

【赏析】诗句揭示了人言可畏。

★书[1]到[2]用[3]时[4]方[5]恨[6]少[7]，事非经过不知难。

【出处】南宋·陆游《撰联诗句》

【注释】①书：知识。②到：等到。③用：需要，有所用。④时：时候。⑤方：才。⑥恨：悔恨，后悔。⑦少：只懂那一点点。

【句意】知识总是在运用时才让人感到太不够了，许多事情如果不亲身经历过就不知道它有多难。

【赏析】这是一副劝勉联，对联虽浅显易懂，却蕴含着深刻的哲理。如果说上联是劝勉人们要“贵学”，那么下联“事非经过不知难”，就是强调“行”的重要性，光“学”不“行”终是无益。陆游在《冬夜读书示子聿》中云：“纸上得来终觉浅，绝知此事要躬行。”明周立说：“一语不能践，万卷徒空虚”，也是此理。宋代朱熹更把“知”“行”关系说得明白。朱熹说：“论先后，知为先；论轻重，行为重。”“知”是手段，“行”是目的，不“行”，无以奏“知”之效，也无以知“事”之艰难，免不了落个“纸上谈兵”的下场。本联用明白易懂的语言，将“知”“行”有机地结合起来，给人以深刻的感受。

★男儿行处是，未要[①]论穷通[②]。

【出处】金朝·元好问《临江仙·自洛阳往孟津道中作》

【注释】①要：休要，不必。②穷通：穷困与显达，指政治上的得志与不得志。《庄子·让王》：“古之得道者，穷亦乐，通亦乐，所乐非穷通也。”

【句意】男子汉的行为处世，走到哪里是哪里，只求一个“是”字，何必去计较政治上的成败得失呢。

【赏析】作者面对北邙山时引起的人生感慨，集中表现了作者以英雄自居、渴望建功立业的豪迈情怀，及面对艰难现实，无可奈何而强作旷达的苦闷心情。

★人生天地间[①]，长路有险夷[②]。遇险即欲避，安得皆通达[③]。

【出处】金朝·元好问《临汾李氏任运堂二鸞首》

【注释】①人生天地间：出自《古诗十九首》：“人生天地间，忽如远行客。”②险夷：崎岖与平坦。③通达：通畅顺达。

【句意】人生在世，所走的道路必然是艰险与平坦。如果一遇到困难就想躲避，世上还有哪条路可以走得通呢？

【赏析】诗句告诫人们，无论学习、工作、生活等几方面，只有不辞艰难，勇于探索，才能臻于成功。如果怕艰畏险，只能碌碌无为，一无所获。

★大鹏飞上梧桐树，自有旁人说短长[①]。

【出处】元代·柯丹邱《荆钗记》（第十九出）

【注释】①短长：优劣、是非。

【句意】大鹏鸟飞上梧桐树栖息，路旁的行人就会发出议论。

【赏析】喻指发生了不同寻常的事情，总会有人说长道短，议论纷纷。

★甜言美语三冬[①]暖，恶语伤人六月寒。

【出处】元代·王实甫《西厢记》（第三本第二折）

【注释】①三冬：古人将冬天分为孟冬、仲冬、季冬。

【句意】善意的话即使在严寒的冬天也使人感到温暖，恶意的话即使在盛夏也使人觉得寒心。

【赏析】正反对照，强调说明好言好语和恶言恶语所给人的截然不同的感受。

★共君[①]一夕话，胜[②]读十年书。

【出处】元代·吴昌龄《东坡梦》（第一折）

【注释】①君：你的尊称。②胜：超过。

【句意】与你谈一晚上话，让我超过苦读十年书的收获。

【赏析】形容跟别人交谈的时间虽短，受益却很多。之后《明·二程全书》："共君一夜话，胜读十年书。"清代刘鹗《老残游记》："与君一夕话，胜读十年书"等处都有类似句意。

★事当失路①工成拙，言到乖时是亦非。

【出处】清代·袁枚《随园诗话》（十二卷）

【注释】①失路：失去常理的做法、套路。

【句意】做事不按常理，虽然细致认真也会弄巧成拙；话讲不是时候，句句正确，也被认为谬误。

【赏析】这是《随园诗话》摘录汤扩祖的诗句。是说做事要走正道，说话要讲时机。

哲理类

辩证、因果

★尺有所短[①]，寸有所长[②]。

【出处】战国楚·屈原《楚辞·卜居》

【注释】①短：短小，不足。②长：长大，有余。

【句意】尺比寸长，但是与更长的东西相比，却显得短、不足；寸比尺短，但与更短的东西相比，就显得长、有余。

【赏析】诗句充满辩证思维，蕴含深刻的哲理：说明尺寸也不一定完全标准。世间人和事物都各有所长，各有所短，人无完人，金无足赤。因此我们对别人，对自己，对事物，都应该坚持两点论。绝对的肯定和绝对的否定都是错误的，是形而上学的。长处再多的人，也不免有所短；缺点再多的人，也不免有所长。因此要全面地看问题，正确加以分析和对待。不应该以己之长，比彼之短，自以为了不起而轻视他人。而应该既扬长避短，又不护短，或以彼之长，补己之短，互相学习，共同进步。

★物有所不足[①]，智[②]有所不明。

【出处】战国楚·屈原《楚辞·卜居》

【注释】①足：完满。②智：指智者。

【句意】任何事物都不可能是完满无缺的，任何聪明的人也都有无知处。

【赏析】诗句充满着对立统一：足与不足、明与不明是普遍存在的两组矛盾。任何事物在发展的过程中，总有所优点，也有所不足；智慧和道理也有一些不明之处。这就需要在实践中对事物发展过程中的“不足”和“不明”进行辩证否定，以此促进事物的发展。

★将飞者翼伏，将奋者足跼[①]。

【出处】汉代·《古诗源》

【注释】①跼（局）：弯曲。

【句意】想要高飞的（鸟儿）必定要把翅膀收缩以便展开腾飞，想要一跃而起的（人或者兽）必定要先把脚弯曲起来以便跳起。

【赏析】诗句用以说明欲进先退的辩证道理。常用来劝人忍耐克制。

★甘[1]瓜抱[2]苦蒂[3]，美枣生荆棘[4]。

【出处】汉代·无名氏《古诗·甘瓜抱苦蒂》

【注释】①甘：甜。②抱：孵卵成雏叫“抱”，这里与下文“生”互文同义。③蒂：瓜果与枝蔓相连接的部分。④荆棘：小灌木叫荆，酸枣树叫棘，这里指有刺的树木。

【句意】甜瓜育于苦蒂，好枣生于棘丛。

【赏析】比喻美好的事物会有一定的缺陷，而有一些缺陷的事物并非不美好，因为十全十美的东西是不存在的，这就是事物本身的相对性。如果只见其利而不顾其害（如采甘瓜美枣而不舍苦蒂荆棘），那便要自寻烦恼了。可用于对客观事物相对性的说明，也可用于说明对人或事不能求全责备的道理。

★百胜难虑[2]敌，三折[3]乃良医。

【出处】唐代·刘禹锡《学阮公[1]体》（三首之第一首）

【注释】①阮公：即曹魏时著名诗人阮籍。②虑：考虑，分析判断。③三折：多次折断手臂。意谓久病成良医。《左传·定公十三年》：“三折肱，知为良医。”

【句意】经验丰富、打过上百次胜仗的将军，也有难以完全掌握敌情、识破敌人计谋的时候，以至于招致败绩；而多次折断胳膊的人，反复治疗，知道医方优劣，积累了经验，就可能成为高明的医生。

【赏析】诗句以形象化的比喻，道出了智者千虑必有一失，实践出真知、长才干的道理，富于哲理的思考：说明胜利了不能自满，失败了不要气馁。只要善于吸取经验教训，失败反而是一种收获，一种难得的教益，能够帮助一个人取得成功。这犹如“三折肱”本是生活的大不幸，大痛苦，但这未尝不能转化成力量，成为积累经验的契机。可用此名句说明胜利者不要自满，失败者也不必泄气，挫折和失败能使人长见识，学本领。

★此时无声胜[1]有声。

【出处】唐代·白居易《琵琶行》

【注释】①胜：超过。

【句意】（琵琶声由凝重、哽塞以至于断绝）这无声的音乐比有声的音乐更能拨动人的心弦，表现的感情更充分，更易引起人们的共鸣。

【赏析】“无声”在音乐上叫“歇拍”，它是乐章上的空白；选择空白的表现在戏剧上叫“静场”；表现在电影、电视屏幕上叫“空镜头”。这样的艺术表现手法，常能引人入静，促人思索，耐人寻味，这种“无声”往往比“有声”表现出更丰富的感情，因而更能感动人，这就是艺术的辩证法。

★太山[1]秋毫[2]两无穷[3]，巨细[4]本出相形[5]中。

【出处】北宋·苏轼《轼在颍州与赵德麟同治西湖未成改扬州三月十六日

湖成德麟有诗见怀次其韵》

【注释】①太山：即泰山。《庄子》有“天下莫大于秋毫之末而太山为小”之语，此处暗用此意。②秋毫：鸟兽在秋天新长的细毛。喻微小的事物。③无穷：无尽头，无极限。④巨细：大小。⑤相形：相互比较。形，对比。句本《老子》：“因巨而有细，因细而有巨，特相形耳。”

【句意】泰山为大，但不是最大的，秋毫为小，但也不是最小的；事物的大小不是绝对的，而是相对的。

【赏析】这两句诗蕴含朴素的辩证观点：无论宏观、微观世界，都是不可穷尽的，事物的大小、巨细是相比较而存在的。

★卷尽残花风未定[1]，休恨，花开原[2]自要春风。

【出处】南宋·辛弃疾《定风波·暮春漫兴》

【注释】①定：停止。②原：本来。

【句意】春风卷尽残花仍未停息，不要怨恨，须知当年花开也要借助于春风。

【赏析】词句是说落花始于自然，任何事物都有正反两重性。

★踏破铁鞋无觅[1]处，得来全不费工夫。

【出处】南宋·夏元鼎《绝句》

【注释】①觅：找寻。

【句意】把最坚固的铁鞋都踏破磨穿了，还是没有找到答案，依然一无所获；但突然间这答案就出现在眼前，得到时竟没有费一点力气。

【赏析】诗句原指对抽象真理的追寻，必须经过长期的努力和不断的挫折，才有可能找到答案。当答案一旦出现在眼前时似乎会感到很容易，好像“全不费工夫”，但须知这“全不费工夫”的前提却是“踏破铁鞋”，所谓“众里寻他千百度”，所谓“山重水复疑无路”。有了这个前提，才会在“蓦然回首”的一刹那，发现“那人却在，灯火阑珊处”，才会有“柳暗花明又一村”的欣喜，才会感到好像“全不费工夫”。没有一番严寒彻骨的磨炼，是不会有扑鼻的梅花香的。这两句诗今人已耳熟能详了，但多用以形容生活中失而复得的一份意外惊喜。

★如今历尽风波恶，飞栈连云[1]是坦途。

【出处】南宋·陆游《秋晚思梁益旧游》

【注释】①飞栈连云：指山中高高的栈道。

【句意】如今历尽险恶的风波，回过头来再看那“飞栈连云”，简直就是平坦的大道。

【赏析】诗句说明经过恶风骇浪，再有什么困难也不怕了。

★善恶到头终有报[1]，只争来早与来迟。

【出处】明代·冯梦龙《醒世恒言》（卷廿）

【注释】①报：报应。佛教说“三世因果报应”。根据善恶业力的大小，或现世受报，称为“现报”；或来生受报，称为“生报”；或隔二生以上才受报，称为“后报”。

【句意】为善或为恶，到最后终究会有他的报应；只是有些来得早、有些来得晚而已。

【赏析】相信因果报应的人最爱用这两句俗语，他们相信善有善报，恶有恶报，不是不报，只是时间早晚的问题。

★动以静为母，疑[①]乃悟之父。

【出处】清代·魏源《明末楚石诸禅师和三圣诗》

【注释】①疑：怀疑、疑惑。

【句意】运动是以静态为母亲，怀疑是悟性的生父。

【赏析】诗句是说运动是绝对的，静止是相对的，两者是相互依存的，无静则无动，无动则无静，悟性是从疑虑中产生的，没有怀疑，就不可能有悟性。

★假作真时真亦假，无为有处有还无。

【出处】清代·曹雪芹《红楼梦·太虚幻境[①]对联》

【注释】①太虚幻境：太虚谓空幻虚无之意。太虚幻境是曹雪芹所虚构的天国里的一个境界。

【句意】如果把假的当成了真的，那么真的也成了假的；如果把无当成是有，那么有也成了无。

【赏析】这两句话说出了事物之间相对的道理：真和假本不相同，但如以假为真，那么真也被模糊了价值，弄得真假不分。正因为社会上存在这种以假为真、黑白不分的现象，这两句诗有一定的代表性。

事　理

★河溃蚁孔端[①]，山坏由猿穴[②]。

【出处】东汉·孔融《临终诗》

【注释】①端：开端。②穴：洞。

【句意】蚂蚁虽小，但无数个蚁孔就能使河堤溃决；猿猴洞穴并不大，但太多也会使大山崩塌。

【赏析】作者在政治斗争中言行不慎，以致落在敌人手里，岂不悔恨咎由自取？同时，这句也隐喻汉家江山要败在那些蝼蚁般的小人手里。

★谗邪害公正，浮云翳[①]白日。靡辞[②]无忠诚，花繁竟不实[③]。

【出处】东汉·孔融《临终诗》

【注释】①翳（yì）：遮蔽。②靡辞：好听的话。③不实：不结果实。

【句意】自古谗言都是良善的敌人，不大的一片浮云就可挡住日光，好听的话不一定都是好话。正如草木的花朵，开得好看不一定能结好果。

【赏析】西汉时有民谣：“邪径败良田，谗口乱善人。”诗句为此民谣的注脚。隐喻汉献帝被曹操等挟持，分不清忠奸，听不到广大贤良志士和宿耄老臣的实话。

★都蔗①虽甘，杖②之必折。巧言虽美，用之必灭。

【出处】三国魏·曹植《矫志诗》

【注释】①都蔗：即甘蔗。②杖：用作拐杖。

【句意】粗壮的甘蔗虽然甜美，但是如果用来做拐杖的话，就一定会折断；巧妙的话语虽然动人，但是按照它去做事情，就一定会失败。

【赏析】这是一首哲理诗。诗句本于刘向的《杖铭》："都蔗虽甘，殆不可杖，佞人悦己，亦不可相"，但颇有新意。作者以比喻手法说明粗大的甘蔗虽然很甜，但用作手杖来拄必定断折；佞人的巧言虽然听起来很漂亮，但巧言的背后往往有功利，听信会误人、误事、误政、误国。诗句可为当官掌权者进言，巧言充耳，不可不察、不可不慎。

★近朱①者赤，近墨者黑。

【出处】西晋·傅玄《太子少傅箴》

【注释】①朱：朱砂。一种红色的颜料。

【句意】经常接近朱砂的人会染上红色，经常接近墨石的人会染上黑色。

【赏析】诗句以现实生活中常见的现象阐述交友和处世的道理，说明环境的熏陶，交友的感染，对一个人成长有重要影响。字面上看似叙事，实质是深刻的说理，形式上看似直陈，其实是比喻、象征，手法巧妙，喻理深刻。知名度、引用率颇高，久传不衰，并沿用至今。

★持杯收水水已覆①，徙②薪避火火更燔③。

【出处】唐代·李益《汉宫少年行》

【注释】①覆：倾覆。②徙：迁移。③燔（fán）：燃烧。

【句意】拿着杯子去收回已经泼在地上的水，是徒劳无益的；在火已经燃烧起来的时候再去搬动柴草，火会烧得更猛烈。

【赏析】说明事已成定局便难以挽救，应当事前考虑周到，并预作准备。

★胜事①谁复②论，丑声③日已播④。

【出处】唐代·韩愈《合江亭》

【注释】①胜事：美好的事情。②复：再。③丑声：不好的名声。④播：传播，传扬。

【句意】好的事情没有人议论，坏的名声却传播得很快。

【赏析】诗句与俗语"好事不出门，坏事行千里"异曲同工。

★射人先射马，擒①贼先擒王②。

【出处】唐代·杜甫《前出塞》（其六）

【注释】①擒：捉。②王：这里指首领。

【句意】用箭射杀敌人，首先应射

他骑的战马；捉拿一群贼寇，首先应捉住贼寇的首领，这样其余的贼众自然不战而降。

【赏析】《前出塞》是一组边塞诗。诗句是实战经验的总结，富于哲理的启示。诗句指出攻敌要先攻其要害，抓贼要先抓住贼人首领。马目标大易射，马倒，人不降则毙；蛇无头而不行，鸟无头不飞，敌首若被擒，敌不溃则败。这两句诗采用了类似民谣、民谚的通俗形式，说理明白，易懂易记，所以后人常常把它作为生活格言来使用。如用来说明作战要先除敌之首恶，也以比喻凡事应抓关键、抓要害，注意解决主要矛盾，这样什么事情就都可以迎刃而解。

★物①情无巨细②，自适③固其常。

【出处】唐代·杜甫《夏夜叹》

【注释】①物：自然界万物。②巨细：大小。③自适：自身感到适应外界环境。

【句意】事情没有大小之分，如果自己适应了（这种规律）那就像平常一样朴实天成。

【赏析】诗句是说人应该与万物同体同在，万物都有生存的权利。

★将欲茂枝叶，必先救根株①。

【出处】唐代·白居易《东坡种花》

【注释】①根株：树根。株，露在地面上的根和茎。

【句意】要想使树木枝翠叶茂，就得先养护好树根。

【赏析】诗句以种树为例说明欲建功绩，必先养民的道理，也可形容做事情须从关键处着手。

★大都好物不坚牢，彩云易散琉璃①脆。

【出处】唐代·白居易《简简吟》

【注释】①琉璃：一种矿石质的有色半透明体材料，常烧制成缸、盆、砖瓦等。

【句意】世间许多好东西往往并不坚固，就像美丽的彩霞非常容易消散，漂亮的琉璃特别容易破碎。

【赏析】诗句除了对美丽少女夭折感到无限痛惜外，还含有“色即是空”的感触，慨叹好人好物经不起折腾消磨，更容易及早损坏。

★物①苦不知足，得陇②又望蜀③。

【出处】唐代·李白《古风》（之二十三）

【注释】①物：指人。②陇（lǒng）：古地名，在今甘肃东部。③蜀：古地名，在今四川中西部。

【句意】人往往苦于不知足，贪得无厌。如同取得陇地，还想取得蜀地。

【赏析】诗句比喻人得寸进尺，贪得无厌。

★覆水①不可收，行云②难重寻。

【出处】唐代·李白《代别情人》

【注释】①覆水：倒在地上的水。②行云：飞走的云彩。

【句意】倒在地上的水不能再收回来，已经飞走的云再也难以找到了。

【赏析】成语“覆水难收”与此句诗意思相同，比喻某些事已成定局之后，再也无法挽回。汉代朱买臣“马前泼水”，断然回绝了贫穷时离开自己、富贵了又想回来的妻子提出的复婚要求，就是运用了“覆水难收”的道理。

★坚金①砺所利②，玉琢③器乃成④。

【出处】北宋·欧阳修《赠学者》

【注释】①坚金：坚硬的金属制成的刀剑等。②砺（lì）所利：到磨刀石上磨才会锋利。③玉琢：雕刻过的玉石。出自《诗经·卫风·淇奥》：“如切如磋，如琢如磨。”④器乃成：器物才会成功。

【句意】坚硬的金属器具只有在磨刀石上磨，才能锋利；玉石只有经过反复雕琢，才能成为器物。

【赏析】诗句启发我们：事情要取得成功，必要的客观条件固然重要，但在尊重客观的前提下，人们可以充分发挥自己的主观能动性。社会的每一项进步、每一项成果，都是人们积极努力，经过艰苦磨炼、奋斗的结果。

★欲收禾黍①善②，先去蒿莱③恶。

【出处】北宋·王安石《钱缚》

【注释】①禾黍：谷类，泛指各种粮食。②善：好收成。③蒿（hāo）莱：泛指杂草。

【句意】要想获得谷物的好收成，必须先除去危害庄稼生长的杂草。

【赏析】这两句既可仅用字面上的意思，说明农业生产中田间管理之一——锄草的重要性，也可用引申义，表现除恶扶善的重要性，或说明做任何事，要想达到目的，必须先除去不利因素。

★近水①楼台先得月，向阳花木早逢春②。

【出处】北宋·苏麟《断句》

【注释】①近水：临近或靠近水边。②向阳花木早逢春：有时被写成“向阳花木易为春”。向阳，偏向或朝向阳光。

【句意】临近水的楼台能够最先得到天上的月光；向阳的花木容易早就承受春天阳光的照射。

【赏析】宋人俞文豹《清夜录》记载：范仲淹镇钱塘时，原先的部下都得到了提拔，唯独在外当巡检的苏麟没有被提升。于是苏麟献诗给范仲淹，其中就有这两句。范仲淹见诗后，才向上推荐苏麟。作者在诗中用比喻的手法，委婉曲折地向范仲淹发牢骚。这两句诗后来简化为“近水楼台”四字，成为表示因便得利的成语。现今常用来指具有占便宜、搞“走后门”等不正之风的机会和条件，含有贬义，也有时来说明客观条件对于事业成功的重要。

★不畏①浮云②遮望眼③，只缘④身在最高层⑤。

【出处】北宋·王安石《登飞来峰⑥》

【注释】①不畏：不怕。②浮云：飘动的云彩。此处比喻保守势力。③望眼：远望的视线。④只缘：只因为。一作“自缘”。⑤最高层：顶端。比喻志向高远。⑥飞来峰：在今杭州西湖灵隐寺前。

【句意】因为我站在了飞来峰上的最高层，所以不怕山间的浮云遮住我远望的视线。

【赏析】《登飞来峰》是一首登临诗。李白曾有“总为浮云能蔽日，长安不见使人愁”（《登金陵凤凰台》）的诗句，这里作者反其意而用之。诗句借景抒情，富有气魄，形象地揭示了“只有站得高，才能看得远”的道理，表现了作者恢宏的气度、崇高的思想境界和不怕困难、立志改革的顽强意志。现在常引用这两句诗来说明“站得高看得远”的道理；或比喻掌握了正确的立场观点，就不会被假象所迷惑，而能透过纷繁的现象，看到事物的本质。

★成败极知无定势，是非元[1]自要徐[2]观。

【出处】南宋·陆游《次韵季长见示》

【注释】①元：同“原”。②徐：慢慢。

【句意】成功与失败，本来就没有固定的一成不变的格局；正确还是错误，原要慢慢观察，通过实践去验证。

【赏析】诗句启示人们：失败时不可灰心丧气，而要认真总结经验，吸取教训，争取成功；是非功过也须经过实践的检验和历史的判定，“不可以一时之得意，而自夸其能；亦不可以一时之失意，而自坠其志”（冯梦龙《警世通言·钝秀才一朝交泰》）。

★万里江山万里尘，一朝天子[1]一朝臣[2]。

【出处】明代·汤显祖《牡丹亭·虏谍》

【注释】①天子：皇帝，多指当官的。②臣：臣子，此多指属下。

【句意】万里江山，总有那万里的烟尘；一朝皇帝，总有着一朝的臣民。

【赏析】曲句指出当权者变动，下属也相应变动。这是个被人们普遍使用的俗语。语词精当，说服力很强。“一朝天子一朝臣”看你用什么观点、什么方法去认识它、对待它，它是符合唯物辩证法的，是根据事物的各种因素、条件、基础而变化的。社会事物不是一成不变的，客观情况变化了，当然主要的人和事、政策和策略均要变化。不变就行不通，旧人不能做新事，这是很自然的。所以“一朝天子一朝臣”，一般来说，它是符合社会发展规律的。

★春深水涨嘉[1]鱼味，海近风多健鹤翎[2]。

【出处】明代·吴承恩《杨柳青》

【注释】①嘉：美好。②翎：鸟的翅膀或尾巴上的长而硬的羽毛。

【句意】没有春深水涨，哪来鱼的

鲜美？没有海近风多，鹤翎哪能磨炼健劲？

【赏析】恶劣的条件正是考验锻炼的大好时机，有时坏事也会变成好事。

★一时[1]之强弱在力，千古[2]之胜负在理。

【出处】明代·冯梦龙《东周列国志》（第十四回）

【注释】①一时：短时间的，暂时的。②千古：长久的。

【句意】短时间势力的强弱可能会取决于权力的大小，但长久的胜负却取决于公理。

【赏析】公理总是会得到大多数人的支持的，公理也总会战胜强权的。虽然在某些时候，公理的力量可能会弱一些，而强权的力量可能会强一些，但这只是暂时的现象，因为得到大多数人支持的公理终究会强大起来，并最终战胜强权。这两句多用于告诫人们不要凭一时之强力取胜，也可用于说明公理最终是要战胜强力的。

才智类

知人识才

★伯乐[①]既没，骥焉[②]程[③]兮！

【出处】战国楚·屈原《九章·怀沙》

【注释】①伯乐：人名，即孙阳，春秋时人，以善相马受秦穆公赏识。②焉：怎么。③程：衡量，品评。

【句意】既然没有伯乐，谁又能识得千里马？

【赏析】诗句意谓好马不遇伯乐，即无所表现其雄才伟力。

★终[①]是君子材，还思君子识。

【出处】唐代·孟郊《衰松》

【注释】①终：既。

【句意】既然是君子一样的人才，还需要君子之人来识别。

【赏析】这是有着“济世”之志者对统治者的希冀，说明只有贤才才能发现和赏识贤才。

★人生相遇贵相知，孰谓[①]世间无伯乐。

【出处】唐代·李贺《题瘦马图》

【注释】①孰谓：谁说。

【句意】人生结交朋友最重要的是要找到知己，谁说世间没有发现千里马的伯乐呢！

【赏析】诗句是说知人识人需要能识千里马那样的伯乐，而对于伯乐这样的人才，世上任何时候也或多或少地存在着。

★不是不堪[①]为器用，都缘[②]良匠未留心。

【出处】唐代·褚载《移石》

【注释】①堪：能，可以。②缘：缘由，因为。

【句意】那些石头不是不可以拿来使用，只是因为石匠对它们不曾留心观察。

【赏析】比喻其貌不扬的人也有可用之才，关键在于选求者要有识才的慧眼。

★吾观自古贤达人，功成不退皆殒身[①]。

【出处】唐代·李白《行路难》（其三）

【注释】①殒（yǔn）身：死亡。

【句意】我纵观古今的贤能之士，凡是没有功成身退的都丢掉了性命。

【赏析】在此诗句之后，李白列举了伍子胥、屈原、李斯、陆机等贤达之士的遭遇，认为是“功成不退”造成的，这是错误的。但在另一个层面告诫人们要随遇应世，继续成就一番事业。

★疾风[①]知劲草[②]，板荡[③]识诚臣[④]。

【出处】唐代·李世民《赐萧瑀》

【注释】①疾风：猛烈的大风。此处喻乱世。②劲草：坚韧的草。劲，强劲有力。此处喻忠臣之德。③板荡：《诗经·大雅》中有《板》《荡》两篇，内容都是写周厉王统治时期黑暗动荡的社会状况。后人常用“板荡”比喻社会动荡、政局混乱之世。④诚臣：忠臣。

【句意】猛烈的大风吹过以后，弱草倒伏，唯有劲草挺立，只有这时候才能知道什么样的草是坚韧的；时局动荡，形势危急，群小自危，唯有忠臣英勇赴难，只有这时候才能识别出谁是忠心耿耿的良臣。

【赏析】《赐萧瑀》是唐太宗李世民专为称赏萧瑀而写的。“疾风知劲草”用来比喻只有在危急的紧要关头，才能考察出一个人的真正品格和节操；只有经过血与火的洗礼，才能鉴别出谁是坚定的忠勇良臣。

★古来忠烈[①]士，多出贫贱门[②]。

【出处】唐代·崔膺《感兴》

【注释】①忠烈：忠心耿耿，刚正不阿、不可侵犯。②贫贱门：指贫苦而地位低下的人家。

【句意】自古以来的忠烈之士，大都出自贫寒之家。

【赏析】作者用浅显晓畅的语言，揭示了一条深刻的哲理：“自古雄才多磨难，纨绔从来少伟男。”说明穷乡陋巷中不乏救国济民之贤才。表示一些成就大事业的人，往往出身不高。只有抱残守缺的人，才会以自己狭隘的眼光以出身和门第取人；而那些真正的成功者，无不坚信“将相本无种，男儿当自强”，用自己的双手去创造一切。

★放蹄[①]知赤骥，捩翅[②]服[③]苍鹰。

【出处】唐代·杜甫《寄峡州刘伯华使君四十韵》

【注释】①放蹄：放开四蹄奔跑。②捩（liè）翅：展翅高飞。③服：适应、了解。

【句意】让骏马放蹄奔跑，才知其良善；让苍鹰展翅高飞，才知其雄劲。

【赏析】诗句说明的是识才与用才的道理。

★时危始识不世才[①]。

【出处】唐代·杜甫《寄秋明府博济》

【注释】①不世才：有非凡才能者。

【句意】时世艰危时才能显出有非凡才能的人才。

【赏析】白天不足以显出烛光的明

亮，太平岁月不足以显出人的非凡才能，时世艰危，英雄才大有用武之地，才易于显示出自己的非凡才能并被人们所认识。

★试玉要烧三日满[1]，辨材须待七年期[2]。

【出处】唐代·白居易《放言五首》（其三）

【注释】①“试玉”句：作者自注：“真玉烧三日不热。”《淮南子·淑真训》：“神山（昆仑山）之玉，炊以炉炭，三日三夜而色泽不变。”按古代的传说：玉在火中烧三天三晚，颜色不变，如果是石头就烧化了。试，识别。满，足，达到一定限度。②“辨材”句：作者自注：“豫章木，生七年而后知。”《史记·司马相如列传》：“豫，今之枕木也；章，今之樟木也；二木生至七年，枕樟乃可分别。”辨，辨别。材，指豫树和樟树。据说这两种树生长七年之后，才能区分出来。期，一定的时间期限。

【句意】若要检验是真玉还是假玉，必须用火烧上三天三夜，看它变不变热。如果不变热，即可证明是玉，如果是石头，早就被烧化了；豫（枕木）、章（樟木）是两种不同的树木，但在幼苗时特别相似难以辨认，必须长到七年以后，才能分辨得出是豫木还是樟木。

【赏析】《放言五首》（其三）这是一组政治抒情诗，是宪宗元和十年（815）诗人被贬赴江州途中所作。当年六月，诗人因上疏急请追捕杀害宰相武元衡的凶手，遭到当权者的忌恨，被贬为江州司马。诗题“放言”，就是无所顾忌，畅所欲言。组诗就社会人生的真伪、祸福、贵贱、贫富、生死诸多问题纵抒己见，宣泄了对当时朝政的不满和对自身遭遇的愤愤不平。这两句诗以“试玉”“辨材”都要经过长期的考验为喻，告诉人们，要想知道事物的真假好坏，必须让时间去检验，衡量选拔人才，也得经过长期的严峻考验，才能把真正德才兼备的人提拔上来。后人常引用这两句诗来说明认识和判断一个人的好坏很不容易，需要经过长期深入的观察和考验，了解其全部的发展过程，全面地、历史地去衡量、去判断，才能得出符合实际情况的结论。

★圣代[1]无隐者[2]，英灵[3]尽来归。

【出处】唐代·王维《送綦毋潜落第还乡》

【注释】①圣代：圣明时代。这是封建时代臣下对王朝的敬称。②隐者：隐居不仕的人。③英灵：有德行、有才干的人。

【句意】如今是政治开明时代，绝无隐居山林的贤才，有才者纷纷出来为朝廷效力。

【赏析】落第是科举时代考试不合格不列入等第的意思，亦称“不第”或“下第”。这里指綦毋潜未考取进士。这首诗是对綦毋潜落第的劝慰。

★吾闻马周[①]昔作新丰客，天荒地老[②]无人识。

【出处】唐代·李贺《致酒行》

【注释】①马周：唐朝人。他初游长安时，路过新丰（今陕西省临潼县新丰镇），住在旅店里，受到店主的冷遇。后来他被唐太宗赏识，得到破格提拔。因为曾有这段传闻，所以被称为“新丰客”。②天荒地老：形容时间久远。

【句意】我听说马周过去曾做过“新丰客”，很长时间没有得到赏识。

【赏析】诗句是友人借古事对作者的安慰和劝勉。成语“天荒地老”（也作“地老天荒”）源于本诗。

★受知固[①]不易，知士诚尤难。

【出处】北宋·欧阳修《送荥阳魏主簿》

【注释】①固：本来，原来。

【句意】受人知遇固然很不容易，了解人才就更加困难。

【赏析】说明摸透一个人才的本质是好是坏，辨清其才干是高是低至为繁难。

★飞黄[①]伯乐不出世，四顾骧首[②]空长嘶。

【出处】北宋·欧阳修《再和圣俞见答》

【注释】①飞黄：神马名。②骧首：马快跑时昂起头的样子。

【句意】良马只有伯乐才能识别；没有伯乐即使是良马也只有独自昂头长鸣了。

【赏析】诗句是说世上人才到处都存在，只是识才、举才的人难得。

★世上岂无千里马？人中难得九方皋[①]！

【出处】北宋·黄庭坚《过平舆怀李子先时在并州》

【注释】①九方皋：春秋时人，善于相马。由于伯乐推荐，为秦穆公求千里马，不辨颜色和雌雄，却能观察马的本质。后用来比喻善于发现和识别人才的人。

【句意】世界上难道真的没有千里马吗？不过是缺少九方皋那样善于相马的人罢了。

【赏析】此诗怀念的是一位和自己一样怀才不遇的友人李子先。他将友人比作千里马，同时也是以千里马自比，为他们的不被赏识而牢骚满腹，作者自问自答，别有寄托，意在感叹知音难得，抒写无人理解的愤懑。世上不是没有人才，只是缺少能识别人才的人。

★正如奇材[①]遇事见，平日乃与常人同。

【出处】南宋·陆游《风雨中望峡口诸山奇甚戏作短歌》

【注释】①材：通“才”。

【句意】有奇才的人平时与常人一样，只有在遇到事情时，才显示出才能来。

【赏析】诗句说明只有在实践中识别人才。

★虽然大器晚年成[1]，卓荦[2]全凭弱冠[3]争。

【出处】清代·龚自珍《己亥杂诗》（三一五首之三〇二）

【注释】①大器晚年成：即大器晚成。《老子》："大器晚成，大音希声。"②卓荦（luò）：超出一般水平之上。③弱冠：指青年，古时男子二十岁行冠礼以示成人。

【句意】虽然一个人的学问成就往往到晚年才能取得成功，可是要想有突出的水平，必须靠年轻时努力奋争。

【赏析】"大器晚成"是《老子》中的一句话，意谓可担重任的大才成熟得较晚。诗句肯定了这一说法，但提出人才不会自动成熟，劝人从少年时便应抓紧时间奋发努力。

选才举贤

★他山[1]之石，可以攻玉[2]。

【出处】先秦·《诗经·小雅·鹤鸣》

【注释】①他山：别的山，一说"他山"，系山名。②攻玉：雕琢玉器。攻，琢磨、制作。

【句意】使用其他山上的粗石，同样可以把美玉琢磨成玉器。

【赏析】《鹤鸣》主要教育君王应招纳贤士、招揽人才为国所用。诗共两章，每章九句。从诗歌的表面意思看，这里的两句是说别的山上的石头，可以拿来磨制玉器。这和诗歌第一章的"他山之石，可以为错"是一个意思。原指一国的人才，也可以为另一国所用。后来比喻借他人的批评帮助来改正自己的过错，或者比喻拿别人的情况作为借鉴，虚心向别人学习，取人之长，补己之短。

★黄钟[1]毁弃，瓦釜[2]雷鸣[3]。

【出处】战国楚·屈原《楚辞·卜居》

【注释】①黄钟：古代的乐器，即青铜编钟。我国古代音乐有十二律，阴、阳各六律，阳六律的第一律为黄钟。其器形最大，声音洪亮。比喻贤士。②瓦釜：陶土制的锅。比喻进谗言的小人。③雷鸣：像雷一样发出声音。

【句意】黄钟是很好的乐器，能演奏动人的音乐，可是却被毁坏丢弃了；而陶制的瓦釜是煮饭用的，却被当作乐器敲击，有如雷一般的轰响声。

【赏析】诗句以黄钟喻指贤良志士，以瓦釜喻指无才无德的小人，揭露了楚国社会颠倒的黑暗现实。当政者轻重不分，美丑不辨，导致小人窃据高官显位，煊赫一时，气焰嚣张，而德高望重的贤良志士却被遗弃，被流放，有志难申，报国无门。后世多用这个名句形容贤才被斥逐而小人得志的情况。成语"黄钟毁弃，瓦釜雷鸣"源于此。

★举[①]贤而授能[②]兮，循[③]绳墨[④]而不颇[⑤]。

【出处】战国楚·屈原《离骚》

【注释】①举：选拔。②授能：把职务交给有能力的人。③循：遵守。④绳墨：木匠画线用的工具，比喻法度。⑤颇：偏差，不正。

【句意】选拔贤人和重用有才能的人，要遵循法则而不要走样。

【赏析】举贤授能，是屈原重要的政治主张之一，在作品里反复强调。这四字虽只在这里出现一次，但主要寄寓于“骐骥”（骏马）“众芳”（众多贤臣）等大量形象化的语言之中。

★被褐[①]怀金玉[②]，兰蕙[③]化为刍[④]。

【出处】汉代·赵壹《鲁生歌》

【注释】①被褐：披着土布衣服，指地位低下。②怀金玉：指胸有才德。③兰蕙：香花美草。④刍（chú）：喂牲口的干草。

【句意】贫穷的人虽有美好的才德，也不为人重视，就如香花美草，竟被当作草料。

【赏析】此句通过被褐怀玉、兰蕙化刍的比喻抒发作者胸有才德，渴望成就、功业而不被起用的郁闷。一个“化”字把压抑人才的黑暗社会的腐朽污浊写了出来。作者在慨叹中带有满腔激愤之情。

★贤愚岂常类，秉性[①]在清浊。

【出处】东汉·郦炎《见志诗》（其二）

【注释】①秉性：本性，性格。

【句意】尽管人的贤愚有别，但非贤者自贤，愚者自愚，关键是看自己的秉性。秉性清则志向高洁，秉性浊则品格卑污。

【赏析】作者在此处指出人的本性问题。从表面上看，人有聪明和愚笨的区别，但并非贤者自贤，愚者自愚，而是和本性有直接的关系。人的命运是掌握在自己手中的。

★周公[①]吐哺[②]，天下归心[③]。

【出处】三国魏·曹操《短歌行·对酒当歌》

【注释】①周公：姬旦，周文王之子，武王之弟，成王之叔。他曾说自己：“吾于天下亦不轻矣，然吾‘一沐三握发，一饭三吐哺’犹恐失天下之士。”这里，曹操借周公自喻，以说明自己下士求贤、建立功业的心志。②吐哺：是虚心听取别人意见和尊重对方的表示。哺，咀嚼着的食物。《史记·鲁周公世家》载，周公为了接待天下贤士，“一沐三握发，一饭三吐哺”（每次洗头总有多次停下来，握了湿的头发去见客；每次吃饭时，为了接见贤士，有多次把已在口中的饭吐出来）。③归心：民心归附。

【句意】周公谦恭地对待贤士，才使人心归附，天下统一。

【赏析】《短歌行》是一首述怀诗。作者当时身为丞相，故以周公自比。诗句借用周公吐哺的故事，抒发自己要像周公那样，礼贤下士，聚集群贤，赢得四海之内有识之士的加盟。事实上，曹操也是这样做的，他不拘一格选拔人才，多次发出求贤令，吸引了众多能人达士，使得魏国人才济济，并最终灭掉吴蜀，完成了统一。

★郁郁[①]涧底松[②]，离离[③]山上苗[④]。以彼径[⑤]寸茎[⑥]，荫[⑦]此百尺条[⑧]。

【出处】西晋·左思《咏史八首》（之二）

【注释】①郁郁：树木浓绿。②涧底松：喻有才而屈居下位的人。涧：山间流水沟。③离离：枝叶下垂或茂盛的样子。④山上苗：喻无才而有权势的人。⑤径：直径。⑥茎：树干。⑦荫：遮蔽。⑧条：树木细长的枝条。此指高大的松树树干。

【句意】郁郁葱葱生长在山涧底的松树，伟岸挺拔；长在山顶的小苗的枝干直径虽然只有寸许，但却因为地势高，其茎干竟然将涧底松百余尺高的枝干遮盖住了。

【赏析】此四句采用比兴手法，山上的小树比喻无才而有权势的世族，以涧底的长松比喻有才而居卑位的寒士。名虽咏史，实则揭露“上品无寒门，下品无世族”的西晋社会现象。这种有权势的人压制有才能的人的现象不仅晋代所独有，而普遍存在于封建社会的各个时期中。自此诗之后，后世多以“涧底松”寄托出身寒微者的感慨。如唐人郑谷《叙事感恩上狄右丞》：“顾念梁间燕，深怜涧底松。”又如白居易《涧底松》：“有松百尺大十围，生在涧底寒且卑。……高者未必贤，下者未必愚。君不见沉海底生珊瑚，历历天上钟白榆。”

★平生不解[①]藏[②]人善[③]，到处逢人说[④]项斯[⑤]。

【出处】唐代·杨敬之《赠项斯》

【注释】①不解：不会、不知。②藏：隐藏，隐瞒。③善：善事，优点。④说：此处是称许的意思。⑤项斯：晚唐诗人。

【句意】有生以来，从来不懂得如何去将别人的优点、长处藏在心里，缄口不言；如今见项斯才、德俱佳，因此我无论走到哪里，逢人便夸奖这个年轻有为的才学之士。

【赏析】唐代流传一些老一辈诗人赞扬提携年轻诗人的故事。相传士人项斯本没有名气，后以诗卷献杨敬之，杨敬之当时是国子监祭酒，相当于现在的大学校长吧，他见项斯品格好，诗写得好，逢人就讲，到处宣扬。第二年项斯就考中了进士。因此“逢人说项”一词成为著名的典故。这两句诗语言朴实，情感高尚，历来为人传诵。后人就用“逢人说项”来比喻到处赞扬某人或某事的好处，亦指为人到处说情。

★逢时[①]独为贵，历代非无才。

【出处】唐代·陈子昂《郭隗[②]》

【注释】①逢时：指郭隗遇到贤明

的君主。②郭隗（wěi）：一作郭隈，战国时燕国人。燕昭王要振兴国家，向他问计。他向昭王讲了招贤纳士振兴国家的道理，并提出先从重用自己开始。于是，燕昭王卑身厚币，为郭隗筑宫并尊以为师。此举影响巨大，乐毅、邹衍、剧辛等贤才相继来到燕国，并受到重用，燕国大振。

【句意】每个时代都有贤才涌现，要想才有所用，生逢其时是最重要的。

【赏析】诗句揭示了"历代非无才"是客观实际，"历代皆明主"却违背历史事实。举贤惜才是中华民族的传统美德。古来成大事者都十分重视人才的选拔，注重发挥他们的作用。历史上优秀政治家在选贤举能上主要有三类：一是"鲍叔类"。齐桓公想任命鲍叔为太宰，相当于后来的宰相，鲍叔则深知自己的才能不如管仲，便向桓公举荐他。管仲不负重托，勉力为之，终于辅佐桓公成就霸业。这类是力荐那些比自己优秀的人才代替自己，而自己乐居下位或退位。二是"祁奚类"。春秋时晋国任中军尉的祁奚年老请退，晋悼公问他何人能接替此职，祁奚便荐举了他的仇人解狐。将任之而解狐死，晋悼公又让他举荐，他便举荐了自己的儿子祁午。历史上留下了"外举不隐仇，内举不隐亲"的美谈。这类是以大局为重，不以个人恩怨妨碍人才的举荐与提拔。《左传·襄公三年》记述这件事时有一句很重要的话："夫唯善，故能举其类。"三是"刘备类"。即求贤若渴，视人才为国宝。刘备三顾茅庐请孔明，其爱才之心、求才之情由此可见一斑。

★大匠无弃材，寻[1]尺[2]各有施[3]。

【出处】唐代·韩愈《送张道士》

【注释】①寻：八尺，喻大材。②尺：十寸，比喻小材。③施：用。

【句意】在手艺高超的匠人手中没有可抛弃的材料，无论大材小材都会各有用处。

【赏析】这两句是用比喻的方法说明善于用人者像能工巧匠量材而用一样，使手下的人个个都能在生活中找到自己的最佳位置，充分发挥自己的作用，比喻贴切形象，说理透彻深刻。

★君功见[1]于选将，将功见于理[2]兵。

【出处】唐代·白居易《选将帅之方》

【注释】①见：表现。②理：治理，整饬。

【句意】君主的功绩表现在挑选将帅上，将帅的功绩表现在治理军队上。

【赏析】班固《汉书·晁错传》说："将不知兵，以其主予敌也；君不择将，以其国予敌也。"所以君主不择将，将帅不治兵，不仅是失职，而且会给国家带来极大的损失。相反，君主、将帅各尽其职，国家必然兴旺发达。《史记·淮阴侯列传》载刘邦问韩信说："如我，能将几何？"信曰："陛下不过能将十万。"上曰："于君如何？"曰："臣多多而益善耳”。上笑曰：“多多益善，何为为我禽?”信曰：“陛下不能将兵，而善将将，此乃信之所以为陛下禽也。”主善将，将善兵，君臣配合，必能建立强盛的国家。

★利器[①]必先举，非贤安可任。

【出处】唐代·王昌龄《上侍御七兄》

【注释】①利器：原指锋利的武器。此处喻杰出的才能。

【句意】对有才能的人，一定要首先加以重用，没有才能的人，怎么能让他去担负重任呢?

【赏析】诗句是说要任人唯贤，唯才是举。

★不有百炼火，孰[①]知寸金精。

【出处】唐代·孟郊《古意赠梁肃补阙》

【注释】①孰（shú）：谁。

【句意】不经过烈火的千百次烧炼，谁能知道这不大一块金子的精美。

【赏析】比喻只有经过严格的考验；才能显出英雄的本色。

★志士[①]幽人[②]莫怨嗟[③]，古来[④]材大难为用。

【出处】唐代·杜甫《古柏行》

【注释】①志士：坚持正义的有志之士。②幽人：幽居隐士，作者自指。作者本想为国家人民做点事，但不为统治者所欢迎，故作者用“幽人”自比，语含嘲讽。③莫怨嗟：不要怨愤嗟叹，自我安慰之词。④古来：是说不独今天，从古以来就是如此。

【句意】心怀大志与隐居山林的有识之士，不必再怨恨嗟叹了，自古以来有雄才大略的人就难为当政者所用，岂独今日如此!

【赏析】杜甫借夔州古柏的厄运，抒发“古来材大难为用”的感慨。诗咏古柏，咏诸葛亮，实际也是杜甫自咏怀抱。杜甫一生吟咏诸葛亮的诗特别多。诸葛亮才大不能尽其用，但尚有君臣际遇建功立业之机，而杜甫一生怀抱“致君尧舜上”的大志，却一再受到朝廷的摒斥。诗句人、物双关，揭示出封建社会不重人才，材大难用的本质。诗意寄慨遥深，诗风沉郁顿挫。

★回看世上无伯乐[①]，却道盐车[②]胜月题[③]。

【出处】北宋·苏轼《次韵参寥师寄秦太虚三绝句时秦君举进士不得》

【注释】①伯乐：传说古代善相马的人。②盐车：运盐的车。《战国策·楚策四》说：有匹千里马拉盐车上陡坡，拉到一半上不去，膝折腿伸，伯乐赶上，攀辕而哭，把自己衣服脱下来，盖在千里马身上。这里用以比喻有才而遭抑制，不得其用。③月题：马辔头。《庄子·马蹄》说：伯乐善治马，“加之以衡扼，齐之以月题”。这里比喻才得其用。

【句意】世上没有伯乐，明明人才不得其用却反说用得很好。

【赏析】诗句提出了人尽其才，才尽其用的用人原则。

★不须要出我门下，实用人材即至公[1]。

【出处】北宋·黄庭坚《病起[2]荆江[3]亭即事》

【注释】①至公：最大的公心。②病起：病愈。③荆江：长江自湖北枝江到湖南岳阳一段，别称荆江。

【句意】不一定非得出于自己的门下，只要从实际需要出发选拔、任用人才，也就很公道了。

【赏析】这两句诗是黄庭坚针对当时朝中派系斗争而写的。作者呼吁朝廷与当政者要出于公心，摒弃门户之见，广开选才门路，大胆提拔人才。特别提出，不应坚持人才一定出于自己门下，选拔人才着眼于实绩，这就是最大的公心。

★君要花满县，桃李趁时[1]栽。

【出处】南宋·辛弃疾《水调歌头·官事未易了》

【注释】①趁时：及时。

【句意】要想使花儿开满全县，那您就要及时地栽种桃树和李树。

【赏析】比喻要想得到众多的人才，就须及时加以培养。

★人才自古要养成，放使干霄[1]战风雨。

【出处】南宋·陆游《苦笋》

【注释】①干霄：冲上云霄。

【句意】人才自古都由培养而成，对他们须放手使用，让他们战风斗雨、志冲云霄。

【赏析】说明人才要积极培养，大胆使用。

情感类

爱 情

★窈窕[1]淑女[2]，君子[3]好逑[4]。

【出处】先秦·《诗经·周南·关雎》

【注释】①窈窕：容貌美好。②淑女：品德善良的女子。淑，好。③君子：对男子的通称。后来演绎成对有品德的人的尊称。④好逑：佳偶。逑，配偶。

【句意】美丽善良的好姑娘啊，正是英俊少年的孜孜以求的理想对象。

【赏析】这是《诗经》的开篇之作，同样也是中国式情爱诗歌的创始之作。这是一首民间情歌，用起兴的表现手法，表现青年男子对少女的倾慕思恋之情。作者由徘徊在河中沙洲的雌雄雎鸠彼此呼应的鸣叫，联想到有个温柔漂亮的少女，正是青年男子的好配偶。这样，由大自然中的雌雄鸟之间的互相吸引，自然地过渡到“君子”对于“淑女”的向往与思恋，自然含蓄地表达出青年男子对少女的热恋之情。此句诗后人常用来形容青年男子对爱情的热切追求，为后代情爱诗歌提供了充足的精神源泉。

★蒹葭[1]苍苍，白露为霜，所谓伊人[2]，在水一方[3]。

【出处】先秦·《诗经·秦风·蒹葭》

【注释】①蒹葭：一种植物，指芦荻，芦苇。蒹，没有长穗的芦苇。葭，初生的芦苇。②伊人：那个人。伊，指示代词。③在水一方：在河的另一边。

【句意】自己所思念的那个姑娘，却在水的另一边。

【赏析】这是表现相思惆怅的著名诗句。在一个白霜遍地的芦苇岸边，作者正凝视着河的另一方，思潮起伏，想念着意中的情人，但由于“道阻且长”，可望而不可即，透露出一种彷徨失望的无奈心情。情景交融，非常动人。两人相距甚远，作者能够看见她，却不能接近她，表明这种单方面深情的思念，并未赢得姑娘的芳心，所以诗句流露出一种莫名的惆怅和遗憾。

★青青[1]子[2]衿[3]，悠悠[4]我心。

【出处】先秦·《诗经·郑风·子衿》

【注释】①青青：指颜色很青。

②子：你，这里指女子思念的情人。③衿：即"襟"，指衣领。古代男学生的衣服一律是青色的衣领。④悠悠：遥远的样子。这是形容思念绵绵。

【句意】那个穿青衿衣服的小伙子，正是我思念的人儿。

【赏析】这两句是广为传诵的表现男女相思之情的名句。女子在城楼上孤单守望，期盼情郎能够出现在面前，久等不来，无端就想起了情郎身上那青色的衣襟，由物及人，表达了她渴望见到心上人的焦急心情。这两句采用了生动的借代法，不言思念情人，而说思念其青衿的悠悠深情，含蓄委婉，且把情人具体化一个身着青衣的少年。这样"悠悠我心"便有了着落。故后世怀人之诗，多用此典，而不限于男女恋人。如曹操《短歌行》直用此语，"青青子衿，悠悠我心。但为君故，沉吟至今。"表达了对贤才的无限渴慕。

★士之耽[①]兮，犹可说[②]也。女之耽兮，不可说也。

【出处】先秦·《诗经·卫风·氓》

【注释】①耽：迷恋的意思。②说：音义与"脱"相通，即为摆脱、解脱之意。

【句意】男人虽然迷恋上你，想要移情别恋或是抛弃你是非常容易的事情；但若是女子爱上男子，要想解脱出来真是难上加难。

【赏析】《氓》是中国历史上一首有名的弃妇诗。此处所引四句为弃妇根据切身体会，总结经验，告知年轻待嫁的姑娘们，不要沉溺于男子的爱情中，男人要是迷恋你，说放弃也容易。女子若是恋上男子，就无法摆脱了。

★文王[①]初载[②]，天作之合[③]。

【出处】先秦·《诗经·大雅·大明》

【注释】①文王：姬姓，名昌，周王朝的缔造者。②初载：初年；早期阶段。③合：配合。

【句意】姬昌在周王朝早期与商王之妹联姻，好像是上天给予安排，很完美地结合到一起。

【赏析】姬昌是周人心目中的圣人，是他带领部族走上强盛的道路，奠定了周王朝的雄伟基业；也是他联合众多被压迫民众，共同反抗殷商的暴虐统治，为伐纣创造了良好的条件。这里是周王朝贵族对其进行的歌颂，称赞他还在周王朝早期，就由上天赐给了他一段美好的姻缘。成语"天作之合"即源于此。后人用为赞美婚姻美满的代名词。

★有美一人，婉[①]如清扬[②]。邂逅[③]相遇，与子偕臧[④]。

【出处】先秦·《诗经·国风·郑风·野有蔓草》

【注释】①婉：美也。②清扬：眉目清秀。③邂逅：不期而遇。④臧：善。

【句意】走来一位美丽姑娘，一双秀目清澈明亮，我们偶尔这里相遇，快去找个僻静地方，对你倾诉爱慕衷肠。

【赏析】诗句写出那种与情人不期而遇的喜出望外之情。

★投[①]我以木瓜[②]，报之以琼琚[③]。

【出处】先秦·《诗经·卫风·木瓜》

【注释】①投：男女互相投赠礼物，是民间的一种求爱方式。②木瓜：蔷薇科植物，果实秋季成熟，长椭圆形，淡黄色，有香味。③琼琚：美玉。古人的衣服上常佩戴各种形状和各种颜色的玉石作为装饰。

【句意】你拿木桃送给我，我用佩玉还报你。

【赏析】这是一首民间情歌，写男女之间互赠礼物，以表达爱情。这两句是对比句，一赠木桃，一报琼琚，互为映衬。木桃、琼琚都是传情的信物。它们作为名词，在句子中都处于补语的地位，显得十分突出。运用了这些艺术表现手段，使这对男女的爱情体现得相当深厚、强烈，而又有丰富的艺术美感。后人也常用这句诗来表达自己对他人盛情的感激与回报。

★求之不得，寤寐[①]思服[②]。悠[③]哉悠哉，辗转反侧[④]。

【出处】先秦·《诗经·周南·关雎》

【注释】①寤寐：醒来和睡着。醒为“寤”，睡为“寐”。“寤”“寐”连用犹言日夜。②思服：思念。③悠：长。④辗转反侧：翻来覆去。

【句意】追求她啊追不上，男子日夜把她想。夜太长啊夜太长，翻来覆去不能忘。

【赏析】形容追求意中人，日夜思念。成语“求之不得”“优哉游哉”“辗转反侧”本此。

★谷[①]则异室，死则同穴。谓予不信，有如皎日[②]。

【出处】先秦·《诗经·王风·大车[③]》

【注释】①谷：生。②皎日：白日。③大车：大夫车。

【句意】即使我们活着不能结合同居在一室，就是将来我们死了也要合葬在一起。如果你还不坚信我这一片真情厚意，让我指天发誓让太阳作证以明心志。

【赏析】这是一位情人向心上人发出的誓言：央求她（他）同自己私奔共建美好家园。

★昏[①]以为期，明星皙皙[②]。

【出处】先秦·《诗经·陈风·东门之杨》

【注释】①昏：黄昏。②皙皙：明亮的样子。

【句意】两人相约在黄昏，情意绵绵，启明星高悬天空，熠熠生辉。

【赏析】诗句表现了青年男女在恋爱时无比喜悦的心情。

★旦[①]为朝云，暮为行雨，朝朝暮暮，阳台[②]之下。

【出处】战国楚·宋玉《高唐赋序》

【注释】①旦：清晨。②阳台：传说中的台名。

【句意】清晨，我是流动的云朵；黄昏，我是飘飞的雨滴。早早晚晚，我都在阳台的下边。

【赏析】在序文中，这是巫山神女与楚怀王梦中幽会后离去时对怀王说的话，极言其若有若无，若隐若现，形态缥缈之美。现多用“旦为朝云，暮为行雨”形容有些人行踪飘忽不定或行为难以捉摸，也以“云雨”喻男女幽会，以“阳台”喻男女合欢之所。

★低头弄莲子[①]，莲子清如水[②]。

【出处】乐府古辞《西洲曲》

【注释】①莲子：莲的种子，椭圆形，肉呈乳白色，可以吃，当中有绿色的莲心。莲：谐“怜”音，“怜”有爱的意思。②情如水：就是我对你的爱情就像水一样纯洁，表达爱慕之情。清：就是“情”。

【句意】她正爱着一个男子。于是她低下头去，玩弄着莲子，默默自语：“莲”即“怜”，“怜子”明白吧？我对你的爱情就像水一样纯洁。

【赏析】两句诗写采莲女在劳动中，忽然被莲子引起她的心事，表现全心沉醉在爱情的幻想里。隽永含蓄，不深奥，不俚俗，耐人玩味。

★山有木兮[①]木有枝[②]，心说[③]君[④]兮君不知。

【出处】汉代·刘向《说苑·善说》载先秦越人歌

【注释】①兮：啊。②枝：“知”的谐音。③说：通“悦”，喜欢。④君：你。

【句意】山中有树木啊，树木有树枝，心里面喜欢你啊，你却不知道。

【赏析】诗句运用语音双关的修辞手法，以“木”喻人，意思是说山上有树木，树木也知情，人非草木，孰能无情。用以形容爱慕某人而对方却不知道，或形容对所爱之人并不知情的遗憾或烦恼。

★愿得一心人，白头[①]不相离。

【出处】汉代·卓文君《白头吟》

【注释】①白头：一本做“白首”。言终身相伴到老。

【句意】只希望得到有情人的真心，与之相爱终生，白头偕老，生死也不分离。

【赏析】司马相如与卓文君私奔后在街市上开了一个酒肆，当垆卖酒为生。生活艰难，但两人感情日深。后来，司马相如得到汉武帝的重用，任中郎将奉诏令到蜀郡。太守以下郊迎，县令负弩矢前驱，非常荣耀。后司马相如久居京城，赏尽风尘美女，再加上官场得意，竟然产生了弃妻纳妾之意，曾经患难与共、情深意笃的日子此刻早已忘却，哪里还记得千里之外还有一位日夜思念丈夫的妻子。文君独守空房，日复一日、年复一年地过着寂寞的生活。于是毅然写下了这篇流传于世的《白头吟》，并附书："春华竞芳，五色凌素，琴尚在御，而新声代故！锦水有鸳，汉宫有木，彼物而新，嗟世之人兮，瞀于淫而不悟！"随后再补写两行："朱弦断，明镜缺，朝露晞，芳时歇，白头吟，伤离别，努力加餐勿念妾，锦水汤汤，与君长诀！"卓文君哀怨的《白头吟》和凄伤的《诀别书》，使司马相如大为感动，想起往昔恩爱，打消了纳妾的念头，并给文君回信："诵之嘉吟，而回予故步。当不令负丹青感白头也。"此后不久相如回归故里，两人安居林泉。卓文君写《白头吟》不仅使夫回心转意的故事遂传为千古佳话，也成为后人常用的词牌。

★盈盈①一水间②，脉脉③不得语。

【出处】汉代·无名氏《古诗十九首·迢迢牵牛星》

【注释】①盈盈：水清浅的样子。一说指女子仪态美好。②间：隔。③脉脉：含情互相对视的样子。

【句意】牛郎、织女彼此只隔着一条清浅的银河，却只能远远地脉脉相视，无法倾诉肺腑之言。

【赏析】这是一首思妇诗。全诗描绘了一个极其美丽的碧海青天的梦幻世界，借牛郎织女的神话故事，抒写女子离别相思的绵绵情思，这是最后两句。诗句写的是天上牵牛织女的悲哀，其实是人间情侣的不幸。抒发了离别相思的哀怨，也反映了对纯洁美好爱情生活的追求。

叠字的运用，使得音节流畅，细腻地表达出情人之间的丰富感情。"盈盈""脉脉"两句的意境对后代的情诗产生了深远的影响。

★君①当作磐石②，妾③当作蒲苇④。蒲苇纫⑤如丝，磐石无转移。

【出处】汉代·无名氏《孔雀东南飞》

【注释】①君：尊称，相当于"您"。②磐石：巨大的石头。③妾：古代女子表示谦卑的自称。④蒲苇：均为水草名。⑤纫：同"韧"。又柔软，又结实，不容易折断。

【句意】你当作磐石，我当作蒲苇；蒲苇柔韧坚固得有如蚕丝，磐石也是永远固定不会转动。

【赏析】《孔雀东南飞》又名《古诗为焦仲卿妻作》。是我国古代最长的叙事诗，写焦仲卿、刘兰芝夫妇因焦母所迫分离而双双自杀的悲剧故事。焦仲卿、刘兰芝夫妇原本十分恩爱，因为焦母不喜欢兰芝，仲卿无奈将兰芝休回娘家。两人分别之时，焦仲卿对刘兰芝发誓说一定不会辜负她，不久就会接她回来。刘兰芝当时就对丈夫说了上面这几句话：夫君您就像山中的磐石一般坚毅不易移转；而我就像水中的蒲苇一样，坚韧不易拉断。表明即使两人被强行分开，感情亦不会中断，两人的心会永远在一起。后人常用来表达男女恋情的忠贞不渝，永不变心。

★结发①同枕席，黄泉②共为友。

【出处】汉代·无名氏《孔雀东南飞》

【注释】①结发：束发。指成年，古代男女成年时要把头发绾上，成年的标志是男子二十岁行冠礼，女子十五岁行笄礼。②黄泉：指地下。

【句意】结发夫妻生时同床共枕，死后愿能在地下相依相伴。

【赏析】这是焦仲卿在母亲面前表述自己对兰芝的感情，希望母亲改变对兰芝的偏见时说的话。写作上采用直陈其事的手法剖白心迹，但又不是一览无余。如"黄泉""结发""为友"都是陈述的口气，但都不是直说，"黄泉"为"死后"，"结发"为"成年"，"为友"是"合葬"的代名同。这样陈述中显得文雅，于直叙中显得含蓄，诗文多变，富有艺术的魅力。

★南山一桂树，上有双鸳鸯①。千年长交颈②，欢爱不相忘。

【出处】汉代·无名氏《古绝句》

【注释】①鸳鸯：古称"匹鸟"，雌雄偶居不离，常用以比喻夫妇。传说人得其一，另一则相思而死。②交颈：两颈相依，表示亲密，后多用于比喻夫妇之亲爱。

【句意】南山的一棵桂树上，栖居着一对鸳鸯。它们两颈依偎，千年厮守，欢乐相处，永不忘怀。

【赏析】这首诗是汉人流传下来的最早的吟咏鸳鸯忠于爱情的诗篇。其实，在动物界很多禽、兽都恪守着一夫一妻制，成双成对地生活在一起。据动物学家研究：野生的灰雁，当雄雁有了自己的配偶，绝对忠贞不贰，甚至丧偶后，多半也不另寻新欢，宁愿独守其身。水獭也是一夫一妻制的好例子，它们共同筑窠、猎食，抚养小水獭，一旦有其他水獭闯入，就会全力赶走它。英格兰的大脚鹅、乌干达的羚羊也是忠于配偶的模范，可惜它们没有像中国的鸳鸯那样，被视为夫妇的象征，并被赋予"爱情之鸟（兽）"的美名。

★我既媚①君姿，君亦悦我颜。

【出处】三国魏·繁钦《定情诗》

【注释】①媚、悦：即喜欢的意思。

【句意】我欣赏你俊美飘逸的身姿，你倾慕我娇媚靓丽的容颜。

【赏析】女子出门游玩，偶遇男子，两人一见倾心。于是迅速坠入情网，开始了一段浪漫缠绵的爱情生活。

★少年窈窕①舞君前，容华②艳艳③将欲然④。为君娇凝⑤复⑥迁延⑦，流目⑧送笑不敢言。

【出处】南朝宋·汤惠休《白纻歌三首》（之二）

【注释】①窈窕：指女子文静而容

颜美好。②容华：容颜华丽。③艳艳：美艳。④然：通“燃”。如火般鲜艳。⑤凝：止。⑥复：又。⑦迁延：拖延，迟缓。这里指放慢舞步。⑧流目：目光流转。

【句意】年少的《白纻》舞女，姿态窈窕，舞蹈于郎君之前，她容颜灿烂，像将要燃烧的火焰那样鲜艳。为了心上人，她目光娇凝，舞步迟缓，但那番情意却不敢明言，只能在目光中流露，在微笑中暗送。

【赏析】汤惠休所创作的《白纻歌》，今存有三首。这是写得最好的第二首中的几句诗。诗句着力刻画了这位女子羞于吐露爱情的娇痴情态。

★奈何[①]许[②]，天下人何限，慊慊[③]只为汝。

【出处】南朝·乐府民歌《华山畿二十五首》

【注释】①奈何：怎么办。②许：语气助词，无实义。③慊慊（qiè）：心中有所记挂。

【句意】怎么办啊，天下的人多得很，但我只是想着你。

【赏析】形容对爱情的专一，对人或事物执着的爱。

★梧桐[①]相待老[②]，鸳鸯[③]会双死[④]。

【出处】唐代·孟郊《烈女操[⑤]》

【注释】①梧桐：落叶乔木，又叫“青桐”。树干很直，木材可制器具，又可入药。这里是根据古代传说：梧是雄树，桐是雌树，与下句的“鸳鸯”对举。②相待老：即是说梧和桐同长同老，同生同死。③鸳鸯：水鸟，雌雄成对，日夜形影不离。④会双死：鸳鸯雌雄不离，一只死了，另一只绝不独生，也就是同生同死的意思。⑤烈女操：古《乐府》属《琴曲》歌词。烈女谓重义轻生的女子。这里指贞节有操守的妇女。这首诗是歌颂贞妇的节操。这里的“烈女”似乎也是作者誓不与豪门贵宦同流合污的自我写照。

【句意】梧桐树相偕老去，而鸳鸯一只死了，另一只也绝不独生。

【赏析】这首《烈女操》表现了热恋当中的女子对爱人痴心执着、忠贞不渝，同爱人白头到老、同生共死的热烈爱情。“梧桐相待老，鸳鸯会双死”含“生是你的人，死是你的鬼”之意，发出了强烈的爱情誓言。

★心心复心心，结爱务在深。

【出处】唐代·孟郊《结爱[①]》

【注释】①《结爱》：题目一作《古结爱》

【句意】两人相爱，就要心心相连，心心相印，务求爱得执着，爱得深笃。

【赏析】此诗句是《结爱》诗的开头两句。作者开篇点题，提出男女既要结爱就不能停留在口头上，而要在各自的心灵深处相亲相爱，这样的爱植根于感情的沃土，割去了物欲的牵累，摆脱了世俗的羁绊，产生了情感的契合和心灵的共振，它足以打破时空的阻隔，使两颗心紧紧依偎在一起。这才算是纯洁的爱，高尚的爱。这两句看似平淡的诗，却是这首诗的灵魂所在，也代表了诗作者的爱情观。

★得成[1]比目[2]何辞[3]死，愿[4]作鸳鸯[5]不羡仙。

【出处】唐代·卢照邻《长安古意》

【注释】①得成：能够成为。得，能够。②比目：即比目鱼，又名鲽，身体扁平，双目都在身体一侧，游动时相配成对，四目相比。人们常用这种鱼来比喻夫妻成双。③何辞：推辞什么，表示毫不惧怕。④愿：希望。⑤鸳鸯：鸟名，古称匹鸟，经常雌雄相随不离，总是成双成对的飞翔。人们常用这种鸟来比喻恩爱夫妻。

【句意】如果能像比目鱼那样成双作对，真情合一，就是死了也不会推辞！如果能够像鸳鸯一样相亲相爱，忠贞不渝，就是神仙也不去羡慕！

【赏析】《长安古意》是一首描写长安繁华生活的七言长诗。这两句诗运用了互文的修辞手法，描写了对钦慕的对象热烈盼望的狂热心境：只要可以和你像比目鱼、鸳鸯鸟那样长相厮守，我就连死也不怕，连神仙也不愿去做，极言情人对爱情的思慕渴望，不惜以生死相许。后人常引用这两句诗写有情人对爱情欲生欲死、魂迷神痴的渴慕盼求。

★花红易衰[1]似郎意，水流无限似侬[2]愁。

【出处】唐代·刘禹锡《竹枝词九首》（之二）

【注释】①衰：凋谢。②侬：吴语，我。这里是女子自称。

【句意】花的红艳很容易衰败，如同郎君对我的情意；流水永无休止，恰像我心中无尽的愁思。

【赏析】诗句写纯真而深情的少女在爱情受到挫折时的愁怨。兴中有比，比中有兴，将比兴抒情合二为一，颇具特色。“花红”象征爱情的炽烈，“易衰”则是少女自己的担心。她害怕失去情人的爱，故而生出“愁”来，这“愁”就像春水一样永无限制地流着。“水流无限似侬愁”，这一句与后来李煜《虞美人》中的名句“问君能有几多愁，恰似一江春水向东流”有异曲同工之妙。

★在天愿作比翼鸟[1]，在地愿为连理枝[2]。

【出处】唐代·白居易《长恨歌》

【注释】①比翼鸟：古代传说中的一种鸟，据说雌雄两鸟各有一目一翼，并在一起才能飞行。《尔雅·释地》：“南方有比翼鸟焉，不比不飞，其名谓之鹣鹣。”常用来比喻恩爱夫妻相互依存。②连理枝：两棵树不同根却树干或枝生在一起，好像一棵树一样，叫作连理。也比喻恩爱夫妻同心相连。

【句意】如果是在天上，我们愿意化作雌雄比翼双飞的鸟儿；如果是在地上，我们愿意变成那枝干彼此缠绕的连理枝。

【赏析】这两句诗是杨贵妃死后升仙，见到唐玄宗的使者临邛道士，让他传递当年杨李两人定情的信物，并重温誓言：在天愿做比翼双飞的鸟儿，在地愿做根异枝连的树枝，从天到地，形影不离地生活在一起。这两句誓言，也是后世情侣最喜爱的两句誓词。

★天长地久有时尽①，此恨②绵绵无绝③期。

【出处】唐代·白居易《长恨歌》

【注释】①尽：完，结束。②恨：遗憾，后悔。即指唐明皇再也见不到杨贵妃的生离死别之恨。绵绵：连绵不断的样子。③绝：终，完结，穷尽。

【句意】天那么长，地那么久，但总有穷尽的时候；唐明皇对杨贵妃刻骨铭心的生死相思，永无相见的绵绵思念，却永远也没有终结的时候。

【赏析】这两句诗是《长恨歌》的收篇绝唱，渲染了全诗"长恨"的主题，表现了虽然唐明皇和杨贵妃之间爱情分外的坚贞，生离死别的遗憾却是无法消除。后人常引用此句时，并不仅限于感情之事，人间有太多的痛苦，都可用"天长地久有时尽，此恨绵绵无绝期"来表示那份永无休止的悲恨。"天长地久有时尽"这句诗现在用来说明事物发展变化的规律。宇宙间一切事物都有生长、发展、衰亡的过程；永恒不变、万古长存的事物是很少的。

★感君松柏化为心①，暗②合双鬟③逐君去。

【出处】唐代·白居易《井底引银瓶》

【注释】①松柏化为心：指男子指松柏为誓，要像松柏经冬不凋一样，对女子的爱情坚贞不贰，永不变心。②暗：指背着父母兄长。③合双鬟：古代少女发式梳为双鬟，结婚后即合二为一。

【句意】感激你心如松柏爱情专一，我决心背着父母随你去私下结合。

【赏析】这首诗写一位"有殊姿"的妙龄女子，在花园短墙边遇到一个骑白马的翩翩少年。两人"墙头马上遥相顾，一见知君即断肠"，邂逅相遇，一见钟情。接着少年指松柏自誓，使这位勇敢的女性立刻作出了大胆的抉择，为了主宰自己的命运，追求个人的幸福，她全然不顾"父母之命，媒妁之言"的古训，不怕承担"淫奔之私"的恶名，决然与自己选择的"白马王子"私自结合。这是不被封建礼教认可的婚配形式，也正因此显示出这位不知名女子思想解放的光辉。作者作此诗的目的是"止淫奔"，维护封建礼教，而客观效果上却是歌颂了争取婚姻自主的反礼教的人物形象。

★何当①共剪②西窗③烛，却话④巴山⑤夜雨时。

【出处】唐代·李商隐《夜雨寄北》

【注释】①何当：何时能够。②剪：剪去烛心结成的灯花，使蜡烛的光焰更明亮。③西窗：住室西边的窗户。④却话：回忆、追溯过去而谈的话题。却：还，再。⑤巴山：今四川、陕西、湖北交界处的大巴山。这里泛指四川境内的山。

【句意】不知什么时候我们才能重逢相聚，与你一同坐在西窗下，亲切地交谈，剪去灯上结成的烛花，来回忆今天这个巴山夜雨之时，我对你无限思念的心情。

【赏析】作者因无法回家与妻子相聚，在秋夜冷雨之中备感思亲之苦；因而想象将来回家见到妻子后，将自己今晚对妻子的思念之情告诉她。诗句由“何当”而望来日，又由“却话”而想今夕。因今夕之苦而想象来日之甜，而来日之甜更加衬托出今夕之苦，诗歌因此显得委婉含蓄，余味无穷。表达了作者羁旅的愁苦和思恋的真情。成语“西窗话雨”“西窗剪烛”，即由这两句诗简缩而来，现今所指不限于夫妇间的思念之情，已成为怀念同窗老友，盼望能再相聚的用语。

★风花日将老，佳期犹渺渺；不结同心人，空结同心草①。

【出处】唐代·薛涛《春望词》

【注释】①同心草：是一种比喻爱情的草，采摘同心草编成的同心结，用以象征坚贞的爱情。

【句意】美好年华即将逝去，自己却依然是孤身一人，每每都在期待着真情的到来，只有结着同心草盼望着爱情，结婚的佳期还不知道是什么时候。

【赏析】公元809年，薛涛与元稹相遇相识并相爱，然而元稹最终还是离开了她，一去不返，此诗就是在这种等待中为爱情的煎熬而写。诗句从女性角度抒发了美人迟暮之感，还有淡淡的怅惘、幽恨和愁叹。

★枕前发尽千般愿，要休①且待青山烂。

【出处】五代·无名氏《菩萨蛮》

【注释】①休：罢休，双方断绝关系。

【句意】在枕边发尽了千百种的誓愿，爱恋要休止无非到了郁郁葱葱的青山腐烂。

【赏析】词句是爱情誓词，写一位恋人在最幸福的时刻向其所爱者的陈词。作者在诗中连用了六个极为奇妙的比喻（“青山烂”“水面上秤锤浮”“黄河彻底枯”“白日参辰现”“北斗回南面”“三更见日头”）表白坚贞不渝的爱情，充分显示了主人公的至情至性。这首唐代的无名氏之作，其内容、格调及表现方式都可与汉代著名民歌《上邪》相媲美。这两首诗感情之奔放，爱情之炽烈，比喻之奇特，语言之明快，都是非常惊人的，可以说是古代带有民间风味的爱情诗歌中的两颗明珠。

★两情[1]若是久长时，又岂[2]在朝朝暮暮[3]？

【出处】北宋·秦观《鹊桥仙·纤云弄巧》

【注释】①两情：两个有感情的人。指彼此相爱的男女双方。古乐府《孔雀东南飞》："举手长劳劳，两情同依依。"②岂：难道，怎么。③朝朝暮暮：每日每夜。指朝夕相处，形影不离。战国楚人宋玉《高唐赋》写巫山神女，有"妾在巫山之阳，高丘之阻，旦为朝云，暮为行雨，朝朝暮暮，阳台之下"的语句，后来"朝朝暮暮"演变为成语，用以形容从早到晚，或时时刻刻。

【句意】只要咱们双方永久相爱，真挚不移，经得起长久的考验，又哪在乎时时刻刻厮守在一起呢！

【赏析】《鹊桥仙·纤云弄巧》是一首咏七夕的词。从来七夕词都写牛郎织女的离愁别恨，已成旧套。但秦观在这里借用牛郎、织女的神话却提出了一个正确的恋爱观：即真正的爱情，不在乎朝夕相伴，而在于感情的持久纯真，经得起分离的考验。这两句词揭示的恋爱观是相当可取的，将爱情的质量升华到一个新的高度，在唐宋诗词中极为罕见，即使在今天，也具有一定的现实意义。正因为如此，可谓字字珠玑、落地有声的警策之语。可以用来表白忠贞不渝的爱情，安慰那些为了追求理想、忠于事业而不得不暂时分离的情侣。

★夜月一帘幽梦，春风十里柔情[1]。

【出处】北宋·秦观《八六子·倚危亭》

【注释】①"春风"句：由杜牧诗"春风十里扬州路，卷上珠帘总不如"脱化而来。

【句意】在夜月清明的良辰，深深的绣帘中，忘不了我俩曾有过甜蜜的梦境；在那十里长街富丽如春风中繁花开放，忘不了她那温馨缱绻的柔情。

【赏析】此词写作者与他曾经爱恋的一位歌女之间的离别相思之情。宋神宗元丰年间，秦观在扬州意外地遇上一位多情的女子。一帘幽梦，十里柔情，时时萦绕在他的心头。这两句词就是描写往昔两相爱悦、欢愉不尽的日日夜夜。

★衣带渐宽[1]终不悔，为伊[2]消得[3]人憔悴[4]。

【出处】北宋·柳永《蝶恋花·伫倚危楼风细细》（一作《凤栖梧》）

【注释】①衣带渐宽：指因为消瘦而显得衣服宽大，形容人渐渐消瘦。语出《古诗十九首》"相去日已远，衣带日已缓。"②伊：她，指意中人。③消得：值得。④憔悴：形容人消瘦，脸色不好看。

【句意】我依恋她，思念她，人越

来越消瘦，连衣服也显得越来越宽大了，但我始终都不后悔，为了她而变得面容憔悴是值得的。

【赏析】《蝶恋花·伫倚危楼风细细》又题为《凤栖梧》，是一首伤春怀人词。这两句词生动地表达了作者因想念意中人而睡不着觉、吃不下饭，身体越来越消瘦，即使衣服、腰带渐渐地变得宽大起来也不觉后悔，宁愿接受相思的折磨，为意中人神情憔悴，痛苦万分。“衣带渐宽”写身体外形的变化，“憔悴”写神情的变化，两者结合起来，可谓形神兼备地描写出爱情力量的伟大；“不悔”则表现出作者对爱情的执着追求、对意中人的痴情。这两句词所表达的执着的爱情、无私奉献的精神，引起了人们普遍的同情和赞赏，成了人们理想爱情的榜样。所以，后人常用“为伊消得人憔悴”这句名言，来形容一个人甘愿为情所困，为爱所苦，始终不悔的决心和意志。清末词论家王国维对这两句词的运用发生了嬗变。他用“衣带渐宽终不悔，为伊消得人憔悴”来表达“古今之成事业、成大学问者必须经过三种之境界”中的第二种境界。

★殢[①]云尤雨，有万般千种，相怜相惜。

【出处】北宋·柳永《浪淘沙慢》

【注释】①殢（tì）云尤雨：古代以云雨喻男女交合，诗文中泛称沉浸于男女欢情为殢云尤雨。

【句意】我们沐浴温柔云雨，沉浸在欢乐的爱河里，说不尽的万种千般恩恩爱爱，还有那卿卿我我的相怜相惜。

【赏析】这首词写羁旅在外的游子浪客对恋人的相思之情。词句描写主人公夜半酒醒时，追思以往与恋人相怜相惜之事，向她诉说无尽相思之情。词句直抒胸臆、感情真挚，并不觉得轻佻浮薄，应该说这是作者生活方式的真实写照和生活情趣的自然流露。

★系我一生心，负[①]你千行泪。

【出处】北宋·柳永《忆帝京·薄衾小枕凉天气》

【注释】①负：辜负。

【句意】我一生一世把你永远放在心上，但是不能相见，也只能辜负你的千行泪水了。

【赏析】这首词是作者写与自己心爱的人分别后那种依依不舍的相思之情。最后表达了对爱人的感情：我对你一生一世都不会忘记，事情也只能如此，即使是对你情深似海、万般难以割舍，也只能是终将有负于你了。作者对爱人情深似海，但迫于生计，只能做了负心人，落拓风尘之感油然而生。

★算得[①]人间天上，惟有两心同。

【出处】北宋·柳永《集贤宾》

【注释】①算得：料想。

【句意】料想（无论）是世间的哪

里（从天上到人间），只有我们两人的心思是相同的。

【赏析】词句表达了作者对爱情的执着追求。

★千娇面[①]、盈盈[②]伫立[③]，无言有泪，断肠争[④]忍回顾?

【出处】北宋·柳永《采莲令》

【注释】①娇面：娇柔的脸蛋，此指佳人。②盈盈：妩媚多情的样子。③伫立：久立。④争：即“怎”。

【句意】那千娇百媚、亭亭玉立的佳人啊，此时只一动不动地站在门前，满面泪水犹如断线珍珠，顺着脸面不停地往下流。我肝肠欲断，怎忍心回头，使我们的目光相遇?

【赏析】词句细致地写出离别恋人临别时彼此凄苦心情。

★无情[①]不似多情[②]苦，一寸[③]还成千万缕[④]。

【出处】北宋·晏殊《玉楼春·绿杨芳草长亭路》

【注释】①无情：指在外的无情人。②多情：指在家思念苦闷的人。③一寸：本指纺织物，这里比喻相思之心。南唐李煜《蝶恋花》云：“一寸芳心千万绪，人间没个安排处。”④千万缕：本指千万缕的线，这里比喻无穷的离情别恨。南唐冯延巳《蝶恋花》云：“心若垂杨千万缕。”

【句意】那些无情人啊，哪像我这个多情之人这么痛苦；我思念离别的情人，每一寸愁肠都化作了千万缕相思愁绪。

【赏析】一个少女与所爱者分离，为相思之苦所折磨，因而说出这样的两句。人们无情则无烦，铁石心肠者不会流泪；而感情丰富的人势必多愁善感，引来许多痛苦。然而，尽管这个少女懂得这点，她却仍然陷入了无法摆脱的相思。作者运用比喻手法，将“多情”与“无情”对比，“一寸”与“千万缕”对比，夸张地形容多情主人公的离愁比一般人更多，突出了抒情主人公内心被离愁煎熬的极度苦痛。“无情不似多情苦”是同情多情人为多情而苦，可以借用来劝慰多情人，不必为无情人的无情而太过痛苦，也可以用来指责无情人的薄义寡情。

★伤高怀远几时穷[①]？无物似情浓。

【出处】北宋·张先《一丛花令·伤高怀远几时穷》

【注释】①穷：尽，这里有了结之意。

【句意】登高眺远，无限伤感，心中思念远方的恋人，这样的情形何时能结束呢？世界上再没有任何事物能像爱情这般强烈动人的了。

【赏析】这是一首伤别念远的闺怨词。这两句词直抒胸臆，突出思妇念远的真情和执着。“无物似情浓”这一比喻，将抽象的“浓情”强调到世间无物可比的程度，更将离恨推到无以复加的地步，也表达出愁思的迷离纷扬，无处不在。

★心似双丝网[①]，中有千千结。

【出处】北宋·张先《千秋岁》

【注释】①双丝网：用双丝缕结成的网，形容其紧密牢固。丝：与“思”谐音双关语。

【句意】我们相爱的心犹如双双交织的丝网，个中有数不清的情结，已经把我们紧紧地联系在一起了。

【赏析】词句写爱情遭到外来的压力时，表达双方相爱的心像双丝织成的网，通过千万个结，把彼此牢牢地拴在一起，谁也无法破坏它。作者巧妙地运用了汉字的特点，以“丝”来隐喻情思，以“网”来象征情网，以“结”来比喻两人的团结一致，含蓄地表达出对爱情的坚贞与执着。“丝”谐“思”，爱情中人们通过千万个结把彼此牢牢系在情网里。“心有千千结”比喻牢固的爱情，今天还比喻心里存在着难解的困惑。

★此水几时休[①]，此恨何时已[②]。只愿[③]君心似我心，定不负相思意！

【出处】北宋·李之仪《卜算子》

【注释】①休：停止。②已：完结。③“只愿”两句：五代后蜀顾夐《诉衷情》词：“换我心，为你心，始知相忆深。”作者受此启发，翻用其意。

【句意】悠悠的江水啊，什么时候不再流？我对你相思情，什么时候才是尽头？但愿我的心愿，就是你心愿，那这一片深情，定不会白白地辜负！

【赏析】有些词人用江水比喻“愁”，而作者用江水比喻“情”，愁是痛苦的，情是甜蜜的。以长江的水永不枯竭来表示爱情之花永不凋谢，多么有情味！

★凌波[①]不过[②]横塘[③]路，但目送，芳尘[④]去。

【出处】北宋·贺铸《青玉案·横塘路》

【注释】①凌波：形容女子走路轻盈，好像凌驾于水塘之上。②过：来到。③横塘：地名，在苏州西南十里，景色清幽，当时贺铸居住其间。④芳尘：美人走路时扬起的芳香的尘土，比喻美人的踪迹。

【句意】那步姿轻盈的美人不来到横塘路，我只有目送她的芳踪渐渐远去。

【赏析】这两句写一见倾心而又一厢情愿的感情波澜。作者见到一位“凌波微步，罗袜生尘”（见曹植《洛神赋》）的美丽女子，便生倾慕之心。但对方并不知晓，只顾走自己的路。作者只能痴立呆望，目送她“芳尘”远去，直到消失。美人已经无影无踪，作者心中的感情波澜却不能平复，仍然满怀惆怅。这是一段来得突然而又没有结果的爱情，有类似遭遇者可以化用。

★众里[①]寻他[②]千百度[③]，蓦然[④]回首，那人[⑤]却[⑥]在、灯火阑珊[⑦]处！

【出处】南宋·辛弃疾《青玉案·元夕（东风夜放花千树）》

【注释】①众里：人群里。②他：此同“她”，指意中的女子。③百度：千百回。度：回，次，遍。④蓦然：偶然，忽然，突然，不经意地。⑤那人：指所爱的人。因为是念念不忘的人，不必提名道姓，所以用“那人”代替。⑥却：还，且。⑦阑珊：稀疏，零落的样子。此指灯火稀少、将尽。

【句意】在熙熙攘攘的人群里，我千百次地寻找她，竟然不见踪影。忽然回头望去，发现她却待在灯火稀少的僻静处！

【赏析】《青玉案·元夕》是一首元宵词。此词写主人公在热闹的元宵灯节之夜，在欢乐的人群中寻找他所思念的“那人”，最后偶然得以巧遇。全词前面极力描写满城火树银花、人群狂欢笑语的热闹情景，也全是为了反衬出“灯火阑珊处”的“那人”，不慕繁华，自甘寂寞，孤独与失落。这正是作者自己向往抗金北伐却被排斥罢黜的现实境遇的象征写照，寄托了自己不随波逐流、依附权势的情怀。词句构思精巧，笔调深沉，语言朴素，是词中的警句。清人王国维曾以这四句词来比喻古今成大事业、大学问者经历的三种境界的第三种境界。写人在艰难追寻的过程中，饱经风霜、千辛万苦而追求的理想，终于出现在眼前的欢欣与喜悦。现在常引用这四句词来比喻一种朝夕苦求而蓦然获得后的惊喜若狂的心境。

★红酥手[①]，黄縢酒[②]。满城春色宫墙[③]柳。

【出处】南宋·陆游《钗头凤·红酥手》

【注释】①红酥手：红润细软的手。②黄縢酒：即黄封酒。宋时官酒上有黄纸封口叫黄縢酒。縢，封缄。③宫墙：这里指宋高宗赵构在绍兴建立南宋小朝廷初期留下来的宫殿遗址。

【句意】红润细软的手捧来黄縢酒，春色满城，宫墙边垂着依依杨柳。

【赏析】《钗头凤·红酥手》是一首爱情词，写的是作者自己的爱情悲剧。陆游与表妹唐琬成婚，夫妻恩爱情深，无奈陆母不喜欢唐琬，硬逼两人离婚。后来陆游再娶，唐琬也已改嫁。有一次，陆游在沈氏家园无意中遇见唐琬夫妇，陆游追忆往事，伤感不已，于是在墙壁上写下这首词。这三句词是作者对往昔生活温馨的回忆。词句语言明快，色彩鲜丽，既有美人，又有美酒，还有美景，是作者描写美满爱情生活的名句。

★春如旧，人空瘦，泪痕红浥[①]鲛绡[②]透。

【出处】南宋·陆游《钗头凤·红酥手》

【注释】①浥（yì）：沾湿。②鲛绡（jiāo xiāo）：神话传说中鲛人（人鱼）

所织的丝绢，后指丝织的手帕。

【句意】春光还和过去一样美好，人却因苦于绝望的相思而白白消瘦；那混合着脂粉的红色泪痕，把你的绢帕湿透。

【赏析】这首词是陆游三十一岁时为在沈园偶然相遇的前妻唐琬而作。唐琬本是陆游的表妹，婚后夫妻感情很深，因陆母不喜欢唐琬，二人被迫离异。后唐琬改嫁赵士程，陆游也被迫另娶，但旧情一直难忘。数年后的一个春日，陆游怀着郁闷的心情独游沈园，正好唐琬和赵士程也来游览，唐琬派人给陆游送酒肴致意，陆游“怅然久之”，在园壁上写下了这首悲痛欲绝的《钗头凤》词。这几句是下阕的开头，写当时作者眼中所见到的唐琬形象：相思的煎熬使她容颜消瘦，滚滚的珠泪把绢帕浸透。这种相思是永远得不到报偿的相思，唐琬郁结的心情再也不会宽解，所以她的消瘦是徒然的，那背着人偷偷流淌的红泪也是白流的。一个“空”字，寄寓着极为深重的痛苦。词人不说自己的消瘦、自己的泪痕而纯从对方着笔，这就在抒写悲怀之余，还流露出怜惜唐琬的一片深情。

★但愿暂成人缱绻①，不妨常任②月朦胧。

【出处】宋代·朱淑真《元夜》

【注释】①缱绻（qiǎn quǎn）：感情好得离不开。②任：听凭。

【句意】但愿暂时成全我们享受爱情的缠绵温存，不妨让那月亮总是朦朦胧胧。

【赏析】唐宋时期有元夕观灯的习俗，给女子与意中人相会提供了绝好的机会。但十五的月亮皎洁明亮，而情人的幽会则不需要有如此“透明度”的，朦胧的月色倒给喃喃私语提供了最适宜的氛围。因此她产生让月光永远朦胧的愿望，以便给短暂的幽会增添些含蓄和诗意。两句用来表现恋人渴望相聚、不愿分离的心情，十分恰切。

★问世间、情是何物？直教①生死相许②！

【出处】金朝·元好问《摸鱼儿·雁丘词》

【注释】①直教：竟能使。②相许：报答对方，誓死忠于对方。

【句意】请问人世间，爱情究竟是一种什么样的东西？它竟然有那么大的力量，能使相爱的人以死相许，用生命来报答对方！

【赏析】《摸鱼儿·雁丘词》是一首咏物词。这两句词为词的开头，陡然发问，奇思妙想，破空而来，作者原本要咏雁，却从“世间”落笔，以人拟雁，赋予雁情以超越自然的意义，想象新奇。“情是何物”，作者劈头提出这个问题，显然是要唤起世人对“至情”的关注，为写雁的殉情预作铺设。“生死相许”，指互爱的双方可以生死与共，前面加上“直教”二字，显示出“情”的魔力之大。作者通过咏殉情之雁，赞扬孤雁殉情的专一忠贞，同时也抒发作者的亡国伤时之痛。

★海枯石烂情缘在，幽恨不埋黄土。相思树[1]，流年度，无端又被西风误。

【出处】金朝·元好问《迈陂塘·问莲根》

【注释】①相思树：《搜神记》记载韩凭夫妇坚贞殉情的故事。韩凭妻何氏美貌，宋康王欲夺之，韩凭愤而自杀，何氏亦投台而死。康王大怒，不合之葬。其后不久，二人墓上各生一大树，根交于地下，枝错于地上，树端各栖有一只鸳鸯，交颈哀鸣，故时人称之为“相思树”。

【句意】海枯石烂真情永在，他们的遗恨不埋黄土而与花木共存。两棵相思树啊开满并蒂花朵年年迎送着岁月，没来由却被无情西风吹落而凋零。

【赏析】这几句词赞颂了坚贞不屈的爱情。“海枯石烂”仍然震撼人世间，如同并蒂莲般的爱情就像相思树的典故一样应受到世人的衷心赞扬。

★海枯石烂两鸳鸯，只合[1]双飞便双死。

【出处】金朝·元好问《两栖曲》

【注释】①只合：本来就应该。

【句意】海枯石烂也不分散的两只鸳鸯，理应成双作对，同生共死。

【赏析】以“海枯石烂”形容永不改变的坚贞爱情，又以“双飞”“双死”形容生死与共的忠诚情谊。这种比拟和夸张的手法，产生出异乎寻常的表达效果，可用来描写鸳鸯，或借以表达对爱情的忠贞。

★依稀[1]闻兰[2]麝[3]余香。唤起思量，待[4]不思量[5]，怎不思量。

【出处】元代·郑光祖［双调］《蟾宫曲·梦中作》

【注释】①依稀：仿佛。②兰：兰花，俗称兰草，花味芳香，可制香料。③麝：麝香的简称。雄麝的肚脐和生殖器之间的腺囊的分泌物，干燥后呈颗粒状或块状，有特殊的香气，可以制香料。④待：犹将、打算等意。⑤思量：考虑。或作“想念”讲。

【句意】仿佛还能闻到她那兰麝般的余香。这一切都唤起我思量，本想不思量，又怎能不思量！

【赏析】此曲写主人公梦见恋人，一番缠绵后惆怅而醒，只见月照纱窗、梨花淡妆，枕上余香又引起无限相思。曲文把作者想打消回忆却又无法回避的矛盾心理表现得非常深刻。

★无限柔情，分付与春山。青鸟[1]能传云外信，凭说与，带围宽。

【出处】元代·赵雍《江城子》

【注释】①青鸟：是有三足的神鸟，是传说中西王母的使者。唐代李商隐诗《无题》：“蓬山此去无多路，青鸟殷勤为探看。”

【句意】无限的柔情蜜意啊，全都

凝聚在春山一样的眉间，青鸟啊请你把信传与云外远方，深情地告诉他，我已憔悴不堪衣带渐宽。

【赏析】描写美人念远怀人、相逢无望的怨恨。

★有缘[1]千里来相会，无缘对面不相逢。

【出处】明代·施耐庵《水浒传》（三十四回）

【注释】①缘：又称因缘，佛教语。《翻译名义集回·释十二支》载："（僧）肇曰：前缘相生，因也；现相助成，缘也。"指产生结果的直接原因及促成这种结果的条件。

【句意】彼此如果真是有缘，即使相隔千里也有相逢的机会；如果双方没有缘分，即使对面相见，也是不会相识的。

【赏析】诗句借佛教术语说人生哲理，通过前后句对比，突出"缘"的权威，是说人的相逢相识，缘分占有非常重要的地位。表达人与人之间风云际会的偶然和难得，并以之对人间无缘得识或失之交臂的惆怅与有幸结识或天缘巧合的欢乐，进行心安理得的自我慰藉。虽为常人习用的旧话，依然不失为一联机锋闪烁的格言。

★万里何愁南共北，两心那论生和死。

【出处】清代·洪昇《长生殿[1]》（第一出）

【注释】①长生殿：讲述的是唐明皇李隆基与杨贵妃的爱情故事。

【句意】真心相爱，哪怕远隔万里；两心相依，何论生死阻隔！

【赏析】《长生殿》剧中对"情"这一全剧的核心作了充分的描写和反复渲染，并把故事的结局，写成一方虽死，犹抱痴情，一方虽生，痛不欲生，两心相爱，共守前盟。词句是对李隆基和杨贵妃坚贞情爱的表现。

★愿此生终老温柔[1]，白云不羡仙乡[2]。

【出处】清代·洪昇《长生殿》（第二出）

【注释】①温柔：温和柔顺。②仙乡：仙人所居处。

【句意】只愿意这一生与你相伴始终，白头到老，极尽温柔，像悠悠白云一样自由幸福，即便是对天上仙境也没有丝毫羡慕。

【赏析】唐明皇痴情对杨贵妃的唱词，常为后人所感念，然而他占了"情场"，却忘了"朝纲"，几乎葬送了整个大唐。

★人人要结后生[1]缘，侬[2]只今生结目前。

【出处】清代·黄遵宪《山歌》（其一）

【注释】①后生：指来生、下一辈子。②侬：就是我。

【句意】人们常说要结来世的姻缘，

我却只愿今生结缘在眼前。

【赏析】黄遵宪所作山歌有好几首，这是其中的一首。诗句表达了女主人公追求爱情幸福的坚强决心和不畏强暴的反抗精神。无论有多大的阻力和迫害，我绝不屈服，定要与情郎结为现实的姻缘，时时刻刻永不分离。

★色不迷人人自迷，情人眼里出西施[1]。

【出处】清代·黄增《集杭州俗语诗》

【注释】①西施：本名施夷光，又称西子，春秋末期的浙江诸暨一带人氏，是中国古代四大美人之首。与杨玉环、貂蝉、王昭君并称。

【句意】美色并不迷人，是人自己愿意被迷惑，在恋人眼中看到的都是像西施一样美貌的情人。

【赏析】这两句常用来形容情所独钟者的迷恋。前一句说美色本身不会去迷惑人，只是欣赏的人自己被迷了；后一句在前一句立论的基础上，标举事实，是说一个人即使长得不怎么样，但在情人的眼里，也会觉得她有如西施一般的美好。“色不迷人人自迷”常用来表示男人极易被美色所迷惑；“情人眼里出西施”常用来表示对情人的偏爱，而觉得对方毫无缺点、无处不美。

友 情

★美人赠我金错刀[1]，何以报之英[2]琼瑶[3]。

【出处】汉代·张衡《四愁诗》

【注释】①金错刀：刀环或刀柄用黄金镀过的佩刀。②英：“瑛”的借字，瑛是美石似玉。③琼瑶：两种美玉。或喻仁义忠诚。

【句意】美人送我一把用黄金镶嵌刀环的佩刀，我想回赠最好的美玉。

【赏析】此诗分四章，采用风骚的复唱形式和比兴手法，抒发作者怀念远方美人而又不得相见的思绪。也有说另有寄托，即张衡因当时天下渐弊，郁郁不得志，而为《四愁诗》以表现自己报国无门，崇高的政治理想难以实现。诗句中“何以’两字可说明其抑郁之情。如是，这两句诗意谓贤明的君主待我恩德深重，我愿以精诚相报，把自己的忠贞才智全部奉献出来。

★愿为双鸿鹄[1]，奋翅[2]起高飞[3]。

【出处】汉代·无名氏《古诗十九首·西北有高楼》

【注释】①鸿鹄：鹄，天鹅。据朱骏声《说文通训定声》说：“凡鸿鹄连文者即鹄。”鹄，就是天鹅。一作“鸣鹤”。②奋翅：奋力鼓动翅膀。③高飞：远飞。

【句意】但愿我们能像一对美丽的

天鹅，奋力鼓翅在空中结伴展翅高飞，自由翱翔。

【赏析】本篇是《古诗十九首》的第五首，诗写一位男子听曲感心的故事。诗中这位女性弦歌者并未露面，她只存在于男性听曲者的想象之中。但透过这位听曲者对弦歌的“解读”，这位遭遇不幸、独处深闺、孤寂无助并深感知音难觅的女性形象已清晰地浮现出来。她的苦闷、悲哀和期待，定会激起许多被压抑的女性的共鸣。它以听歌起兴，感叹知己难逢，技法不俗。

★非君不见①思②，所悲思不见。

【出处】南朝齐·谢朓《别王丞僧孺》

【注释】①君不见：不见君，看不见你。②思：思念，想念。

【句意】我不是因为看不见你而对你思念不已，而是为想念你时不能见到你而悲怆难耐！

【赏析】《别王丞僧孺》是一首送别友人的诗。作者与王僧孺是好朋友。此诗句即是谢朓送别王僧孺时所作。诗中“不见思”和“思不见”的巧妙转换，强化了作者与友人难舍难分、淳朴浑厚的友情。情之真切非有深深的感受是说不出来的，这使之成为后人表情达意的佳句。

★本知人心不似树，何意①人别似花离。

【出处】南朝梁·萧子显《春别四首》（其四）

【注释】①何意：何必在意。

【句意】本来就该知道人心不会像树一样，但是现在却在意和朋友的离别就像是花离开树木一样，再也没有了相聚之期的感觉。

【赏析】作者对朋友的感情之深，面对离别的无可奈何，就都在这两句诗中一览无余了。

★依依脉脉①两如何，细似轻丝渺似波。月不长圆花易落，一生惆怅为伊多。

【出处】唐代·吴融《情》

【注释】①依依脉脉：指儿女情事。由《诗·小雅·采薇》：“昔我往矣，杨柳依依”，《古诗十九首》：“盈盈一水间，脉脉不得语”化出。

【句意】曾经依依不舍，含情脉脉相知相惜的情意又算什么呢，像轻盈的柔丝那样细小，像细微的波浪那样渺小，月不能经常圆，花却这般容易凋谢，今生今世的爱恨情愁因为你才变得绵绵不绝。

【赏析】诗句形象地刻画、描写出人世间的相思与情爱：相思如丝如波，轻柔缥缈，却是一生为伊绵绵不绝；而情爱犹如月圆月缺，花开花落，没有天长地久的事。

★烽火①连三月②，家书③抵万金④。

【出处】唐代·杜甫《春望》

【注释】①烽火：原指古代边境的

士兵在高台上燃烧木柴或狼粪以报警的烟火，这里指安史之乱。②连三月：一说连逢两个三月，即从去年一直打到现在。一说指正月、二月、三月。此处可作多月讲。三：泛指多。③家书：家信。家人相互寄写的信都叫家书。④抵万金：值万金。极言家信的珍贵难得。

【句意】今年入春以来，三个月战火没间断过，得到一封家信，真是抵得上万两黄金。

【赏析】《春望》是一首感伤时事、怀念家人的抒情名篇。这两句诗写出了诗人对远方亲人安危的关切与怀念，另一方面也表现出对战争的控诉和对和平生活的向往。“家书抵万金”一句，无论把它看作是写实还是夸张，都写出了家人之间的深厚感情，也反映了当时的动乱。这诗句写出了音讯隔绝久盼不至时的迫切心情，很自然地使人产生共鸣，因而成了千古传诵的名句。现在常引用这两句诗来形容离乡游子想念家乡亲人的热切心情，或是指收到家信时的欢欣喜悦的情景。

★故人①入我梦，明我长相忆。

【出处】唐代·杜甫《梦李白二首》（其一）

【注释】①故人：李白。

【句意】老朋友来到梦中与我相见，因为他知道我日夜都在思念他。

【赏析】思念老友，梦见老友，诗中充分显露出作者杜甫对李白无限的怀念与深情。现今常用“故人入我梦，明我长相忆”两句诗，来表达对知交故旧的深长思念之情。

★桃花潭①水深千尺②，不及③汪伦④送我情。

【出处】唐代·李白《赠汪伦》

【注释】①桃花潭：水潭名，在今安徽省泾县西南。②千尺：形容潭水极深。③不及：赶不上。④汪伦：宣州泾县（今安徽省泾县）桃花潭附近的村民，李白游桃花潭时结识的一个朋友，他曾热情招待过李白。

【句意】桃花潭里的水深达千尺，但比不上汪伦对我的一片深情。

【赏析】《赠汪伦》是一首赠友诗，是作者于唐玄宗天宝十四年（755）游桃花潭时的作品。当年李白到泾县游桃花潭，村人汪伦拿出自己酿造的美酒盛情款待李白，在李白将要乘船离开时，汪伦在岸上唱歌相送。这两句诗妙在“不及”二字，好在不用比喻而运用比拟手法，用桃花潭水之深来表达出汪伦与他之间的深情厚谊。变无形的情谊为生动的形象，空灵而有余味，自然而又情真。后来，“桃花潭水”就成为人们抒写别情的代名词，桃花潭一带至今仍留有许多相关的优美传说和遗迹。

★去年花里逢君①别，今日花开又一年。

【出处】唐代·韦应物《寄李儋元锡》。

【注释】①君：指李儋，字元锡，作者的友人，当时在朝中做殿中侍御史。

【句意】去年花开的时候和你分别，今年的花再度绽放，转眼已经过了一年。

【赏析】诗句是作者在花开时节思念故人之作。用花又发，写出了相别的时间，更表达了思友之情如花萌发，也有风景依稀而故人不在之叹。正因为作者对友人感情很深，惜别之情拳拳，盼相逢之心急切，所以全诗用“闻道欲来相问讯，两楼望月几回圆”殿后，显得开合极为妥帖。

★欢笑情如旧，萧疏①鬓已斑。

【出处】唐代·韦应物《淮上喜会梁州旅人》

【注释】①萧疏：稀疏。

【句意】（同老朋友会面时）欢笑情意还像从前一样，只是稀疏的鬓发已经斑白。

【赏析】以形容亲友故旧重逢时仍像过去那样亲热无拘，谈笑风生，只是人已老多了。

★存亡三十载①，事过悉②成空。不惜沾③衣泪，并话④一宵⑤中。

【出处】唐代·韦应物《话旧》

【注释】①载：年。②悉：皆，都。③沾：沾湿。④并话：共话。⑤一宵：一夜。

【句意】三十年过去了，以往之事转头成空。相逢泪沾衣，共话一夜中。

【赏析】描写了老友相逢一夜未睡共话叙旧的情景。

★独在异乡①为异客②，每逢佳节③倍④思亲⑤。

【出处】唐代·王维《九月九日忆山东兄弟》

【注释】①独在异乡：指作者一人离家在外乡。异乡：外乡，他乡，对故乡而言。②为异客：做外乡客人。古人离家在外地，均称做客。③佳节：旧时泛指除夕、清明、端阳、中秋、重阳之类的节日。④倍：加倍，更加。⑤思亲：思念亲人。

【句意】孤身一人背井离乡，漂泊他乡，沦为异客，每逢佳节看到他人团聚时，便更加思念远方的亲人。

【赏析】《九月九日忆山东兄弟》是一首思念家人的诗，是作者十七岁客居长安时写的。诗句语言精练，感情真挚，情思绵邈，耐人寻味，成为千百年来传诵不衰、脍炙人口的名句。

诗句中“独”字写出了作者孤身一人的生活处境；两个“异”字点出了作者寄居外乡心情的孤寂，“倍”字突出了佳节思亲程度的深切。“每逢佳节倍思亲”一句，道尽了离乡背井人们的思亲情怀。

★青山一道①同云雨，明月何曾是两乡②。

【出处】唐代·王昌龄《送柴侍御》

【注释】①一道：一座。②两乡：两处地方。

【句意】你我住在同一座青山周围，有着共同的云雨，共享一轮普照的明月，何曾有相隔两地的感觉呢？

【赏析】自古以来，离愁别恨把人们折磨得悲悲切切、死去活来，苦不堪言；作者此诗同样是写离别，却显得如此豁达大度，一反小儿女之情态。青山一道，云雨相同，明月也不是两个，虽然离别了，又何悲之有呢？诗句翻用了谢庄的“隔千里兮共明月”（《月赋》）和谢朓的“驰晖不可接，何况是两乡”（《暂使下都夜发新林至京邑赠西府同僚》），表现了与友人心意相通的诚挚深厚的情感。此诗句与李白诗“我寄愁心与明月，随君直到夜郎西”（《闻王昌龄左迁龙标遥有此寄》）有异曲同工之妙。同王勃《送杜少府之任蜀州》诗“海内存知己，天涯若比邻”一样被后人传诵千古，绝非偶然。

★与君离别意，同是宦[①]游人。

【出处】唐代·王勃《送杜少府之任蜀州》

【注释】①宦：官吏。

【句意】这两句的大意是：我和你都是离乡远游以求仕宦的人，你去蜀州，我留长安，去和留虽有不同，但此刻的惜别之意却是一样的啊！

【赏析】这两句诗把两人之间感情的共鸣写了出来。表现的感情很真挚，态度很诚恳，一种体贴关注的语气，从字里行间自然而然地流露出来，是很动人的。

★相知无远近，万里尚[①]为邻。

【出处】唐代·张九龄《送韦城李少府》

【注释】①尚：又如，好像。

【句意】心灵相知的朋友无论相隔多远，即使是万里，也好像是隔壁的邻居一样。

【赏析】诗句形容友情之深厚，也是对友人和自己的一种宽慰。分手在即，不免凄凉，但作者认为，只要是好朋友，就不在乎远近。正如王勃“海内存知己，天涯若比邻”；秦观“两情若在久长时，又岂在朝朝暮暮！”

★肝胆一古剑，波涛两浮萍。

【出处】唐代·韩愈《答张彻[①]》

【注释】①张彻：韩愈的弟子，同时又是韩愈堂侄的女婿。

【句意】我们两人的肝胆光明磊落、刚直不屈如古剑一般；而我们坎坷不平的遭遇，又像是波涛中的两片浮萍。

【赏析】韩愈提携后进，奖掖人才，和张彻结为忘年交。诗句是他的长诗《答张彻》中的两句，用以形容他们的品格和遭遇，从中也看出他们之间的深厚友谊。

★忆君[①]泪落东流水，岁岁花开知为谁？

【出处】唐代·李颀《题卢五旧居》

【注释】①君：指卢五，生卒字籍等不详。唐代高适曾有诗：《同敬八、卢五泛河间清河》，杜甫也曾有诗相赠：《奉赠卢五丈参谋（琚）》。

【句意】一想起你，伤心的眼泪就像那东流的江水不停地流；那花朵每年都按时开放，又是为了谁呢？

【赏析】岁岁花开，可是伊人却年年不来。想起伊人，悲伤难抑，便忍不住流下伤心的眼泪。因为没有你，花开也失去了意义。可见作者对卢五怀念之情多深。

★谁无兄弟，如足[①]如手[①]。

【出处】唐代·李华《吊古战场文》

【注释】①足、手：比喻兄弟。

【句意】谁没有兄弟，就像谁没有手和脚一样。

【赏析】诗句形容兄弟情深。

★落日见秋草，暮年[①]逢[②]故人[③]。

【出处】唐代·李端《江上喜逢司空文明》

【注释】①暮年：晚年。②逢：遇到。③故人：老朋友。

【句意】夕阳照见秋草，老年遇到旧友。

【赏析】西沉的落日、衰败的秋草，都是气数将尽的事物，用它们来比喻和象征垂暮之年的老人，自然是再贴切不过了。而落日照见秋草，其中又不乏同病相怜之意。在风烛残年、行将就木之时，能够得逢故人，在一起共同追忆往事，回顾平生，当然也是人生一大安慰，一大快事。这两句中，“落日见秋草”不仅是比喻、象征，而且也为抒发“暮年逢故人”的感情作了铺垫，使得它的含义更强烈、更深远。可用以表达老年人久别重逢时的欣喜或感慨。

★鬼门关[①]外莫言远，四海[②]一家皆弟兄。

【出处】北宋·黄庭坚《竹枝词·题歌罗驿》

【注释】①鬼门关：在奉节、巫山县东北。②四海：指整个天下。古人以为天是圆的，地是方的，大地之外全被海所包围，所以用四海指整个天下。

【句意】鬼门关外不要说谁远谁近，整个世界不分东西南北，大家都是兄弟。

【赏析】今人常用“四海一家”或“四海之内皆兄弟”来表示，自己对不相识的朋友并不见外，也是对新朋友表示热诚。

★不见故人[①]弥有情，一见故人心眼明。

【出处】北宋·徐积《赠黄鲁直》

【注释】①故人：即黄鲁直，指黄庭坚（字鲁直）。

【句意】没见面时，则思之良苦，一往情深；见了面便心眼顿开，欣喜若狂。

【赏析】表现朋友间心心相印，情投意合。

★但使[1]情亲[2]千里近[3]；须信[4]，无情对面[5]是山河[6]。

【出处】南宋·辛弃疾《定风波·听我尊前》

【注释】①但使：只要。②情亲：感情亲密。③千里近：相隔千里也觉得亲近。④须信：要相信。⑤对面：面对面。⑥山河：山川阻隔。

【句意】只要感情亲密，即使相隔千里，也觉得亲近；要相信，没有感情的人，即使面对面，也如同隔着山河。

【赏析】这是作者送友人范廓之游建康（今南京市）时即席写的赠别词，词意与"海内存知己，天涯若比邻"相近。可用以表友情，写慰别。

★念故人，千里自此共明月[1]。

【出处】宋代·寇准《阳关引》

【注释】①"千里"句：从谢庄《月赋》"美人迈兮音尘阙，隔千里兮共明月"两句中脱出。

【句意】遥想从今分别之后再难相见，只有千里明月永远与我们相随！

【赏析】作者融情于景，写出了对故人的怀念之情，表达出了或许只有月亮才能维系他们之间的思念。苏轼的"但愿人长久，千里共婵娟"（《水调歌头·中秋》）即与此同辙。

★天地存肝胆[1]，江山阅[2]鬓华。

【出处】清代·顾炎武《酬王处士九日见怀之作》

【注释】①肝胆：比喻真心诚意。②阅：历经国家的兴衰变化，不觉鬓发已经花白。

【赏析】诗句意谓朋友间的情谊真诚，也交织着作者虽已年老但仍心系国事的无限感慨。

★多[1]君媕[2]雅数[3]论心，文字缘[4]同骨肉深。别有樽前挥涕语，英雄迟暮感黄金。

【出处】清代·龚自珍《己亥杂诗》（三一五首之三六）

【注释】①多：佩服，欣赏。②媕（ān）：这里是有情致的意思。③数：屡屡。④缘：缘分。

【句意】我佩服你的情致温文优雅，常常和你倾心交谈，文字上的因缘同骨肉之情一样深切。

【赏析】作者把与友人聚在一起谈论学问、酬唱诗词这种文字上的交往情谊，比之骨肉之情，以表现友情的真挚，心灵的共通。文友相交，文字结缘，意气相投，情同骨肉，对某些人而言，拥有这样一份深挚的情谊，的确可以终生无憾了。

★照人胆似秦时月[1]，送我情如岭上云[2]。

【出处】清代·龚自珍《己亥杂诗》（第二十八首）

【注释】①秦时月：用来比喻人格的高洁，富有古代的忠义豪情。②岭上云：岭上的云雾缭绕，比喻情意的深长缠绵。

【句意】你待人的肝胆真情，就像秦时的明月一样高洁；你为我送别的情意，犹如山岭上的白云一样绵长。

【赏析】诗人以“秦时月”喻肝胆相照，以“岭上云”比情感的深厚缠绵，表现了对友人的赞誉之情。

★一往情深深几许[①]？深山夕阳深秋雨。

【出处】清代·纳兰性德《蝶恋花·出塞》

【注释】①“一往情深”句：由欧阳修《蝶恋花》“庭院深深深几许”化用。

【句意】古往今来，物是人非的浓厚感情有多深？那好比大山深处泻满林间山谷的金色夕阳，深秋时节绵绵不断的霏霏细雨。

【赏析】这首出塞词当为纳兰性德在康熙二十一年（1682）八月奉命与副都统郎谈等出塞远赴梭龙途中所作，那时他二十九岁。王国维《人间词话》说他“以自然之眼观物，以自然之舌言情，此由初入中原，未染汉人风气，故能真切如此。”观此两句，可知王氏之论为不虚。他写本已熟悉的塞外生活，如探囊取物，自然而然，毫不费力；然而又是如此真切感人。虽然前一句仅改欧阳修同调之作三字，而意境迥殊。作者回到旧游之地，是那么情深、意切，连深山斜阳、深秋夜雨也对他有情了。后人常用这两句词来形容对恋人的一往情深。

离情别绪

★悲莫[①]悲兮生[②]别离，乐莫乐兮新相知。

【出处】战国楚·屈原《九歌·少司命》

【注释】①莫：莫过于。②生：活着的时候。

【句意】再悲哀啊，莫过于活着的时候与亲人分离；再快乐啊，莫过于新近交了知心朋友。

【赏析】《少司命》是本篇的篇名，又是一位司子嗣的女神，这首诗就是对这位女神的祭歌。这两句诗是女神少司命的唱词，把人生常有的复杂微妙的离别相思之情抒写得细腻准确。活生生的别离，所引起的绵绵不绝的相思，格外煎熬人心；认识一个新相识，带来的一种全新的友谊，能引起极大的快乐。由于这两句诗概括了一种人生的经验和复杂的感情，富有哲理，加上对仗工整，所以成为全篇的警策之语与千古之绝唱。后来曹丕《燕歌行》“别日何易会日难，山川悠远路漫漫”即化此而出。

★乐哉[①]新相知，忧来生别离。

【出处】汉代·汉乐府《双白鹄[②]》

【注释】①“乐哉”“忧来”两句：《楚辞·九歌·少司命》说：“悲莫悲兮生别离，乐莫乐兮新相知。”②双白鹄：在《汉乐府集》中，这首诗收入《相和歌辞·瑟调曲》，为《艳歌何尝行》。

“古辞”题又名《飞鹄行》。鹄：天鹅。

【句意】最快乐啊莫过于我们当初新相识，最忧伤啊莫过于今天活生生地分开。

【赏析】这是一首杂言诗，也是一首寓言诗，以“双白鹄”作比兴，表达一对年轻夫妇生离死别的悲哀。天上飞来一对白天鹅，它们是从西北方向飞过来。一只雌天鹅忽然感到疲困非常，不能紧紧跟上，雄天鹅想背负雌天鹅而去，雌天鹅说：“最快乐啊莫过于我们当初新相识，最忧伤啊莫过于今天活生生地分开。”

★风流云散，一别①如雨。

【出处】三国魏·王粲《赠蔡子笃》

【注释】①别：离别。

【句意】人生飘离别，就像天空中风和云那样流动散开。别后很难重逢，就像落下的雨那样不再回到天空。

【赏析】作者把离别比作“如雨既下，不复还云中”，表现出友情的深厚。成语“风流云散”本此，比喻原常相聚的人如今分散到各地。

★挥手长相谢①，哽咽不能言。浮云为我结，归鸟为我旋②。

【出处】西晋·刘琨《扶风歌》

【注释】①谢：辞。②旋：盘旋不去。

【句意】挥手告别亲朋好友，心中酸楚，哽咽难言，分别之情感染了天空中的浮云，凝结在此不愿飘走，归巢的鸟儿也在空中回旋不肯离去。

【赏析】诗句表现了作者与亲朋好友分别时恋恋不舍的心情。

★黯然①销魂②者，唯别而已矣。

【出处】南朝梁·江淹《别赋》

【注释】①黯然：心神沮丧，容颜惨苦的样子。②销魂：丧魂落魄。

【句意】最叫人悲伤愁苦的事，莫过于别离啊。

【赏析】首句总叙离人之怨，下面从已去的游子和留下的居人两个方面阐述他们离别时“黯然销魂”的情态。

★客行只念路，相争渡京口。谁知堤上人，拭①泪空摇手。

【出处】南朝梁·萧纲《春江曲》

【注释】①拭：擦。

【句意】客人只顾赶路，争着上船渡过京口，无暇顾及还站在河岸上的送行者，还在擦着眼泪摇手告别。

【赏析】这四句诗写送别，不同于其他的送别诗句，或者写别者离乡的惆怅，或者写送者难忍的悲凉，而是同时刻画了行者和送者两个形象，敏锐地抓住了送别场景中很容易出现的画面，传达了一种淡淡的哀愁和伤感。

★江南无所有①，聊②赠一枝春③。

【出处】南朝宋·陆凯《赠范晔》

【注释】①无所有：什么也没有。②聊：姑且，暂且。③一枝春：指梅花。

【句意】在江南没有什么可以相送的，就姑且送你一枝饱含春意的梅花吧！

【赏析】《赠范晔》是一首送给友人的诗。据载，陆凯与范晔是好朋友，陆凯身在江南，范晔远在长安，为了表达对老朋友的怀念之情，在别无所有的情况下，诗人寄送一枝饱含春意的梅花给范晔，并赠诗给他。以花相赠，别有情趣，从中可以看出两人的交情和胸襟。这两句诗成为人们问候远方友人常常引用的诗句。“一枝春”也被后人作为“梅花”的代称，也常用作咏梅或别后相思的典故，并成为词牌名。陆凯亦以此诗留名后世。

★长路关山①何日尽，满堂丝竹②为君愁。

【出处】唐代·张谓《送卢举使河源》

【注释】①关山：关塞和山川，泛指路途。②丝竹：弦乐器和管乐器，指乐声。

【句意】前路漫长，关山重重，何日才能走到尽头，别宴上所有的管弦都为你吹奏愁苦的离声。

【赏析】不说自己伤别，却说丝竹为愁，这是借物抒情的写作方法。

★日暮酒醒人已远，满天风雨下西楼①。

【出处】唐代·许浑《谢亭②送别》

【注释】①西楼：指送别之处谢亭。②谢亭：又名谢公亭，在安徽宣城北，南齐诗人谢朓任宣城太守时所建。

【句意】送别友人之后，因心绪不佳，不胜酒力而睡去。日暮酒醒，风雨满天，友人之舟早已不见踪迹，自己怀着孤寂的心情，默默走下西楼。

【赏析】这是一首送别诗，但不言别情，只写景物，通过风雨凄迷之景的烘托渲染，已把凄凉怅惘的情怀表现出来，这样的结尾更富含蓄性，有一种不言而神伤的情韵。

★古往今来皆涕泪，断肠分手各风烟①。

【出处】唐代·杜甫《公安送韦二少府匡赞》

【注释】①风烟：指战乱，战火。

【句意】古往今来，多少往事不堪回首，都令人垂泪涕零，想到分手在即，禁不住愁肠寸断，因为我们就要各奔东西，走入那永无边际的战乱风烟之中。

【赏析】诗句表达了作者与友人分手时的惜别之情。

★死别①已②吞声③，生别常恻恻④。

【出处】唐代·杜甫《梦李白二首》(之一)

【注释】①死别：永别。②已：止，与下句“常”对比。③吞声：无声地悲泣。④恻恻：悲伤。

【句意】死别，不过止于一阵痛哭。生离，则因牵挂常常悲伤不止。即生离比死别更痛苦。

【赏析】如果只是因为死亡而离别，那么只要哭泣就好了，因为其他的也都无法挽回，可是如果是明明知道对方活着却还要分别，定然会非常悲伤。

★岸花飞送客，樯[1]燕语留人。

【出处】唐代·杜甫《发潭州》

【注释】①樯（qiáng）：船上的桅杆。

【句意】岸边的春花飘舞着为客人送行，船桅上的燕子呢喃作语，盛情挽留。

【赏析】杜甫离蜀出峡，因时局动荡，北归无望，遂以舟为家，漂泊于岳州、潭州一带。后来，诗人离潭州赴衡州，写了这首《发潭州》。两句诗以岸花、樯燕的送客、留人，反衬世态炎凉。

【赏析】诗句写诗人扬帆起航时，唯有岸边飞花为他送行，樯桅上春燕呢喃作语，似在亲切地殷勤留客。反衬出世态的炎凉，人情的淡薄。写作上有"移情"手法，即把作者的主观感情移注于客观景物中，而使"物色带情"。这里诗人赋予落花、飞燕以人的感情，使之"送客""留人"，情与景妙合无痕，具有强烈感人的艺术力量，蔡梦弼《草堂诗话》称这两句"描写景物，意自亲切，所以妙绝古今"。

★又送王孙[1]去，萋萋[2]满别情。

【出处】唐代·白居易《赋得古原草送别》

【注释】①王孙：贵族。这里指的是自己的朋友。②萋萋：草盛的样子。

【句意】又要送游子远行了，仿佛连茂盛的绿草也充满了离别之情。

【赏析】这是一首应考习作，相传为白居易十六岁时所作。这两句借用《楚辞》"王孙游兮不归，春草生兮萋萋"的典故。用绵绵不尽的萋萋春草比喻充塞胸臆、弥漫原野的惜别之情，真正达到了情景交融，韵味无穷。

★一看[1]肠一断，好去莫回头。

【出处】唐代·白居易《南浦别[2]》

【注释】①看：在诗中指回望。②南浦别：古人常在南浦送别亲友。《楚辞·九歌·河泊》："送美人兮南浦。"江淹《别赋》："送君南浦，伤如之何!"故"南浦"像"长亭"一样，成为送别之处的代名词。

【句意】你每看一眼，我就痛苦得心酸肠断一次，好好地离去吧！可不要再回头了。

【赏析】这首送别小诗，清淡如水，描写西风萧瑟的秋天里，在南浦依依惜别时，那种离情依依、不忍分手的情景，在两个"一"中，把双方的离愁别绪和真挚情谊都淋漓尽致地表现出来了：无奈、哀叹、伤怀。后人常用此诗句表达在别离时坚决离开的意愿。

★泣尽继以血，心摧[1]两无声[2]。

【出处】唐代·李白《古风》

【注释】①心摧：形容极其悲痛。摧：裂。②两无声：原诗指被征士兵和他们的父母都悲痛得哭不出声来。

【句意】被征远戍的士兵在辞别父母时眼泪哭干了继之以泣血，他们和他们的家人心都碎了，哭不出声来。

【赏析】这首诗揭露由于唐玄宗穷兵黩武，杨国忠贪图功名而发动的征南诏的不义战争。两句极写生离死别的悲痛情景，可以用来表现人们眼里无泪，哭亦无声的极度悲痛。

★孤帆①远影②碧空尽③，唯④见长江天际⑤流。

【出处】唐代·李白《黄鹤楼送孟浩然之广陵》

【注释】①孤帆：指孟浩然一人乘坐的孤零零小船。帆：船上的风帆，这里用来指船。②远影：远处的帆影。指诗人目送孟浩然远去的景象。③碧空尽：指水天相接的澄碧的天边。碧空：一作“碧山”。碧：浅蓝色。尽：消失。④唯：只，仅。⑤天际：天边。

【句意】天高地阔，江水浩荡，目送着友人乘坐的一叶小舟，在江面上悠悠远去，越来越小，最后逐渐消失在水天相接的白云碧水之间；人已远去，江水长流，剩下的，唯有眼前这滚滚一江春水，不知疲倦地向船儿消失的地方奔流。

【赏析】《黄鹤楼送孟浩然之广陵》是一首情思深厚且极有名的送别诗，是诗人于唐玄宗开元十四年（726）春在黄鹤楼送孟浩然去扬州时所作的。烟花三月，黄鹤楼头，两位诗人分手了。“为得山水乐，频作泛舟行”的孟浩然要去扬州。“吾爱孟夫子，风流天下闻”的李白是很舍不得与他分手的。这两句诗描写了作者在江边送别友人时的感受。“孤帆”写友人孤单远去，“远影”写出目送时间的长久，“唯见”写出自己孤单地留在江边，表现了作者对老朋友离去的眷恋和惆怅。这两句诗写景细腻，写出了高远辽阔的景象，并且景中言情，充满诗意。其后欧阳修《踏莎行》词之“离情渐远渐无穷，迢迢不尽如春水”，亦属同一机杼。

★浮云游子①意，落日故人②情。

【出处】唐代·李白《送友人》

【注释】①游子：离家在外远行的人，这里指友人。②故人：本指老朋友，这里是诗人自称。

【句意】天空中一抹白云，随风飘浮，多像告别的游子那漂泊的行踪；远处徐徐而下的落日，依恋山峦，好似自己送别友人那留恋的深情。

【赏析】这是一首充满诗情画意的送别诗。这里既有景，又有情，情景交融，生动形象，含义隽永，进一步抒发了对朋友的深情厚谊。

★挥手自兹去，萧萧班马鸣①。

【出处】唐代·李白《送友人》

【注释】①萧萧班马鸣：出自《诗经·小雅·车攻》：“萧萧马鸣。”班马，离群的马。

【句意】挥手告别，你我各奔东西。萧萧长鸣，马匹也怨别离。

【赏析】送君千里，终须一别。“挥手”，是写了分离时的动作，人内心的感受没有直说，只写了“萧萧班马鸣”的动人场景。但使人读了有“马犹如此，人何以堪”的感觉。

★人分千里外，兴[1]在一杯中。

【出处】唐代·李白《江夏别宋之悌》

【注释】①兴：本指兴味、豪兴一类意思，此处是作者故作旷达之语。

【句意】此地作别，人分千里，但友情绵长，两心是息息相通的；此情此景，生离死别，无限的况味，都在这一杯别酒之中。

【赏析】李白因受永王李璘事件的牵连被流放夜郎，贬途中经过江夏（今湖北武昌），与友人宋之悌挥泪饮别，写了这首诗。这两句在旷达中蕴含着蒙冤难诉、悲愤感慨、无可奈何的复杂感情，耐人寻味，被明人胡应麟称之为“超逸入神”的美句。

★箫声咽[1]，秦娥[2]梦断[3]秦楼月。秦楼月，年年柳色，灞陵[4]伤别[5]。

【出处】唐代·李白《忆秦娥》

【注释】①咽：呜咽，形容箫管吹出的曲调低沉而悲凉，呜呜咽咽如泣如诉。②“秦娥”本指的是古代秦国的女子弄玉。传说她是秦穆公嬴任好的女儿，爱吹箫，嫁给仙人萧史。箫：一种竹制的管乐器。③梦断：梦被打断，即梦醒。④灞陵：在今陕西省西安市东，是汉文帝的陵墓所在地。当地有一座桥，为通往华北、东北和东南各地必经之处。《三辅黄图》卷六：“文帝灞陵，在长安城东七十里跨水作桥。汉人送客至此桥，折柳送别。”⑤伤别：为别离而伤心。

【句意】玉箫的声音悲凉呜咽，秦娥从梦中惊醒时，秦家的楼上正挂着一弦明月，是下弦月，每一年桥边青青的柳色，都感染着灞陵桥上的凄怆离别。

【赏析】这首词写的是一位长安女子，自从亲人离家以后，她就寝食难安，常年沉浸在忧愁之中。此几句词为词的上阕，主要写主人公的个人忧愁。作者借箫声、明月、柳色等悲凉的景色，写出了“秦娥”的离别之苦，忧愁之深。作者以秦娥对情人的思念来表达自己内心对某种事物的苦思与追求，从而引发了深沉的历史感慨。李白的《忆秦娥》与《菩萨蛮》两首词的出现，是词史上令人瞠目的奇迹。它是突起的高峰，前后都是平原，因而被后人称之为“百代词曲之祖”。

★相见时难[1]别亦难[2]，东风[3]无力百花残[4]。

【出处】唐代·李商隐《无题》

【注释】①相见时难：谓相见的时机难得。②别亦难：谓不忍分离，别时心情难堪。③东风：春风。④百花残：指时已暮春。残，凋谢。

【句意】你我难得见到一次面，离别痛苦更让人心酸，特别是在百花凋残的暮春时节别离，就更加令人伤感。

【赏析】古人常说“别易会难”，这首诗却说“别亦难”，说法不同，意思却更进一步。上句诗中两个“难”字，前一个指困难，后一个指难受，极强调离别时的无奈、伤感、悲痛。下句以“百花残”点明暮春，实际也是对自己坎坷多舛的命运身世发出了深沉的叹息。这两句由普通的离情别绪，升华到对人生命运的感怀。

★人世死前惟有别，春风争拟[1]惜长条？

【出处】唐代·李商隐《离亭[2]赋得[3]折杨柳二首》（其一）

【注释】①争拟：这里是“不拟”的意思。争：怎么。②离亭：指分别时所在之地，亭即驿站。③赋得：是古人诗题中的习惯用语即为某物或某事而作诗之意。

【句意】人生最大的痛苦是离别，多情的春风为使人们从折柳赠别中得到一点慰藉，怎能不爱惜那长长的柳条！

【赏析】这首诗是作者和心爱的姑娘分别时的伤离之作。这两句诗和李白的名句“春风知别苦，不遣柳条青”（《劳劳亭》）在立意上是相同的，都是用拟人手法，赋予“春风”以人的感情，两篇中的春风都深知人生离别的痛苦，都知道人们有折柳送别的习惯，但在构思和写法上却有不同。李商隐设想：春风催柳，使其生出长条，任人攀折，让人们从折柳相赠中得到安慰；李白设想：柳条发青要靠春风，春风故意不吹拂柳条，使其永不发青，人们无柳条可折，就不会有离别的痛苦场面了。两者围绕同一题材，从不同角度、用不同手法抒发了离别之情。

★别君时，忍泪佯[1]低面，含羞半敛眉[2]。

【出处】唐代·韦庄《女冠子·四月十七》

【注释】①佯（yáng）：假装。②敛眉：蹙眉。

【句意】和你告别的时候，忍住泪假装低头不语，羞答答地微微颦蹙双眉。

【赏析】这两句写少女与情人告别时的神态。她心里很难受，只想哭泣，但又不愿意让意中人看见自己流泪，便假装低头，不让对方看到自己的眼睛；她还为自己如此失态感到害羞，所以羞答答地红着脸，矜持地蹙起眉毛，尽量克制感情的外露。这几句以白描手法真切而细腻地刻画了少女的神态，传达出她的心理活动，在艺术上十分成功。

★一曲离歌两行泪，不知何地再逢君[1]？

【出处】唐代·韦庄《江上别李秀才》

【注释】①君：即李秀才。

【句意】唱一首离歌，不禁泪流满面；此刻一别，真不知何时何地才能再与你相见？

【赏析】离别是痛苦的，后会无期的离别尤其痛苦。所以作者边歌边哭，声泪俱下，让歌声与泪水帮助抒发感情。“一曲”“两行”，把难以割舍的惜别之痛表现得淋漓尽致。

★别来半岁音书绝，一寸[①]离肠千万[②]结。

【出处】唐代·韦庄《应天长》

【注释】①一寸：哪怕一寸短短的离肠也郁结着千愁万绪。②千万：都是虚数，并非实指，“千”“万”言其多。

【句意】分别半年杳无音信，这使我每寸离肠都打上了千万个愁绪。

【赏析】词句表达了一对情人别后断绝音讯，女方日夜相思的情景。“多情自古伤离别”，何况别有半年之久？更何况还是“音书绝”。这怎不使女主人公深切地感到“一寸”离肠，就有“千万”个愁结，可见离愁有多深！

★劝君更尽[①]一杯酒，西出阳关[②]无故人[③]。

【出处】唐代·王维《送元二[④]使[⑤]安西[⑥]》

【注释】①更尽：再喝完。更，再。尽：一作“进”。②阳关：古关名。故址在今甘肃省敦煌县西南，一直是内地通往西域的通道。因在玉门关之南而被称为阳关。③故人：老朋友。④元二：姓元，排行第二，作者的朋友。⑤使：出使。⑥安西：安西：唐代所设安西都护府的简称，治所在龟兹城，即今新疆库车。

【句意】朋友，请你再干了这杯酒吧，出了阳关，就再也见不到像我这样的老朋友了。

【赏析】《送元二使安西》一作《赠别》，又作《渭城曲》和《阳关三叠》，是唐代一首情韵感人且极负盛名的送别诗。元二即将去安西（今新疆库车附近）上任为官，虽然是去为官，但毕竟那里地老天荒，远在边陲。因此在送别的宴席上，作者与元二依依惜别，酒已尽，人将散，在友人放下酒杯、即将壮别之时，作者再次劝酒：请再干了这杯酒吧，趁我们现在在一起，多享受一份朋友的温情吧！因为再向西走，出了阳关，那里人地生疏，边远荒凉，就再也没有亲近的朋友了。诗句词意婉转，自然深切，明白如话，毫无雕饰；然而却最为动情，最为感人。明代李东阳《麓堂诗话》赞之曰：“后之咏者，千言万语，殆不出其意之外。”白居易的“最忆阳关唱，珍珠一串歌”（《晚春欲携酒寻沈四著作》）。刘禹锡的“旧人惟有何戡在，更与殷情唱渭城”（《与歌者何戡》）。李商隐的“断肠声里听阳关”（《赠歌妓》）等，都是指的这首诗。“西出阳关无故人”，现在常用来说明远方的寂寞和举目无亲的哀愁。

★解缆[①]君已遥，望君犹伫立[②]。

【出处】唐代·王维《齐州送祖三》

【注释】①解缆：解开系船的缆绳。

②伫立：久立。

【句意】解开船缆，你扬帆起航已经驶得远了，我还伫立在江边眺望着你远去的船影。

【赏析】写眼前事，质朴而真切。描写别情时可以引用。

★寒雨[1]连江[2]夜入吴[3]，平明[4]送客[5]楚山[6]孤[7]。

【出处】唐代·王昌龄《芙蓉楼[8]送辛渐[9]》

【注释】①寒雨：秋冬时节的冷雨。②连江：满江。③吴：三国时的吴国在长江下游一带，所以称这一带为吴地。④平明：天亮的时候。⑤客：指作者的好友辛渐。⑥楚山：春秋时的楚国在长江中下游一带，所以称这一带的山为楚山。⑦孤：孤单一人。⑧芙蓉楼：原名西北楼，在润州（今江苏省镇江市）西北。⑨辛渐：诗人的一位朋友。

【句意】昨天晚上，透着寒意的雨洒落大地，迷蒙的烟雨笼罩着吴地江天。清晨当我送别友人的时候，感到自己就像楚山一样孤独，寂寞绵绵秋雨昨晚下了整整一夜，今天早上就在芙蓉楼送别朋友，剩下我一个人孤独地面对着楚山。

【赏析】这是一首送别诗。诗的构思新颖，描写朋友的离情别绪，重写自己的高风亮节。此句为首两句，描写苍茫的江雨和孤峙的楚州，烘托送别时的孤寂之情。

★忆君遥在潇湘[1]月，愁听清猿梦里长。

【出处】唐代·王昌龄《送魏二》

【注释】①潇湘：潇水、湘水在湖南零陵县境汇合，称潇湘。

【句意】想你在不久的将来将于月夜泊舟在遥远的潇湘之上，清猿的长鸣会闯入你的梦乡，使你梦中也摆脱不了惆怅。

【赏析】这是作者贬官龙标尉时送友人所作。全诗是："醉别江楼橘柚香，江风引雨入舟凉。忆君遥在潇湘月，愁听清猿梦里长。"前两句写送别时所见的实景，后两句不直写惜别之情，而是通过想象替友人虚构了一个境界：夜泊潇湘，梦中听猿。夜泊潇湘已是想象中的虚幻之景，而梦中听猿更是幻中有幻，给诗增添了朦胧美，也深化了惜别的主题，在艺术构思上颇具特色。

★丈夫[1]非无泪，不洒离别间。

【出处】唐代·陆龟蒙《别离》

【注释】①丈夫：男子之通称。

【句意】男子汉大丈夫不是没有眼泪，只是不愿意在离别的时候洒落。

【赏析】这首题为"别离"的诗，全无依恋难舍的儿女情长和离愁别绪，而是别具一格的慷慨激昂。作者一扫送别诗的缠绵伤感，勾勒了一个刚强坚毅志在天下的大丈夫形象，给人留下了深刻的印象。

★海内[1]存[2]知己[3]，天涯[4]若比邻[5]。

【出处】唐代·王勃《送杜少府之任蜀州》

【注释】①海内：四海之内，天下。古代的人们认为中国的周围都是海，所以称整个中国为海内。②存：有。③知己：知心好友。④天涯：天边，极远之处。⑤比邻：邻居。唐朝的社会组织，五家相连为“比”，二十五家为“邻”。

【句意】在辽阔的国土上，只要是互相了解的知心好友，即便相隔天涯海角，仍能心志相通，和邻居一样亲近。

【赏析】这是一首著名的送别诗。作者以“海内”的辽阔，“天涯”的遥远，来衬托朋友之间友情的真诚深挚，在离情别意之中，表现出豪迈的襟怀，雄阔的气象，表达了一种乐观旷达、积极向上的情感。千百年来一直给人们以精神的激励和鼓舞，现今常用来指人们在全世界任何地方都有知心朋友，彼此虽然远隔重洋，但却像近邻一样亲近。

★无为[1]在歧路[2]，儿女[3]共沾巾。

【出处】唐代·王勃《送杜少府之任蜀州》

【注释】①无为：不要的意思。②歧路：岔路，指离别分手之地。③儿女：犹言男女。

【句意】不要在岔路口分手的时候，像多情的年轻男女那样哭哭啼啼，让泪水沾湿了佩巾。

【赏析】诗句一扫古代的赠别诗多带有感伤气氛，以豪情壮语宽慰那即将远行的友人，不要有儿女情态作结。表现作者开阔的胸襟、爽朗的气派，故能以独具一格的情感为人们传诵。

★贫交[1]此别无他赠，惟有青山远送君。

【出处】唐代·郎士元《送麴司直》

【注释】①贫交：即君子之交，往往清淡如水。

【句意】与友人相别无物相赠，唯有青山白云相送于你。

【赏析】作者清贫一无所有，只有青山上的白云可赠给友人。而白云往往与高洁之士相伴。唐刘长卿《寻龙井杨老》：“唯有胡麻当鸡黍，白云来往未嫌贫。”

★鱼[1]沉雁[1]杳[2]天涯路，始信人间别离苦。

【出处】唐代·戴叔伦《相思曲》

【注释】①鱼、雁：相传可以传递书信，这里都指书信。②杳：不见踪迹。

【句意】离开了好久好远，什么消息都得不到了，才相信人世间有一种痛苦叫别离。

【赏析】诗句表达了夫妇间别离思恋的纯洁和深挚情感。

★坐[1]看征骑[2]没，唯见远山青。

【出处】唐代·陈子昂《送殷大入蜀》

【注释】①坐：徒，空。②征骑：指友人殷大骑的马。

【句意】徒然看着友人的坐骑越走越远，最后消失在远山后面去了，眼前只留下远处青山的一片翠色。

【赏析】行者早已经不见了，送者仍在屹立张望。在“坐看”“唯见”之中，把依依惜别的友情传达出来，和李白的“孤帆远影碧空尽，唯见长江天际流”，岑参的“山回路转不见君，雪上空留马行处”意蕴相同。

★明月隐高树，长河[①]没晓天。悠悠洛阳道，此会在何年？

【出处】唐代·陈子昂《春夜别友人》

【注释】①长河：即天上的银河。

【句意】高高的树荫遮掩了西向低沉的明月；耿耿的银河淹没在破晓的曙光中。沿着这条悠悠无尽的洛阳古道踽踽而去，此次一别不知何年何月再能相聚？

【赏析】这时年方二十余岁的陈子昂告别家乡梓州射洪，奔赴东都洛阳，准备向朝廷上疏言事。临行前，友人设宴为他饯行。面对金樽美酒，他诗兴大发，通过送别情景的描写，表达了自己依依不舍的离情。

★丈夫[①]不作儿女别，临歧[②]涕泪沾衣巾。

【出处】唐代·高适《别韦参军》

【注释】①丈夫：指男子汉。②歧：分别的岔路。

【句意】大丈夫不能做出小儿女分别时的那种情态：在分手的岔路口痛哭流涕，把衣巾都沾湿了。

【赏析】这两句诗写同朋友的惜别之情。既是宽慰友人，也是自慰。既写出了与友人分别时的深挚友情，又显示了作者不因离别和不得志而消沉悲观的广阔胸怀和豪爽气概。比王勃的“无为在歧路，儿女共沾巾”写得更率直、更畅达、更有气魄，成为人们在离别时互相宽慰的名句。

★无情汴水[①]自东流，只载一船离恨向西州[②]。

【出处】北宋·苏轼《虞美人》

【注释】①汴水：古河名。唐宋时将出自黄河至淮河的通济渠东段全流统称汴水或汴河。②西州：古建业城门名。晋宋间建业（今江苏南京）为扬州刺州治所，以治事在台城西，故称西州。

【句意】汴水无情，随着故人东去；而我却满载一船离愁别恨，独驶向西州。

【赏析】元丰七年（1084），苏轼自黄州迁移汝州，秦观送至淮上。词写当时的别情。汴水的一支自开封流向东南，经南京（今河南商丘）、宿州，于泗州入淮。作者此时由淮河上溯，将至泗州转入汴水。眼看将与他最相知的门生秦观分别，不禁悲从中来，移恨于汴水。以船载恨，是一个绝妙的比喻，后人竞相模拟，如苏东坡的门人张耒的

“亭亭画舸系春潭，只待行人酒半酣。不管烟波与风雨，载将离恨过江南”（《绝句》），就是模仿他的老师之作。从李清照的“只恐双溪舴艋舟，载不动许多愁”（《武陵春》）之中，也可见苏轼的流风余韵。

★倚危亭[①]、恨如芳草[②]，萋萋[③]刬[④]尽还生。

【出处】北宋·秦观《八六子·倚危亭》

【注释】①危亭：指高楼。②恨如芳草：从南唐后主李煜《清平乐》词“离恨恰如芳草，更行更远还生”借用而来。③萋萋：指草盛的样子，亦喻离愁别恨的深浓。④刬：铲除。

【句意】我独自凭倚在高高的楼亭，瞭望那原野上芳草无穷无尽，恰如心中的离愁别恨，不断铲去又不断生长。

【赏析】在扬州至高邮的中途，有个邵伯镇，宋时镇上有座斗野亭。此词当是作者从扬州回高邮时路过斗野亭所写。词句描写心中离愁别恨竟像眼前“刬尽还生”的芳草，是那样顽强固执地萦绕心际，剪不断，铲不尽，一触即发，一发而不可收。以芳草形容离恨的缠绵无尽，非常富于形象性。词的发端贵突兀，这几句颇符合这一要求，因此被《宋四家词选》称为“神来之笔”。

★飘零疏酒盏，离别宽衣带[①]。

【出处】北宋·秦观《千秋岁·水边沙外》

【注释】①宽衣带：出自《古诗十九首》：“相去日已远，衣带日已缓。”

【句意】独自飘零在外，彼此的酒杯也疏远了，离别的愁苦令人衣带宽缓面容憔悴。

【赏析】这首词作于作者贬谪赴杭州任通判的途中。两句词写与友人的离别。由于人在外地飘零，与友人不能在一起喝酒，所以连酒杯都疏远了。也是由于离别，彼此相思，人形憔悴，衣带渐宽。真是情真意切，感人至深。

★游丝[①]有意苦相萦，垂柳[②]无端争赠别。

【出处】北宋·欧阳修《玉楼春》

【赏析】①游丝：蜘蛛等所吐的丝。丝：与“思”谐音。②柳：与“留”谐音，古人常有折柳相送的习惯，表达挽留之意。

【句意】蜘蛛所吐的丝网苦苦地缠绕着即将远行的人不让离去，垂柳在风中舞动，好像没有缘故地争着与即将离别的远行人挥手赠别。

【赏析】作者用拟人化的手法，把无情的“游丝”“垂柳”写成有情之物，借景抒情，表达出对即将远行之人的依依不舍之情。

★离愁[①]渐远渐无穷，迢迢[②]不断如春水。

【出处】北宋·欧阳修《踏莎行·候馆[③]梅残》

【注释】①“离愁”句：出自南唐

李煜《清平乐》："离恨恰如春草，更行更远还生。"②迢（tiáo）迢：遥远绵长。③候馆：迎候旅客的馆舍，即旅店。

【句意】征人越走，离家越远，离愁亦随之越积越多；愁情伴着征人的足迹绵延不断，恰如眼前的春水悠悠无尽。

【赏析】这是一首送别怀人的小词。词句为上阙末句，以远行人的口吻着笔，主要是写离愁。句词中"远""无穷""迢迢"词意虽差不多，但回环往复，以形容离家越远，离愁越多，思念越切。愁随人而去，愁如春水绵绵。这个把抽象的离愁进行物化，使之具体形象，其意境显然与李煜的"问君能有几多愁，恰似一江春水向东流"（见《虞美人》）一脉相承。寇准诗："日暮汀洲一望时，柔情不断如春水。"与此词意境相同。

★人生聚散如弦筈[①]，老去风情犹惜别。

【出处】北宋·欧阳修《玉楼春》

【注释】①筈（kuò）：弓弦与箭末扣弦处。比喻离合无定。语出晋·陆机《为顾彦先赠妇》诗之二："离合未有常，譬彼弦与筈。"

【句意】人生一世，聚聚散散就像弓弦与箭尾一样；年老了，内心里尤其痛惜离别。

【赏析】诗句感叹年老时离别的痛苦。

★我亦且如常日醉，莫教弦管作离声[①]。

【出处】北宋·欧阳修《别滁》

【注释】①"莫教"句：由唐朝张谓《送卢举使河源》："长路关山何日尽，满堂丝竹为君愁。"寇准《送赵主簿之任惠安》："尊酒欲阑人欲别，夕阳丝管尽离声"等诗意化出。

【句意】我和平常与你们饮宴时一样开怀畅饮，尽兴而醉，不要叫助兴的音乐奏出感伤的离别曲调。

【赏析】这是欧阳修滁州任满改知扬州时写的一首留别诗的结束句。前两句是："花光浓烂柳轻明，酌酒花前送我行。"滁州吏民亲故设宴给太守送行，作者就要离开民风淳厚、风景美丽的滁州了，百感交集，涌上心头。但作者却以坦然自若的语言表达这复杂的感情，一扫凄恻愁怨的离别常态，使诗意余韵不尽。黄庭坚《夜发分宁寄杜涧叟》："我自只如常日醉，满川风月替人愁。"前句即是从这首诗来。

★多情[①]自古伤离别，更那堪[②]、冷落[③]清秋节[④]。

【出处】北宋·柳永《雨霖铃·寒蝉凄切》

【注释】①多情：指多情之人。②那堪：哪里能够经受得住。那：同"哪"。③冷落：冷清。④清秋节：农历九月九日重阳节。这里泛指清朗的秋天、秋季。节：时节。

【句意】自古以来多愁善感的人们

在离别的时候都很悲伤，可让我更难受、更惆怅的是，我们竟是在这样冷冷清清、凄凄凉凉的清秋时节分别。

【赏析】作者自汴京南下，与一位恋人话别，写下此词。是柳永一篇非常有代表性的名词，抒发自己缠绵悱恻的恋情和离别时难舍难分的愁情。“多情自古伤离别”，则极言时当冷落凄凉的秋季，离情更甚于常时。“更那堪”一句，以伤秋烘托伤别，并将感情从普遍性引回特殊性。画面充满了凄清的气氛，客情之冷落、风景之清幽、离愁之缥渺，完全浓缩在这画面中。因此这两句情景交织，以景会情，意致绵密，笔端传神，不愧为脍炙人口的千古名句。

★念去去[①]，千里烟波[②]，暮霭沉沉[③]楚天[④]阔。

【出处】北宋·柳永《雨霖铃》

【注释】①去去：重复言之，走了又走。表示行程之远。②烟波：烟雾迷蒙的江水，这里指水路。③沉沉：雄厚的样子。④楚天：南天，古时长江中下游一带属楚国地界，故称之。

【句意】舟船将会越走越远最后消失于千里之外的烟波水色之中，身边只剩下壮阔的楚天和沉沉低垂的暮霭。

【赏析】与恋人在码头含泪相别，想到要远行千里之外，这一别不知何时才能相见，心里倍感痛苦；乘船经过烟波浩渺的千里长江，江面上弥漫着层层的夜雾，远远望去空阔无边。作者通过描写“烟波”“暮霭”等客观景物来表达内心的伤别之情，“去去”“沉沉”等叠词的运用，使其感情更加缠绵悱恻。

★执手相看泪眼，竟无语凝噎[①]。

【出处】北宋·柳永《雨霖铃》

【注释】①凝噎（yē）：喉咙里像是塞住，说不出话来。一作“凝咽”。

【句意】手儿相握，泪眼相望，纵有千言万语，哽咽着说不出一句话来。

【赏析】此词为柳永从汴京南下时与一位恋人惜别之作。词句生动而细致地描绘出与情人恨别时难以割舍的悲痛之情，眷恋之意，无奈之心。主观上不愿分离，客观上却不能不离。喉咙的哽塞和眼泪的倾注，恰好成为对照。乍看只是写实，平淡无奇，其实深刻具体，意致绵密。语言明白而家常，确是“到口即消”的天然好语。后世戏曲常有“流泪眼看流泪眼，断肠人对断肠人”之句，似由此化出，但却没有它凝练了。

★天公也自惜君行，小雨霏霏[①]特地[②]不成晴。

【出处】南宋·韩元吉《虞美人》

【注释】①霏霏：纷飞的样子。②特地：特为，特意。

【句意】天公也舍不得你离开这里，特意纷纷扬扬地下着小雨，不让天气放晴。

【赏析】这是作者送别友人时写的词，用曲笔抒写挽留之情。作者不说自己惜别，而说“天公”“惜君行”，一个

"也"字，反映了"惜君行"者不独天公，还有抒情主人公。民间有句谚语，说是"下雨天留客"，而作者笔下的这场雨又非同一般，是天公"特地"为留客而下的，可见其意真情深。天意尚且如此，人情更可想见。清代刘熙载论词时说："词之妙莫妙以不言言之，非不言也，寄言也"（见《艺概》）。清人陈廷焯也说："词外有词，方是好词"（见《白雨斋词话》）。这首词就是一首托物寄意之作，必须仔细体味其弦外之音。

★风帆更[1]起，望一天秋色，离愁无数。

【出处】南宋·张孝祥《念奴娇·风帆更起》

【注释】①更：再、重。

【句意】风帆重新张起，望见满天寂寥的秋色，心里兴起离愁无数。

【赏析】这几句词写的是在江边送别的情景。作者无论怎样依恋惜别，小船终要扬帆远行。一个"望"字，既刻画了送行者担心天色的神情，又表现了对行者远去的离愁心境。

★若教眼底[1]无离恨，不信人间有白头。

【出处】南宋·辛弃疾《鹧鸪天·晚日寒鸦一片愁》

【注释】①眼底：眼前，眼中。

【句意】如果不是眼下亲自遭遇离愁别恨的折磨，根本不会相信这世上真会有一夜白头的事。

【赏析】这两句词写离情别绪，先以假设、愿望来反衬更深沉的感叹：假如眼底能没有离恨，正说明了现在的眼底充满了离恨，那么人间的白头也就令人无可奈何了。这是以委婉的方式来强调离愁别恨乃是人间第一愁恨，若无离愁，人们就不会被折磨得白了头发。

★少日[1]犹堪话别离，老来怕作送行诗。

【出处】南宋·辛弃疾《定风波》

【注释】①少日：年轻时。

【句意】年轻时还能经受话别的忧伤，年老后却怕写送行的诗句。

【赏析】"多情自古伤离别"（见柳永《雨霖铃》），无论对青年或老人，离别都是忧伤的。但是对年轻人来说，来日方长，后会有期，因此离愁是有限的，其承受能力也强；而老人年事已高，精力衰退，在心理上已承受不了重大的忧伤，何况在风烛残年之际离别，重逢的机会会越来越少，说不定就成永诀，因此一说送行，倍觉神伤，自然而然地产生了一种畏惧心理。这两句通过对比，突出了老年人不忍离别、害怕离别的特殊心情，上了年纪的离人可以化用。

★都[1]将[2]泪作梅黄雨[3]，尽把情为柳絮风[4]。

【出处】南宋·向子諲《鹧鸪天》

【注释】①都：全部。②将：把。③梅黄雨：即黄梅雨，春末夏初，梅子黄熟的时节，正当江南的阴雨天气，称黄梅雨，此指连绵不断。④柳絮风：吹着柳絮的风，指情绪纷繁。

【句意】离别的泪水都化作黄梅雨，思念的愁绪犹如纷飞的柳絮。

【赏析】词句写离愁别绪。

★问君离恨几多长，芳草连天[1]犹觉短。

【出处】宋代·汪莘《玉楼春·赠别孟全使》

【注释】①芳草连天：言离别之情深远。

【句意】请问你的离愁别恨究竟有多长呢？就像连天的芳草那样还觉得不够长。

【赏析】古诗词中常以远接天涯、绵绵不尽、无处不生的芳草来比喻离情别绪，如唐代孟浩然《留别王维》：“欲寻芳草去，惜与故人违。”李煜《清平乐》：“离恨恰如春草，更行更远还生。”晏殊《玉楼春》：“绿仰芳草长亭路，年少抛人容易去。”苏轼《蝶恋花》：“天涯何处无芳草”等。

★天若有情天亦老[1]，此情说便说不了。

【出处】宋代·万俟咏《忆秦娥·别情》

【注释】①天若有情天亦老：句出唐代李贺《金铜仙人辞汉歌》：“衰兰送客咸阳道，天若有情天亦老。”宋代欧阳修《减字木兰花》：“伤离怀抱，天若有情天亦老。”

【句意】老天有感情的话也会衰老，这种离情诉说千遍也不会完了。

【赏析】词句形容强烈的离别之情无法倾诉，能使老天苍老。

★算[1]空有并刀[2]，难剪离愁千缕。

【出处】南宋·姜夔《长亭怨慢》

【注释】①算：估算，料想。②并刀：古代并州（今山西）出产的好剪刀，以锋利著称。

【句意】料想即使有了锋利的并州剪刀，也难以剪断千丝万缕的离愁。

【赏析】这两句出自全词结尾。离愁难剪的构思包蕴丰富：首先，将纷繁离愁喻为柳条千缕；其次，设想以天下闻名的并州剪刀来断离愁；更进一步，化用李煜（《相见欢》）“剪不断，理还乱，是离愁”句意，刻画相思之恨无可排解，从而创出哀怨缠绵之境。

★生怕[1]离怀别苦，多少事，欲说还休。

【出处】宋代·李清照《凤凰台上忆吹箫（香冷金猊）》

【注释】①生怕：最怕。

【句意】最怕与丈夫话别，本来有许许多多的心里话要对即将离去的丈夫诉说，却又怕引起自己更多的忧愁，给丈夫增加旅途的烦恼，只好欲言又止。

【赏析】词写离情。这三句词谓丈夫赵明诚即将离别，作者依依不舍，心中有千言万语，想一吐为快。但她话到嘴边，忽又打住，因为怕这些话说出来，会引起丈夫的伤感。这里通过细腻的心理刻画把分别时的心态表现得真切、动人，体现出主人公心地的善良和对丈夫的挚爱深情。

★叹人生，最难欢聚易离别。

【出处】宋代·寇准《阳关引[①]》

【注释】①阳关引：此调始于宋寇准之词（见宋胡仔《苕溪渔隐丛话》），本隐括王维《阳关曲》而作，故名《阳关引》。

【句意】叹息人生，最难的是亲友欢聚，容易的是亲友分别。

【赏析】词句写作者送友人出征时的别离之情。

★官柳青青莫回首，短长亭[①]是断肠亭。

【出处】金朝·元好问《出都》

【注释】①短长亭：指大路旁的供人休息的亭子。《白孔六帖》九《馆驿》："十里一长亭，五里一短亭。"

【句意】城外大路旁杨柳青青。杨柳是惜别挽留的象征物，可国家早已灭亡，还有什么可留恋的？那路边的长亭短亭，只能勾起人们辛酸的往事，令人断肠而已。

【赏析】此句诗为全诗的结句。作者在委婉中流露伤悲，把自己对故国的情思深深地渗透入景色之中，格调低沉压抑，和泪带血而出。诗句巧妙地利用谐音，却不见纤巧，反添沉重，是全诗得力处。"官柳青青"，暗用王维"渭城朝雨浥轻尘，客舍青青柳色新"诗意，已见出离别之苦；"短长亭"既化用李白"何处是归程，长亭更短亭"诗意，又谐"断肠"，更写出离别之恨。平淡的诗句，既蕴含了前人诗意，又把作者那种彷徨不忍出都的心情表现得凄恻动人。

★月有盈亏花有开谢[①]，想人生最苦是离别。

【出处】元代·张鸣善〔中吕〕《普天乐·咏世》

【注释】①"月有盈亏"句：苏轼《水调歌头》："人有悲欢离合，月有阴晴圆缺，此事古难全。"此取其意而略有变化。

【句意】月有圆有缺花有开有谢，想到人生最苦的事情莫过于离别。

【赏析】此曲以月、花和人进行对比，不但文字新巧，而且蕴含哲理意味，表达作者对人生离别的无奈。

★一江春水流，万点杨花坠[①]，谁道是杨花，点点离人泪[②]。

【出处】元代·薛昂夫［双调］《楚天遥过清江引》（其一）

【注释】①"一江"两句：由李煜《虞美人》："问君能有几多愁，恰似一江春水向东流"词句化出。②"谁道"两句：由苏轼《水龙吟》词："细看来不是杨花，点点是离人泪"词句化出。

【句意】一江春水无语东流，万点杨花随风飘飞旋转。谁说这是坠落的杨花，点点滴滴又像是离人的眼泪。

【赏析】在这里深层含义是写离情愁绪。曲句将抽象的愁情比喻成形象的“一江春水流”，极言愁之多、愁之深，愁之无尽永久。

★碧云天，黄花[1]地，西风紧，北雁南飞。晓来谁染霜林醉[2]？总是离人泪。

【出处】元代·王实甫《崔莺莺待月西厢记》

【注释】①黄花：菊花。②霜林醉：树林经霜而变红。醉，指红。

【句意】天高云淡，残菊遍地，在萧瑟的西风中，北雁正结队南飞，是谁在一夜之间把经霜的树林染得色红如醉？那当然是离人的眼泪！

【赏析】曲句写崔莺莺送别张生时的场面。前四句似是客观地渲染出压迫崔莺莺的凄楚氛围，后两句则由淡入浓，更直接地把自然景物和人物情感融为一体。于是树叶的经霜变红，在莺莺心中就只能被认为是由离人的血泪染成的；这其实就是莺莺昨夜洒下的“重重叠叠的泪”的延续！全句虽无一句写离人的情状，但所写之景处处都着上了离别的色彩，浑然一体，构成了寥廓萧瑟，令人黯然神伤的境界。

★催人出门鸡乱啼，送人离别水东西；挽水西流想无法，从今不养五更鸡。

【出处】清代·黄遵宪《山歌[1]》

【注释】①山歌：是粤东流传较久的客家山歌《送人离别水东西》，黄遵宪采集、修改后编入他的《人境庐诗草》诗集。

【句意】一大早公鸡就喔喔啼叫着催人出门，在江边与伊人分手，看着伊人坐船向东而去。我想要把水挽回，让它改向西流，可是我想不出一点办法，只好把怨气出在公鸡身上，只怪它不该那么早就催促伊人出门，从今以后，我再也不养五更就开始啼叫的鸡了。

【赏析】原诗是在描写离情，恨水东流，恨鸡乱啼，其实是恨别离。情到深处人自痴，此中痴语自是情语也。